2021年“新时代中国法治文学精选”征文获奖丛书

中国社会主义文艺学会法治文艺专业委员会 编

弹壳

群众出版社

图书在版编目（CIP）数据

弹壳／中国社会主义文艺学会法治文艺专业委员会编．—北京：群众出版社，2022.

（2021 年“新时代中国法治文学精选”征文获奖丛书）

ISBN 978-7-5014-6232-2

Ⅰ.①弹…　Ⅱ.①中…　Ⅲ.①长篇小说—中国—当代　Ⅳ.①I247.5

中国版本图书馆 CIP 数据核字（2022）第 050395 号

弹　壳

中国社会主义文艺学会法治文艺专业委员会　编

出版发行：群众出版社
地　　址：北京市丰台区方庄芳星园三区 15 号楼
邮政编码：100078
经　　销：新华书店
印　　刷：天津盛辉印刷有限公司

版　　次：2022 年 9 月第 1 版
印　　次：2022 年 9 月第 1 次
印　　张：10.5
开　　本：880 毫米×1230 毫米　1/32
字　　数：240 千字

书　　号：ISBN 978-7-5014-6232-2
定　　价：49.00 元

网　　址：www.qzcbs.com
电子邮箱：qzcbs@sohu.com

营销中心电话：010-83903991
读者服务部电话（门市）：010-83903257
警官读者俱乐部电话（网购、邮购）：010-83901775
文艺分社电话：010-83901330　　010-83903973

2021年“新时代中国法治文学精选”征文获奖丛书编委会

前言

为贯彻习近平新时代中国特色社会主义思想和习近平总书记关于文艺工作的系列重要讲话精神，弘扬社会主义核心价值观，积极推出讴歌党、讴歌祖国、讴歌人民、讴歌英雄的精品力作，承担起以文艺举旗帜、聚民心、育新人、兴文化、展形象的历史使命，讲好中国法治故事，反映新时代中国法治领域优秀人物的典型艺术形象，促进社会主义文艺事业的繁荣，以法治文艺的力量，服务平安中国、法治中国建设，中国社会主义文艺学会法治文艺专业委员会于2020年11月10日发布了“新时代中国法治文学精选”丛书征稿通知。征稿时间为2020年12月1日至2021年9月30日。

为征集编选好“新时代中国法治文学精选”丛书，特别成立了“新时代中国法治文学精选”丛书编委会。编委会总顾问由中宣部原副部长、原文化部部长贺敬之同志担任；顾问由中国社会主义文艺学会名誉会长李正忠，常务副会长、法人代表祝东力，副会长鲁太光、易孟林同志担任；编委会主任由最高人民法院咨询委原主任王运声同志担任，副主任由中国社会主义文艺学会法治文艺专业委员会执行会长王仲刚、名誉会长叶为宝同志担任，编委由于德魁、王紫华、刘邦潮、李动、关欣、杜东桂、沈江平、余进军、张晔、张倩、张兴翠、陈顺初、易伟、郑焰巍、姜凤、黄艳君、窦卫华等同志担任。

经过长达10个月的征稿，共收到作品51部（篇）。其中，长篇小说6部，中篇小说7篇，短篇小说27篇，报告文学11篇。经初评委审定，提交终评委27部（篇）。经终评委审定，最终获奖作品为23部（篇）。其中，长篇小说二等奖2部、三等奖2部，中篇小说一等奖1篇、二等奖2篇、三等奖2篇，短篇小说一等奖1篇、二等奖3篇、三等奖2篇，报告文学一等奖1篇、二等奖5篇、三等奖2篇。凡获奖作品的作者，均将进入“中国社会主义文艺学会法治文艺专业委员会特约作家库”，并在中国社会主义文艺学会网公布。

2021年“新时代中国法治文学精选”征文获奖丛书共4部，收录了荣获长篇小说、中篇小说、短篇小说、报告文学一等奖、二等奖的部分作品；同时附录所有获奖作品名单。

中国社会主义文艺学会法治文艺专业委员会

2022年3月30日

弹壳

库玉祥

目录

第一章　遭遇意外

一

1992 年 7 月 4 日晚，庞学智一家三口吃着饭。

庞学智对妻子程焕说：“我明早得到火车站蹲坑抓捕嫌疑人。”

程焕不满地说：“你怎么老加班，你就不会跟领导说说咱家的情况？”

庞学智像理屈似的低下头说：“连发两起劫案，死了人。大家都忙，我不能因照顾孩子而不加班吧？”

“我今晚值夜班。”程焕看了眼九岁的女儿庞莹说，“要不你想办法给我调个长白班吧；我这倒班，你工作还没个定时，女儿这么小常自己在家毕竟不是办法。”

庞学智说：“我们大队长杨桂林的妻子是你们厂的财务科科长，我让他帮我想想办法。”

庞学智是丹江市公安局爱民分局刑警大队侦查员，工作没定时。程焕是丹江纺织厂的挡车工，三班倒。庞学智母亲曾帮着照看孩子，可他母亲两个月前去世了，孩子的照看便成了问题。其实庞学智跟杨桂林说过给妻子调白班的事。杨桂林说等哪天找程焕的车间主任吃顿饭，唠唠这事。可刑警大队一起接一起的案子，便把这事搁下了。

晚饭后，程焕上班去了。

庞学智在女儿临睡前说，我凌晨还要去工作，你明早听到闹钟响，立马起来洗漱上学。他把五元钱放在床头柜上，嘱咐庞莹别忘了上学路上吃早点。庞莹“嗯”了声。

庞学智躺下时望了眼墙上的石英钟，见显示的是十点。他心想：还能睡几个小时。他躺下却睡不着，心中想着所搞的案子。

就在两天前的清晨，晨练的群众在爱民区铁北派出所辖区，发现一个躺在路边奄奄一息的中年男子，男子被接警后赶到的警察送到第一人民医院，经抢救无效死亡。男子虽没有随身物品和说一句话，但男子的内衣兜里有从丹江到绥芬河的车票和在江城宾馆住宿的收据，收据上的名字是王云飞。经法医鉴定，王云飞系生前头部被钝器打击，颅内出血死亡。初步调查，王云飞是绥芬河一家照相馆的摄影师，他每隔一段时间便到丹江在大阪洗印社洗照片，他携带的装照片和钱款的人造革拎兜不见了。被害时，王云飞本应乘凌晨三点四十分的火车回绥芬河。据推测，王云飞是从宾馆去往火车站的路上遭遇抢劫的。他或许受伤后下意识地顺嫌疑人逃逸的方向追赶，过了虹云桥直至因伤重倒地不起。在王云飞被害案发生前，6月14日已发生过类似的案子，海林市个体业主汤小红也是想要乘火车到绥芬河，结果在丹江火车站附近被袭，其所携带的黑色手提箱被抢，内有人民币五千余元。所幸的是汤小红只是头部被击伤，没有生命危险。

按照爱民分局的统一部署，刑警大队分为三个组蹲坑抓捕嫌疑人。庞学智跟大队长杨桂林、孟鹏飞三人一组，他们约定凌晨三点在火车站铁路公安处门前集合。

庞学智想着案子迷迷糊糊睡了过去，他睁开眼已是凌晨两点。他悄然穿好衣服刚要出门，庞莹却出现在他身后说：“爸，你现在就走吗?”

庞学智转身说：“我该去工作了。”

庞莹已有几次单独在家，表现很安稳，而今天她竟说：“爸，我怕!”

庞学智疑惑地看着女儿说：“怕什么?”他接着近前俯身搂了一下女儿说，“别怕，安心睡觉。”

庞莹点下头，可她没有回自己的卧室，而是推着父亲说：“爸，我送你到门口。”

“好，送爸到门口。”庞学智和女儿一同到了门口。

庞学智推开房门，庞莹挥下手：“爸，再见，注意安全。”

庞学智拍下腰间的手枪：“爸有枪，坏人怕爸爸。”说罢，他关好了房门。

庞学智一家住在老旧小区的筒子楼里，各家没门灯，走廊漆黑一片。他把“五四”式手枪掏了出来，把子弹推上膛后装回枪套。

在去火车站的路上，庞学智仍旧琢磨着案子：嫌疑人应是受过打击处理，心狠手辣的中年人。从被害者所受的钝器伤来看，嫌疑人在抢劫过程中，应当是持铁棍在被害者毫无觉察时猝然袭击对方。见对方倒地，抢过随身物品迅速逃离……

二

东光立交桥位于火车站东侧一公里处，是庞学智从家到火车站的必经之地。立交桥下白天小商小贩云集，晚间由于路灯稀少少有行人。庞学智不惧怕什么，便抄近路走在了立交桥下。

前面一桥墩处有一闪一闪的火星，有人蹲在那儿吸烟。

是谁躲在暗处吸烟？躲在暗处的目的是什么？难道……庞学智想到了蹲坑所搞的案子。

庞学智停下了脚步，他躲在对方斜对面的桥墩处，静静地观察着。

对方站起身，猛吸了两口烟，而后扔掉烟蒂用脚踬了下。

透过微弱的光亮，庞学智看出对方的身高应有一米七五，且很壮实；身着深色衣服。

对方往道路的两侧望了望，而后推起放置在桥墩上的二八式自行车骑了上去。自行车车轮响起轮胎没气而接触地面的咯噔声。

对方下了自行车，用粗哑的嗓音骂了句什么。居然像丢弃一件废品似的把自行车抬到马路牙子上，用力地推下自行车后座，自行车冲出四五米远后倒地，他则若无其事地顺道离去。

自行车在普通人的家里算是个大件儿，常人不可能有如此举动。对方的举动似乎在验证着庞学智的推测：他不像好人。他把右手伸到腰际握住了枪柄。

离铁路公安处门前还有三十余米距离，庞学智不由得有些激动：见到同事，把对方拿下，那造成一死一伤的两起抢劫案说不定就告破了。

不承想，对方在白鹤楼宾馆门前停下，他在注视一辆崭新的二八式自行车。

白鹤楼宾馆周边寂静，且宾馆门灯暗淡。对方没注意到身后的庞学智，他毫无顾忌地从腰间抽出把闪着寒光的匕首，俯身撬着自行车锁。

从警十余年的庞学智算是老警了，不过他见到对方的凶器和肆无忌惮的举动时，内心仍有些紧张，他仿佛听到了自己怦怦的心跳声，他明显感觉握枪的手有些湿滑。

动手抓他岂不人赃俱获？况且前边还有同事。庞学智想到这里，松开握枪的手，在腰间抹了下擦干手掌上的汗，而后重新结实地握住枪柄并把枪从枪套里拔出，疾步来到了对方的身后。

“警察。”庞学智把手枪顶在了对方的后背喝令，“别动，放下凶器。”

对方举起了双手，但手中的匕首没放下。

庞学智再次喝令：“放下凶器。”

对方松手，匕首当啷一声掉在路面上。

庞学智唯恐低头捡匕首时对方反击，他寻思过后返回取也不迟。他不放心地让对方抬起胳膊开始搜身，对方说：“身上没别的了。”

庞学智没从对方身上搜出什么。

“手别放下，右转前走。”庞学智准备押解对方向铁路公安处门前走。

“好、好，我听你的，别开枪。”对方透着害怕般言听计从。

可就在庞学智的手枪离开对方背部的瞬间，对方忽地转身手里多了个物件儿向他打来。

庞学智扣动了扳机，“砰”一条火舌从枪管里喷出……

在铁路公安处门口，杨桂林跟孟鹏飞刚说了句“这小庞是不是睡过点了”？便听到不远处传来“砰”的一声。

杨桂林和孟鹏飞愣怔了下，孟鹏飞指着东边说：“那边，像是枪响。”

两人同时拔枪，抬腿向东跑去。

杨桂林和孟鹏飞看到了骇然景象，庞学智趴在地上，左手臂压在身下，右手臂直伸，手掌朝上张开。

孟鹏飞吓着一般，面露惊恐不知所措。

杨桂林弯腰先是把手伸到了庞学智的鼻下，感觉到了他的鼻息；他掀开庞学智右侧上衣的下摆，隐约间只见到了枪套，他又摸了下，吃惊地说：“枪没了！小孟，快去打电话。”

孟鹏飞缓过神来，“啊”了一声，奔向白鹤楼宾馆……

三

勘查完现场已是清晨上班的时间，伴随着明媚的阳光和清新的空气，街面上又是车水马龙，一切都那么祥和，井然有序。几个小时前发生的正义与邪恶的搏杀，犹如不曾出现过。

市局和分局的刑侦技术人员相继离开，杨桂林惘然地望着马路上熙攘的街景没动地方。

分局局长吕昌湛临上车前，在杨桂林的身后说：“捋顺案子思路，下午开案情分析会。”

杨桂林没回头，只木然地点了下头。

庞学智负伤枪支被抢，使杨桂林犹如酿了一场大错，心里充满了愧疚和不安。他脚步沉重地坐上吉普车，双手用力地拍了下方向盘，自言自语地说："昨天下班，我如果让庞学智在家等我去接他，再则，我要是提醒他一个人遇事不可莽撞，他也许就不会出事了！"

杨桂林启动了车，驶向丹江市第二人民医院。他希冀庞学智能苏醒过来，跟自己说出所见到的一切。

庞学智的伤情超出了杨桂林的预料，他正在手术室做手术。杨桂林在手术室门口，见到了分局政委郭志强和办公室的几个人。

杨桂林问郭志强："郭政委，小庞究竟伤得怎样？"

郭志强忧心地说："听大夫说，小庞左耳上侧被打成洞形凹陷骨折，凶器直接穿透头皮及颅骨进入颅腔。即使没有生命危险，恐怕日后也会成为植物人……"

郭志强所描述的小庞的伤势，是杨桂林虽有预料却又不敢想象的。这使他的一颗心不由得跌落谷底，他浑身瘫软地坐在墙边的塑料椅子上说："都怪我，对工作安排不周。"

郭志强挨着杨桂林坐下说："你不要过于自责，你现在唯一要做的，就是力争把案件破了。"

杨桂林点下头，像想起什么似的问："是不是应当派人把小庞的妻子接来？"

"你们刑警大队的内勤白莉莉去接了。"

郭志强的话音刚落，一声凄厉的哭喊传来："学智你可不能死啊！你死了我们娘俩儿咋活呀……"

两人抬头，见楼梯口处程焕正双手挥舞着往手术室冲去。她的旁边白莉莉等人忙连劝带拽地把她弄进了医生办公室。

郭志强和杨桂林随着进了医生办公室。

程焕盈满泪水的眼睛看着杨桂林，愤懑地质问："为什么你没事？学智却进了手术室?”

此刻的杨桂林说不出什么，也不能说什么，只是一个劲儿地说着道歉的话：“对不起程焕……”

四

案情分析会让人颇感压抑，每个参会的领导都面色冷峻。与会人员除公安分局领导和刑警大队全体民警外，还有市公安局局长李晨和刑警支队长朱勇等人。

主持会议的吕昌湛说：“今天凌晨三时许，在火车站附近发生一起严重涉暴案件，嫌疑人将刑警大队民警庞学智打伤，抢走‘五四’式手枪一支。案件发生后，市局和分局刑侦部门对现场进行了勘查和走访。现由杨桂林介绍案件详情。”

杨桂林说：“6月14日和7月2日，在爱民区管内连续发生两起抢劫案，第一起被抢的是海林市个体业主汤小红……两起案件嫌疑人作案手法类似，都是持棍棒类物件击打被害者头部后进行抢劫，加之两起案件的被害人都是要乘凌晨三点四十分的火车去绥芬河。根据案发规律，我们刑警大队成立了几个组，轮流在火车站附近蹲坑守候。我、孟鹏飞、庞学智为一组，约定凌晨三点在铁路公安处门前集合。凌晨两点四十分左右，我和孟鹏飞先到的集合点，没见到庞学智。三点整听到枪响，我俩奔向枪响的地方想看个究竟。在离铁路公安处不足三十米的白鹤楼宾馆门前，发现负伤倒地枪支被抢的庞学智。”

杨桂林端起茶杯喝了口水，接着说：“现场勘查仅发现一枚‘五四’式手枪弹壳，应当是庞学智手枪击发的。走访有些进展，铁路房产段门卫董师傅提供了一条线索。我先说一下铁路房产段的位置，铁路房产段位于光华街的北侧，而案发地白鹤楼宾馆则在铁路房产段东南方向六十米处，两地之间隔着光华街。董师傅晚间睡不着觉在门口溜达，案发时他听到了枪响，没过几分钟便发现一个身材魁梧、身高在一米七至一米八之间的男子从光华街的南侧横穿马路到了北侧，在他跟前匆匆经过向西而去。值得一提的是，男子手里握着手枪状的东西。男子是圆脸，身着深色衣服。至于男子的容貌等细节，由于天黑，董师傅没有看清。”

杨桂林介绍完现场自己所知道的情况，市局刑警支队技术科科长沈和平补充说：“那枚在现场发现的子弹壳，经技术检验，就是庞学智所佩带的枪号为31055335的‘五四’式手枪所击发。庞学智的伤情虽还没做细致的检验，但经我会前到医院大致看了看，符合前两起抢劫案被害者的伤情，作案工具应是同一作案工具，铁棍的可能性较大，粗细在三厘米左右。”

朱勇布置下步工作说：“尽快做进一步的走访，对嫌疑人做出精确的画像；在此基础上要开展大规模的排查。此外，我们也应从庞学智处理打击过的违法犯罪分子中找线索……”

李晨虽是市局一把手，可他是刑警出身，故而很重视刑事案件的侦破工作。他在最后说：“这个案子，就叫‘7·5’案吧，这是当前全市公安机关的重点工作，市局刑警支队要将案件的详情通报给其他分局，在全市范围内开展对嫌疑人的摸排工作。嫌疑人选择在爱民区作案，爱民分局的辖区是重中之重，现在嫌疑人手中有了枪，你们在调查走访时，一定要注意安全……”

第二章　恐惧症

一

孟鹏飞回到家，仰在沙发上睡着了。

孟秀媛叫醒他吃饭时，见儿子明显发蔫儿，就问："鹏飞，怎么了？"

孟鹏飞咽下口里的饭说："今天凌晨蹲坑出了大事，庞学智被人打伤，枪被抢了……"他几句话把事情经过讲给了母亲。

孟秀媛吃惊地撂下碗筷，抚摩着儿子的胳膊问："你没事吧？"

"我没事。"孟鹏飞拨开母亲的手，几大口吃下碗里的饭，起身说，"困了，我回屋睡了。"

孟秀媛没有回应儿子，只是情绪低落地吃完饭，胳膊支着桌面，愁眉苦脸地思忖着什么。

孟秀媛的丈夫匡国章原是爱民分局铁北派出所的片儿警。孟秀媛和匡国章结婚时，她对丈夫说自己没有兄弟，而你有兄弟三个，日后若生男孩就姓孟吧。匡国章答应了妻子的要求。就这样，两人有了儿子便随了母姓。四年前的一天夜晚，匡国章到火车站接在外地上大学放暑假的儿子。在步行回家的途中，孟鹏飞到商店买东西，匡国章在商店外等着。当孟鹏飞拎着东西从商店出来时，见一黑衣男子持匕首捅在没有提防的父亲腰际，孟鹏飞被眼前的场面吓得魂飞魄散，双腿犹如面筋似的，无力上前帮父亲，当他喊出“住手”时，已挨了两刀的父亲摇晃地倒在地上。黑衣男子摸了下父亲的腰后逃离。匡国章被送到医院后不治而亡。匡国章被害案由于没有侦破，至今组织上也没有给他个名分。孟鹏飞大学毕业后，坚决要求到父亲工作过的单位，接过父亲的枪去打击犯罪，为父亲复仇。他被丹江市公安机关招录为民警。杨桂林曾是匡国章生前要好的兄弟，在孟鹏飞到爱民分局报到的那天，他打电话给那时还在先锋办事处工作的孟秀媛说，儿子交给我，你放心吧。孟秀媛唯一企盼的是儿子能够平平安安地生活，别再发生什么意外。她已退休，儿子已处了对象，是个护士。她希望儿子能够快些结婚，她好照看孙子，颐养天年。而现在，儿子的同事又倒下一个，生死未卜。由此，她对儿子的未来不免忧心忡忡……

临睡前，孟秀媛进了儿子的房间，见儿子正熟睡打着轻鼾。她双手合十，心里默念着：“儿子，妈妈保佑你，你一定会平平安安的！”默念完，她悄然退了出去。

看似酣睡的孟鹏飞，实则做着一个可怕的梦：他走出自己中学就读过的第一中学的门口，父亲骑着挎斗摩托车来接他。父亲右侧衣摆下露出的半截“五四”式手枪，让那些在学校门口滋事的小混混儿一哄而散。他上到摩托车的挎斗里，父亲开着摩托车在大街上风驰电掣地行驶着，风把父亲没有系扣的上衣吹开，腰际间那把插入枪套的手枪一览无余地呈现在他的眼前，他稀罕地摸着黑亮亮的手枪和枪套上黄晶晶的子弹。忽地，父亲身上的枪落在了自己的手里，而父亲却不见了，摩托车也停了下来。他跳下摩托车，见父亲倒在路边，浑身是血，眼睛急切地望着他说，拿枪打坏人。他侧目见一持铁棍的黑衣男子正向远处跑去，他急切地扣动了扳机。枪虽然响了，可那个黑衣男子却毫发无损地依旧跑着。他去追黑衣男子，却怎么也追不上。天色暗淡了下来，他又在路边看到了庞学智，庞学智的头下有一摊血。见到庞学智，使他意识到自己是个警察，他心说，这不是我同事庞哥吗？他俯身问庞学智，庞哥，你怎么了？庞学智没有回答他，而是像发现了他身后的危险说，你快跑。他回头，见自己追的黑衣男子，手持铁棍向他奔来。他举枪再次扣动扳机，枪响了黑衣男子还是没有倒下，他只得避开黑衣男子跑了。他跑回家，累得倒在床上要睡。不承想，黑衣男子进了他的房间，举起铁棍打他……

在梦境之外，孟鹏飞从枕头下抽出手枪……

孟秀媛刚闭上眼睛，一声爆响震醒了她。继而她听到儿子声嘶力竭地叫喊着什么。她下床，直奔儿子的房间。

孟秀媛打开灯，见儿子笔直地坐在床上，满脸惊恐，手里拿着手枪先是对着窗户，见灯开了，他转身对着孟秀媛比画着说：“你别过来，你别过来！你过来我就开枪……”

孟秀媛没有恐慌，而是怜爱地说：“儿子，我是你妈呀！”

孟鹏飞愣怔了下，恢复了常态，耷拉下脑袋说：“对不起，妈妈！”

孟秀媛坐在儿子身旁，拿下他手中的枪，搂着儿子的头说：“做噩梦了吧？”

孟鹏飞把头依偎在母亲的怀里，怯怯地说：“妈，我怕。”

孟秀媛的目光落在窗旁墙上的枪眼上，透着酸楚地说：“或许你就不该干警察。”

二

杨桂林本已花白的头发，一夜间又白了不少，他在办公室洗完脸，弯腰照着脸盆架上的镜子，端详着近乎满头的白发和浮肿的脸，给自己打气说："老东西，五十六岁了，白发多了些不打紧，你的身体一定要挺得住，把案子破了，就把刑警大队长的位置让给年轻人干。"

大半生的刑警生涯，使杨桂林患上了高血压和糖尿病等慢性病，疾病让他对工作有疲于应付的感觉。他几年前就跟吕昌湛提出辞掉大队长的职务，让副大队长张凯接替自己。可吕昌湛显然对张凯不太赏识，以没有合适人选为由拒绝了他。当喜爱刑侦工作的庞学智，在铁北派出所副所长的位置屡破大案，在两年前调到刑警大队后，他觉得庞学智是刑警大队大队长的最佳人选，吕昌湛对庞学智也是认可的。可现在庞学智竟出了意外，这意外让人始料不及。

办公桌上的电话响起，杨桂林拿起电话。

电话里传来孟秀媛的声音，"杨桂林吧？我是孟秀媛。"

杨桂林说："嫂子啊，是我，有事？"

孟秀媛说："你说话方便吗？"

杨桂林说："办公室就我一个人，方便。"

孟秀媛支吾了下说："有些话，我都难以启齿。"

杨桂林说："嫂子，别见外，你说吧，是鹏飞的事吧？"

孟秀媛说："是他的事，这孩子从小就胆小，他爸被害，他吓出了些毛病。昨晚回家他说了庞学智被歹徒打伤的事，半夜他竟做起了噩梦……”孟秀媛没说儿子在家里放枪的事。

杨桂林说：“那你的意思是……”

孟秀媛说：“我想让他休息一段时间，他这种状态工作，我不放心。”

杨桂林想拒绝，但思忖了下，还是说：“那好吧，你让他把枪交回单位。”

撂下电话，杨桂林脑海中浮现出匡国章的影子，十年前杨桂林和匡国章都在刑警大队工作，两人在一次抓捕行动中，嫌疑人驾车撞向杨桂林。匡国章冲上去把杨桂林推到一旁，而他却被撞飞，生命垂危，在医院半个月才被抢救过来。那次受伤，匡国章身体大不如前，他便主动提出到铁北派出所工作。因杨桂林和匡国章以往的交情，他对孟鹏飞的感情犹如对待自己亲儿子一般。

杨桂林感觉到了饿，他在柜子里找了碗方便面，用暖瓶里温吞水泡上。

杨桂林吃完方便面，响起了轻微的敲门声。

杨桂林说：“进来。”

孟鹏飞推门进来。

杨桂林平时对孟鹏飞大都是和颜悦色，而此时，他冷着脸看着孟鹏飞，点燃一支烟没作声。

孟鹏飞嗫嚅着想说什么，却没说出来。

“难道过了一夜，话都不会说了？”杨桂林训斥说，“你父亲是个顶天立地的警察，他对邪恶从没有惧怕和妥协过，他怎么养出你这么个连话都不敢说的儿子！”

孟鹏飞像受到刺激一般，解开腰带，把带有枪套的“五四”式手枪摘下放到杨桂林的办公桌上，大声说：“杨叔，我有病，我要休息几天。”

“这是单位，别管我叫叔。”杨桂林指着对面沙发说，“你给我坐在那儿。”

“跟你单独在一起时，不是可以叫叔吗？”孟鹏飞坐在沙发上。

杨桂林从椅子上起身，近前轻拍着他的脸颊说：“往后改口别管我叫叔，因为你是个屄包！我没你这么个侄儿。”

孟鹏飞没言语，理亏似的低下了头。

杨桂林问：“你有什么病？”

孟鹏飞嘴里蹦出两个字：“我怕。”

“你既然胆小，为何要当警察？”杨桂林指着办公桌上的手枪说，“你当初不是信誓旦旦地要当警察，接过你父亲的枪去打击犯罪，替你父亲报仇吗？这刚看到点血腥就退却了，你是个男人吗？你父亲若在天有知，也会为有你这个儿子而感到汗颜。”

孟鹏飞改了口说：“杨大队，我是想去打击犯罪，我更想替父亲报仇！可我心里真的很怕，特别是昨天见到庞哥倒下……”他抬起头，眼睛噙着泪水，喃喃地说，“我真不知该怎么办。”

杨桂林毕竟跟孟鹏飞的感情非同一般，他听着孟鹏飞的话，平复下情绪说：“回去吧，好好调整下心态，尽快投入工作。”

三

蒋斌昨晚喝多了，上午十点了还趴在床上睡着。他枕边的汉显传呼机响了半天，才把他唤醒。他抓起传呼机看了一眼，见上面写着：“发大案了，马上回单位。闫海滨。”他无奈地起了床。

蒋斌是铁北派出所的片儿警，三十来岁不求上进，脑中整日琢磨着吃喝嫖赌。妻子跟他过了五年，最后领着女儿失望而去。

蒋斌骑着自行车到了单位。门卫老刘跟他说人都在会议室开会呢。蒋斌向会议室奔去。

蒋斌还没等进会议室，里边的会却散了，人呼啦啦地往外走。所长闫海滨和爱民分局刑警大队副大队长张凯坐在椅子上还商议着什么。

闫海滨看到门口的蒋斌，不满地说："蒋斌，你怎么才来?"

蒋斌满脸赔笑地进了会议室，先是跟张凯打了个招呼，接着对闫海滨撒谎说："闫所，实在不好意思。朋友父亲去世今早出殡，所以就过来晚了。"

闫海滨似乎对蒋斌的撒谎司空见惯，他不耐烦地挥下手说："得了，别解释了。发大案了，详细情况，张大队跟你说说。"

张凯简要地介绍了下"7·5"案件的案情后，说："根据画像，嫌疑人圆脸，身材魁梧，年龄在二十五至四十岁之间，身高在一米七至一米八之间；从嫌疑人的胆大妄为和作案手段看，他应该有抢劫犯罪的前科。"

闫海滨盯着蒋斌说："你平常马马虎虎的，这回你可认真起来。市局领导明确指示，对这起案件的侦破要奖惩分明，对破案有功者，不仅立功授奖，科员还提职副科级；对漏掉案件线索、贻误战机者，要予以行政处分直至辞退。"

蒋斌拍着胸脯说："闫所，你放心，关键时刻，我绝不能掉链子。"

"你的管片儿大都是城郊接合部，外来人员比较多，对外来人员的摸排是重中之重，一定要细。"闫海滨叮嘱说，"嫌疑人手中有枪，下管片儿一定要注意安全。"

蒋斌拍了下腰际说："若真碰见嫌疑人，没等他开枪，我的枪就会先把他撂倒。"他接着像有急事似的说，"二位领导忙着，我工作去了。"

蒋斌显得有些慌乱地离开派出所，骑上自行车向家奔去。原来他拍腰际时，发现腰间只有空枪套，他现在急着要把枪找回来。

蒋斌气喘吁吁地打开房门，径直到卧室扑在床上掀开枕头，却没发现枪。他倒吸口凉气回忆着昨晚的情况，不由得拍了下大腿自语："枪在于民权的手里。"

于民权是蒋斌的发小儿，在军工企业北方工具厂保卫处工作。他极喜爱摆弄枪支，若一段时间没玩枪便像是缺少了什么，他时常在单位拿些子弹和蒋斌一同打靶。他和蒋斌还有一个共同的嗜好，那就是赌博。他昨天和别人打麻将赢了一千多元钱，而后约蒋斌喝酒，又请他到洗浴中心找小姐按摩。到洗浴中心时，蒋斌说我带着枪呢，他说枪我给你拿着，你到里边洗，我在外边等你。就这样，他把蒋斌的手枪拿到了手里。蒋斌回家时，忘了要枪。

蒋斌到自家附近小卖店给于民权打了多遍传呼，于民权才回话说他在麻花沟打靶场打靶呢，得再过一个小时才能把枪还给他。蒋斌唯恐于民权拿他的枪再出什么事，他放下电话，出门打个出租车奔向麻花沟打靶场……

四

孟鹏飞又梦见黑衣男子，他惊悸地醒来，抹了把额头上的汗。屋内没别的声音，唯有床头柜上闹钟的秒针发出"咔咔"的声响。他忽地发现窗边站立着一个人，极像梦中的黑衣男子，他已经几次感觉到这个黑影了。他伸出因惊恐而颤抖的手打开床头灯，那人却不见了。他关上床头灯，那黑影又出现在原处。他鼓足勇气握紧拳头下床奔向黑影，却发现那只不过是从窗外投进来的暗影。他扭头望了眼窗外，见窗外的树枝上挂着像是床单样的东西。他把厚实的窗帘拉上，屋内暗影消失了。他吁了一口气。

孟鹏飞自语：“我一定要克服恐惧。”随之他做了几个扩胸动作。天刚蒙蒙亮，他便外出跑步。

孟鹏飞晨练后，在街边吃完早点，来到了市第一人民医院找女朋友崔颖。已有一个星期没见到崔颖了，他心里有些话很想跟她说。他看了下手表，觉得时间过早，才七点四十，可又一想，如果崔颖昨晚值班，岂不就能见到她了。

孟鹏飞认识崔颖是警察责任使然，三个月前，他领着发高烧的母亲到第一人民医院急诊科打点滴，见崔颖正在给三个小混混儿中的一个包扎胳膊上的伤口。

受伤的小混混儿嫌崔颖弄疼了他，随口骂道：“你他妈的不会轻点。”

崔颖说：“你怎么骂人？”

一个小混混儿推搡了下崔颖说：“骂你怎的？欠揍是吧？”

孟秀媛让儿子上前劝劝。

在母亲面前，孟鹏飞不能示弱。他上前正色道：“你们骂人本已不对，怎么还跟人家动手动脚的？”

其中的一个小混混儿面露凶相，挥拳打向他。

他没等拳打到身上，抬脚将对方踹倒在地。他接着掏出证件说：“公安局的。”

小混混儿也看到他衣摆下露出的手枪，立马软了下来，一个劲儿地说："大哥对不起。"

他的表现，让崔颖很倾心。领母亲打了三天点滴，他也和崔颖擦出了爱情的火花。

在处置室低头写病例的崔颖，听到门响抬头见到走进来的孟鹏飞，颇为意外地说："一大早来干什么？你不上班了？"

孟鹏飞拉把椅子坐在崔颖身旁："想你了，就过来了呗。"

"一个星期连传呼都不给我打，还说想我了。"崔颖嗔怪地问，"两天前我给你打传呼，你怎么没回？"

孟鹏飞回忆着说："接到你打的传呼，本想找电话回，可因心情烦躁过后竟忘了。"

崔颖有些不满："你见到我的传呼心情烦躁？"

"不是见到你的传呼心情烦躁。"孟鹏飞支吾了下，说，"我、我心理上像是出了问题。"

崔颖瞪大眼睛："怎么了？"

"最近心里总是怕。"孟鹏飞避开崔颖的目光，低头说，"四天前，我们刑警大队的庞学智被打成重伤，枪被抢走。当晚我就做了个噩梦……"他把近几天内心的恐惧和盘托出。

在崔颖眼里，孟鹏飞不仅容貌俊朗，还是个性格阳刚的人。此时他说出脆弱的一面，她不由得惊诧地问："你不是挺勇敢的吗？那次面对几个小混混儿，你都没害怕。"

"那次面对的只是十八九岁的小混混儿。"孟鹏飞无奈地摇下头说，"而今我面对的是真正的恶人，想起同事倒地的情景，我着实地怕！"

"你得到南山医院找心理科医生看看。"崔颖说，"我们科主任的妻子在南山医院，我待会儿下夜班领你去。"

崔颖交接完班，她领着孟鹏飞到了南山医院，这是一家治疗精神疾病的医院。崔颖敲开了一个慈眉善目的中年女人办公室的门，她对孟鹏飞介绍说，这是心理科的楚主任。

楚主任先是了解了孟鹏飞的基本情况，而后倾听了他诉说的困扰，与他共同探讨其问题后说："其实你害怕的根源是在你父亲遇害时的强烈刺激，这种刺激对一般人而言是极难遇见的。当初你当警察时，你说要接过父亲的枪去打击犯罪，这里面固然有要克服恐惧，使自己变刚强的意愿，也有你对父亲被害当时无力帮助父亲而心生的难以言说的自责。当你要好的战友类似于你父亲似的在你跟前倒下，你记忆中的恐惧和时下的恐惧相重叠，故而出现你现在这种状况。"

孟鹏飞眼睛湿润地说："大夫，你说得对。我父亲遇害时，我也是个身高体壮的小伙子，可我却因怯懦没帮上父亲……"

楚主任说："恐惧是人与生俱来的一种情绪，每个人都会害怕。现在你受恐惧情绪困扰，建议你先认识这种情绪，接纳这种情绪，然后转移自己对恐惧情绪的关注……若是晚间还是感觉有黑衣男子的话，那么你就镇定地自问，哪有什么黑衣男子？就我自己在屋里，我为什么要害怕……"

楚主任的话，让孟鹏飞有种恍然大悟的感觉，他心里随楚主任的话说着："我为什么要害怕？要害怕也应是对方，因为我是警察……"

五

杨桂林走进白莉莉的办公室问："专案上来像样的线索没有？"

作为内勤的白莉莉，自"7·5"案发生后，肩负起了专案内勤的工作。她每天向分局各单位询问案件的进展情况然后进行汇总，供大队领导参考，并向市局刑警支队汇报。她停下手里装订档案的活儿说："没什么像样的线索。辖区里有过抢劫犯罪前科的，年龄在二十五至四十岁之间，身高在一米七至一米八之间的男子，基本都排查遍了。"

杨桂林思忖着说："我们应到看守所和监狱发动在押人员检举揭发。"他接着说，"你把主要案情隐去，准备一百份协查通报，好分发给在押人员。"

白莉莉说："好的。"这时她办公桌上的电话响了起来，她拿起电话刚一接听，便惊喜地说，"太好了，我马上汇报给领导。"

白莉莉放下电话说："医院来电话说，庞学智苏醒过来了！"

术后的庞学智，多日来植物人般的躺着，使杨桂林心中犹如压着石头似的倍感沉重。他听了白莉莉的话，不由得高兴地说："走，到医院看看去。"

白莉莉随杨桂林出了办公室。

两人到医院一迈进病房，极其虚弱的庞学智说了声："杨大队，小白。"便要在床上起身。

在一旁的程焕说："别坐起来，躺着也能说话。"

可当杨桂林和白莉莉坐在庞学智旁边时，庞学智却没再说什么，他的神情透着一种茫然和萎靡。

白莉莉问程焕："嫂子，庞哥是什么时候苏醒的？"

程焕说："估摸是凌晨醒的，我早上四点去了趟卫生间，返回便发现他静静地睁着双眼。我说，你可醒了。他说，怎么这么黑。我打开灯说，你受伤了，这是在医院，他便不再出声。我问他是否喝水，他点下头……他现在能正常喝水和进食了。"

杨桂林攥住庞学智的右手，蓦然感觉手里攥的像是老年人的手，稍凉且毫无力度。他不禁说：“小庞，你握下我的手。”

庞学智的右手动了动，手指勉强般弯曲了下，最终没能握住杨桂林的手。他说：“浑身没劲儿。”

杨桂林摸了下庞学智的臂膀，他那健壮的肌肉消失了。眼前的庞学智，与以往刚毅、健壮的庞学智判若两人。这使杨桂林的心一阵阵紧缩，他内疚地说：“都怪我事先没有安排好，造成你现在这样。”

庞学智的脸上有了些许激动的表情，他张嘴深吸两口气，缓缓地说：“杨、杨大队，怎么能怪你？要怪、就怪我无能，没制伏歹徒，反而让对方把枪抢了去。枪可是警察的第二生命啊……”他眼中大滴的泪珠滚落下来。

程焕忙近前拿毛巾给庞学智擦着泪水说：“别想那么多了，安心养伤比什么都重要。”她说话间，给杨桂林使了一个眼色。

杨桂林看到了程焕的眼色，他想转个话题安慰庞学智，可话却又说到案子上：“小庞，你放心，案子终归会破的……”

程焕打断杨桂林的话说：“杨大队，你出来下，我有话跟你说。”

杨桂林跟程焕出了病房。

程焕说：“杨大队，你就别再刺激他了！”

杨桂林忙不迭地说：“对不起，对不起。”

程焕接着正色问：“杨大队，庞学智受伤，属不属于工伤？”

杨桂林说：“那还用问，当然是工伤。”

程焕说：“那分局管他怎么有一搭没一搭的？”

杨桂林不解地问：“你这话是什么意思？我没听明白。”

程焕说：“庞学智受伤半个多月来，你们分局开始还算积极救治，也跟我们纺织厂领导说让我到医院照顾他，工资照发。可最近却没了动静，医院几次催款，我给白莉莉打了电话，可至今也没续存医药费。”

杨桂林说：“这事我还真不知道。”

杨桂林把白莉莉叫出病房，问给庞学智续存医药费的事。

白莉莉说：“这事我跟政委郭志强说了。”

白莉莉又问程焕：“还没续吗？“

程焕说：“若是续了，我还会问这事吗？”

杨桂林说：“我这就回去解决这事。”

回到分局，杨桂林找到郭志强。郭志强哭穷说：“区里财政紧张，咱分局已经两个月没开工资了，现在全分局二百多号人仅有一千二百元办公经费，我寻思缓几天想想办法。”

杨桂林说：“那也不能让庞学智在医院就那么躺着啊！”

郭志强摊开手说：“他前期那一万两千元的医药费，大部分还是以个人名义凑的呢！”

杨桂林想了个折中的办法说：“你不是说分局还有一千多元钱吗？那就先拿一千元吧，剩下的我再想办法。”

杨桂林拿着分局的钱，又从自家存折里取出些钱，凑够五千元给庞学智续交了医药费。

第三章　他不是嫌疑人

一

蒋斌早晨刚骑上自行车，车链子就掉了下来。他捣鼓了半天也没把车链子弄上。

夏林成从小卖店出来，问：“大早晨干啥去？”

蒋斌说：“上班。”

“星期天还上班？”

“你不知道啊，我们分局的刑警被人打伤，枪还被抢了。”

夏林成吃惊地问：“是吗？”便蹲下来帮蒋斌上车链子。

蒋斌见夏林成帮忙，就直起腰说：“那还有假。”

“有线索吗？”

“没有。”

夏林成弄好车链子，摇了下脚蹬，链子又掉了下来。他说：“这自行车牙盘偏了，你放这儿我给你修修。”

蒋斌说：“那麻烦你了。”就进了小卖店洗了下手，坐公交车上班去了。

蒋斌的居住地是林业局的家属区，这家属区每家在楼下都有个小棚子，储存杂物。他和夏林成都住在五栋楼三单元，他住三楼 301 室，夏林成住二楼 201 室。夏林成原是林业局木材加工厂的工人，三年前因盗窃所在企业机器零件被开除并被劳教两年。他劳教释放无事可干，就把靠近道边的小棚子拆了盖个砖房，和妻子开了个小卖店。夏林成比蒋斌大十多岁，原先也不怎么接触，可自从他有了犯罪前科后，便有意或无意地巴结蒋斌。

蒋斌傍晚回来的时候，夏林成在室外跟邻居打着麻将说，自行车给你弄好了你看看。

蒋斌看了眼自行车说："牙盘给我换了个新的，多少钱?"

夏林成说："几块钱，算了。"

蒋斌凑近麻将桌见桌上有钱，就开玩笑说："怎么还赌上了?"

在报社当记者的邻居师忠厚调侃说："五毛钱一个子的，你不会抓我们吧?"

蒋斌嘿嘿笑着说："一分钱一个子也是赌啊，该抓不耽误。"

师忠厚说："那得先把你拉下水，你过来玩。"

没等蒋斌表态，夏林成忙站起身说："蒋斌你坐在我这儿玩，正好你嫂子要做饭，没人看店。"

蒋斌见到麻将就上瘾，他不客气地坐在了夏林成让出的位置上，用夏林成留在桌上的五元钱当作底钱玩了起来。

两圈过后，师忠厚把麻将一推说："得回家吃饭了。"

另外两个人也随着走了。

蒋斌看了眼桌上的钱，冲小卖店喊："老夏，我给你赢了三元钱，够你今晚喝啤酒的了。"

夏林成出了室外说："你也别回家吃了，就在这里喝点儿得了。"

蒋斌没客气，说："好，今晚就在你这儿喝了。"

蒋斌被让进了小卖店的里屋，见炕上的方桌上已摆上四个小菜和一瓶杜康酒。他脱鞋上炕，松开两节腰带，就和夏林成喝了起来。夏林成的妻子方淑芬吃了口饭就看柜台去了。

夏林成说：“你们当警察的不容易啊，整天忙活，连星期天也不休息。”

蒋斌说：“可不，这半个多月我都没消停，不但星期天不休息，还经常在单位熬到半夜才回家。”

“你早上走的时候说的发的大案，到底是咋回事呀?”

“就是原先我们铁北派出所的副所长，后调到刑警大队的庞学智，7月5日凌晨在火车站蹲坑时，被人用铁棍打了，枪还被抢走了。”

“他们怎么在火车站蹲坑呢?”

“为了抓嫌疑人。火车站连发两起抢劫案，都是遭歹徒铁棍袭击，其中一个人还死了。”

“对方手里现在有枪，那你搞这案子得多注意点安全啊。”夏林成说了这句话，端起酒杯，“咱哥俩儿把这半杯白的干了，再来一杯。”

蒋斌响应着，跟夏林成把白酒干了，他涨红着脸，吹嘘地说：“我要是遇见嫌疑人，倒下的不是我，而是对方。”

夏林成给蒋斌斟着酒，眼睛瞟着他腰带上的枪说：“那你的枪得随时子弹上膛。”

蒋斌拍了下枪说：“那是，关键时刻掏枪就击发。”

夏林成呷了一口菜问：“你说啥人能犯这样的大案呢?”

“我们有大致的摸排范围。”蒋斌说，“嫌疑人应是有抢劫犯罪前科的人，体貌特征是圆脸，身材魁梧，年龄在二十五至四十岁之间，身高一米七至一米八之间……”他话说到这儿，瞧着夏林成。

夏林成显得莫名其妙地低头看了下衣服，笑了下说：“怎么?看我像嫌疑人?”

其实，蒋斌看夏林成的体貌特征的确有些像嫌疑人的画像，不过他心里说：夏林成肯定不是嫌疑人。他撇下嘴说：“你想哪儿去了。我瞧见你，忽然想起来，你原先不是在劳教所待过吗？你琢磨琢磨你在劳教所时，有没有符合嫌疑人画像的。”

“我在劳教所待着的那段时间，只想早日回家，和别人话都少，从不观察和了解别人，你让我琢磨，我可琢磨不出来。”夏林成透着悔恨说，“那时你嫂子有病，家里拿不出钱来。我也是一时糊涂，见我单位后院的木工机械风吹雨淋快成了废铁，就想偷些零件卖了缓解下经济困难，结果……”他叹了口气，不再说下去。

蒋斌觉得揭了人家的伤疤，歉意地举杯说：“夏哥，有些话就当我没说，喝酒。”

二

杨桂林连跑了几趟医院，从庞学智断断续续的叙述中，才得知“7·5”案嫌疑人在打伤庞学智抢得枪支之前，曾在东光立交桥下丢弃一辆后胎没气的自行车，在白鹤楼宾馆作案现场用匕首撬盗自行车被抓时，扔掉了手中的匕首。

依据庞学智所述，嫌疑人显然不存在报复伤人的因素。庞学智虽然没说出嫌疑人容貌上的细节，但他说嫌疑人魁梧，身高有一米七五左右。这与经过调查所了解的嫌疑人特征基本一致。庞学智还说跟嫌疑人有过对话，对方的声音有些嘶哑。

当初在勘查现场时，没发现嫌疑人扔掉的匕首，嫌疑人有可能打倒庞学智后，又将匕首捡起。那么嫌疑人丢弃的自行车是否能成为线索呢？为找到嫌疑人丢弃的自行车，杨桂林领人在东光立交桥下找到了三辆破旧的二八式自行车，通过自行车的打印钢号找到自行车车主，均被证实是丢失的，且三个车主也不符合嫌疑人的体貌特征。

杨桂林和张凯拿着协查通报到看守所动员在押人员检举揭发。

看守所所长老秦说：“什么案子还得刑警大队两个大队长亲自搞啊？”

张凯把“7·5”案说了一遍。

老秦吃惊地说：“我休病假刚上班，发生这么大的案子我还真不知道！两位需要我做什么，尽管说。”

杨桂林说：“发动政治攻势，动员在押人员检举揭发。”

老秦说：“我现在就组织全所民警开会，把工作布置下去。”

看守所上来的线索有十多条。其中有一个叫祁海涛的在押人员提供的线索引起了杨桂林的重视。

祁海涛说：“三年前我在鸡西监狱服刑时，认识一个绰号叫‘大象’的服刑人员，名字我忘记了，不过他是丹江人。这小子进监狱是因为用榔头击打他人头部抢劫。大象曾说过，也用铁棍抢过劫。体貌特征跟你们的协查通报很相像，圆脸，近一米八的身高。”

祁海涛提供的线索，虽然信息还比较模糊，但这是杨桂林自“7·5”案发案以来，得到的唯一一条像样的线索，他有些兴奋地问：“你说的是实情？”

祁海涛满脸憨厚地说："那还有假。"

杨桂林拍了下祁海涛的肩膀说："若是你提供的线索把案子破了，属立功表现，判刑时会给你减轻刑罚。"

在刑警支队情报资料科查到绰号叫"大象"的人名字为李春浩，朝鲜族，户籍所在地是丹江市西安区立新办事处 8 委 15 组。1986 年 4 月，因抢劫罪被判处有期徒刑七年，投送鸡西监狱服刑。再查李春浩以往的案底，十二年前他还真用过铁棍把被害人打伤后实施抢劫。通过照片和相关资料显示，其容貌和身高符合嫌疑人的体貌特征。

张凯说："李春浩服刑期限至 1993 年 4 月，若嫌疑人真是他的话，难道这小子提前一年多被放出来了？"

杨桂林说："给鸡西监狱打电话问问。"

通过电话从鸡西监狱得知，李春浩今年 5 月因减刑被提前释放。

张凯说："这小子还真有作案时间。"

杨桂林说："咱俩先查下李春浩是否在家。"

两人到李春浩居住地居委会摸了下情况，了解到李春浩多年前就已离婚，父母也已过世，他不常在家住。不过在居委会打工的与李春浩家一墙之隔的住户瘦女人说，他近期和前妻在家住，两个小时前我还见他进了家门。

杨桂林问："李春浩的前妻叫什么？"

对方说没来往，不知道。

杨桂林又打听了李春浩家的房屋布局，画了张平面图，才和张凯走出了居委会。

三

在李春浩家的单元门口，张凯说：“杨大队，我到楼上听一下动静。”

杨桂林点下头。张凯悄然上楼。

张凯上了三楼伫立在李春浩家的门前，侧耳细听了会儿，听到了屋内脚步走动的响动和马桶抽水的声音。

张凯下楼，激动地说：“杨大队，屋内有人。咱俩现在进屋把他拿下。”

“咱俩不行，如果李春浩真是嫌疑人，他定会孤注一掷对抗警察。再则，前后窗户都得安排人员守着。”杨桂林又说，“我回单位组织人，你在这儿守着观察。记住，即使对方出来，你也不能轻举妄动。”

“好吧，你快去快回。”张凯虽然应着，但是杨桂林转身一走，他便把手枪从腰间的枪套里拔出来顶上了子弹，再揣进外衣兜里。他心里说：李春浩出来我就动手，我岂能让嫌疑人从我的眼皮底下溜走。

张凯之所以恨不得亲手抓获嫌疑人，这里面固然有职责所系，但更多的是立功心切使然。他心里明了杨桂林有辞去大队长职务的想法，而分局长吕昌湛看中接替大队长的不是他，而是庞学智。现在庞学智受重伤枪支被抢，当大队长已无可能；他若是把案件破了，那么大队长的位置岂不非他莫属?

张凯没有等到出来的李春浩。二十分钟后，杨桂林领着十多个队友赶到，有两个还操着微型冲锋枪。

杨桂林问张凯："目标没出来吧？"

张凯摇下头："没有。"

"那好，你领几个人守着楼下的门洞和李春浩家窗户底下，我领人上楼抓捕。"杨桂林说。

张凯挡在杨桂林面前说："我上楼去抓捕。"

杨桂林不容置疑地说："你别争，听我的。我们几个身上穿着防弹衣呢。"他把张凯扒拉开，和大老何等四个民警上了楼。其实因防弹衣有限，上楼的几个民警就他没穿防弹衣。

一切都是如临大敌般的戒备，可杨桂林敲开门，民警蜂拥入室后发现，除了开门秃顶的中年男人外，室内再没其他人。

开门时险些被推倒，又被搜过身的秃顶男人战战兢兢地问："你们，你们是哪儿的？要干什么？"

"我们是警察。"杨桂林亮过工作证问，"李春浩呢？"

"李春浩？"秃顶男人想了一会儿，说，"啊，他一个小时前走了。"

杨桂林盯着秃顶男人问："你和李春浩是什么关系？你怎么在这儿？"

"是这么回事。"秃顶男人神情变得坦然，"我和李春浩原本不认识，几天前我看到一份卖房小广告，根据上面的传呼机号，我联系上了房主，这房主便是李春浩。我交了一半房款就住了进来，按约定，今天下午我俩办完过户手续他来这儿取了另一半的房款。"

杨桂林想起了居委会的瘦女人，寻思邻居卖房搬家她应当知道啊？他问："李春浩没搬家吗？"

"没搬家。"秃顶男人说，"他卖房时是连家具等一同卖的，我老哥一人，就直接住了进来。”

按杨桂林的要求，秃顶男人把那份卖房小广告和房屋买卖协议拿了出来。杨桂林把卖房小广告上的传呼机号记了下来。

一切了然。杨桂林对秃顶男人说了句对不起，打扰了。接着跟队友挥下手说：“收队。”

杨桂林按卖房小广告上留下的传呼机号打了多遍，没得到回应。

一张搜捕李春浩的大网，在全市撒开。

四

接连对李春浩几天的搜捕无果，大规模的搜捕告一段落。

在刑警大队的会议室，杨桂林做着部署说：“李春浩符合嫌疑人的特征。我们在李春浩的住处没见到其人后，当天晚间在市局的统一指挥下，全市公安民警对市区外出的交通要道和火车站，进行了堵截和排查。经过几天的堵截和排查，此人犹如从人间蒸发般不见了踪影。虽然大规模的堵截和排查已结束，但寻找李春浩仍是我们目前主要工作任务。明天张凯带人到火炬派出所进一步摸排，李春浩没结婚前，居住在火炬派出所管片儿内，他的父母已经去世，他有个姐姐现在还没找到。我们不仅要找到他的姐姐，还应找老邻居、发小儿、同学，看能否从这些人中了解到他的行踪。大老何明天和肖铁军到鸡西监狱……”

杨桂林话音一落，旁边的张凯悄声建议说：“杨大队，这都连忙四天了，今晚就别加班了。”

杨桂林点下头，看了下手表说，“今晚不加班了。已到下班时间了，都回家吧。”

随着挪动椅子的声响，人们纷纷起身往会议室门外走。

白莉莉回头说：“杨大队，别忘了你今晚值班。”

杨桂林感觉有件事没办，问：“今天星期几？”

白莉莉说：“星期四。”

杨桂林恍然说：“对了，我今晚还有事。”他招呼张凯，“张凯，你等一下。”

张凯当然明白杨桂林叫他的意思，他叹口气说：“真没辙啊！”他转过身说，“我回家换完内衣再来替你值班。”

“抓紧回来。”杨桂林走到张凯跟前，拍给他手里一盒红塔山烟，“没辙个屁，给你点儿补偿。”

张凯接过烟，嘿嘿两声：“这还差不多。”

杨桂林晚间的事是一个饭局，他在中国人民公安大学读研究生的儿子杨晓冬昨晚从北京回来。因杨晓冬和孟鹏飞是发小儿，妻子张妍说，晓冬回来了，咱家三口找孟秀媛母子吃顿饭。妻子已订好了晚饭的地点——四川饭店。

杨桂林回到办公室，给孟鹏飞打了传呼，让孟鹏飞领着母亲和对象一同到饭店。

杨桂林到饭店的时候，两个家庭的两对母子唠得正欢，崔颖在旁笑盈盈地看着他们聊。孟秀媛跟杨桂林打过招呼，孟鹏飞腼腆地跟杨桂林介绍了崔颖。

杨桂林指着孟鹏飞说：“你小子跟了我两年，也没变得大大方方的，跟别人介绍自己的女朋友脸还红。”

杨晓冬说：“爸，话你可别这么说，鹏飞可比我强，人家都有女朋友了，我还没有呢。”

杨桂林故意板下脸说：“念书搞对象，不怕你爸打你屁股。”

杨桂林的话，引来大家一阵笑声。说话的工夫，服务员把菜摆了上来。杨晓冬打开了一瓶丹江大曲酒。

杨桂林有一年没见到儿子了，加之他的家人和孟秀媛母子虽不是亲情却胜似亲情的关系，使他不禁多喝了些。

孟秀媛把杯中的饮料喝干，自斟了口白酒敬杨桂林说：“桂林，感激你对鹏飞的关照。”

杨桂林跟孟秀媛碰下杯，把半杯酒喝下，带着些许伤感说：“鹏飞是我老大哥的儿子，你说这话岂不见外吗？”

孟秀媛喝干酒，期许地看着杨桂林说：“桂林，你让鹏飞干内勤工作吧，我看他不适合搞案子。”

杨桂林把询问的目光投向孟鹏飞。

孟鹏飞急切地说：“杨叔，你别听我妈的，搞案子我能行。”

杨桂林没再理会孟秀媛，他对孟鹏飞欣慰地笑了下说：“你说这个话，才像个男子汉的样子。”他接着面色沉下来，“下星期一上班，单位那么忙，你别在家休个没完。”

孟鹏飞面带愧色地点头说：“好，我下星期一上班。”

第四章 相似劫案

一

杨桂林从饭店一到家，头刚挨上枕头，便沉沉地睡了过去。

半夜，写字台上的电话骤然响起。

杨桂林一激灵睁开眼，要起身接电话。

张妍扭开床头灯，推了他胳膊一下说：“我下去接，也许是打错电话了。”

杨桂林在心里安慰着自己：电话不应当是单位打来的。他往宽处想着，却关注着妻子接听电话的神态。

张妍拿起写字台上的电话，只说了两句：“你是谁呀？他睡了，有事明天再说吧。”接着就要撂电话。

杨桂林忙说：“别撂电话。”

杨桂林近前从妻子手里接过电话：“我是杨桂林。”

电话里传来张凯急切的声音：“杨大队，又发案了，作案手段跟‘7·5’案件相似，被害者正在医院抢救。”

杨桂林不敢相信地问：“什么？”他继而回过劲儿来问，“你现在在哪儿？”

“在木工机械厂西门附近。”

“保护好现场，我马上过去。”

张妍见丈夫不可能再躺回床上，就拿过来衣物，帮丈夫穿上。

案发现场位于木工机械厂西门左拐三十米处。杨桂林到达现场，见张凯正领着分局两个技术员勘查现场。

张凯跟杨桂林说：“我十一点二十分接到的木工机械厂报警电话，说有个伤者躺在西围墙外。我到达现场后，发现被害人呈头西脚东俯卧状，后脑有伤，还有呼吸。肖铁军已把被害者送到第二人民医院抢救。”

杨桂林说：“被害者情况了解吗？“

张凯说：“被害者兜里没东西，不过听报警的木工机械厂的经警说，被害者叫鲍崇民，在木工机械厂技工学校食堂工作。”张凯往东指了下说，“这儿距被害者工作单位也就二百米远，估计他是下班途中被害……”

现场勘查没有其他发现。

张凯腰际的传呼机响，他掏出汉显传呼机，看传呼机显示：鲍崇民已死亡。肖铁军。他对杨桂林说：“人死了。”

杨桂林说：“走，咱俩到鲍崇民的单位看看。”

张凯砸了半天大门，一老年更夫才揉着惺忪的眼睛出了门卫室打开大门。

当问及鲍崇民的情况时，更夫说：“鲍崇民晚饭是和我在食堂吃的，我俩喝了不少酒，晚间8点多钟鲍崇民离开的单位。”

杨桂林看到了食堂里还没撤桌的剩菜和地上凌乱的啤酒瓶。

翌日一早，鲍崇民的妻子朴凡秋刚要出门上班，就被杨桂林和肖铁军截住，杨桂林亮出工作证说：“我们是爱民分局刑警大队的，找你了解下情况。”

朴凡秋有些愣怔地问：“找我了解什么情况？”

杨桂林说：“关于你丈夫鲍崇民的事。”

朴凡秋不知一宿没回家的鲍崇民犯了什么事，不由得问：“他怎么了？”

杨桂林说：“进屋说可以吗？”

朴凡秋说：“那好吧。”就开门把两人让进屋里。

杨桂林问话，肖铁军做笔录。朴凡秋见两个警察严肃的样子，加之杨桂林说，你要如实回答我们的问话，便心生恐慌，没再问鲍崇民怎么了的话。

杨桂林问：“你丈夫平时上班几点从家走？下班几点到家？”

朴凡秋说：“他上班七点前从家走，下班若不在外边吃饭和打麻将的话，下午五点左右就能回来。”

杨桂林问：“他平时上班怎么走？”

朴凡秋说：“原先是骑自行车，几天前自行车丢了。最近不是坐公交车，就是步行去。”

杨桂林问：“他昨天上班时，兜里装有多少钱？身上带有什么东西？”

朴凡秋说：“他给食堂买菜，兜里怎么也得有二三百元的，他身上还有个汉显传呼机……”

杨桂林问：“你知道你爱人和谁关系比较好吗？”

朴凡秋说：“这个我不知道，他也不跟我说实话。”

杨桂林注视着朴凡秋的表情问：“你们两口子之间感情不好吗？”

朴凡秋的脸上透着沉郁：“原先挺好的，自打儿子到外地念大学后，最近两年不太好。"

"因为什么?"杨桂林问。

"他不通情达理，说谎，总是喝酒、打麻将。"

杨桂林知道朴凡秋没说到问题的实质，他问："除了这些，还有别的原因吗?"

朴凡秋踌躇了一下，说："再就是我听说，他和食堂的两个小媳妇挺好的，一个是姓郭的，另一个是姓邢的。"

"这事你是怎么知道的?"杨桂林问。

"在一个月前的一天傍晚，小郭的爱人小杜来我家找小郭。我不满地说，你上我家找你媳妇?小杜说，你家老鲍老领着她打麻将，不上你家找媳妇上谁家找?你家哪像是过日子人家。我生气地跟他吵起来说，你不看好你媳妇，你到我家闹啥?小杜见我火了，就骂骂咧咧地走了。老鲍回家后，我问他你在外边干什么好事了?让人家找上门来。他说我刚才看见小杜了，不就是跟他媳妇打两回麻将吗?还到咱家找媳妇来了。从那时起，我就怀疑他在外边跟别的女人有私情。"

"你丈夫跟谁发生过矛盾吗?"杨桂林问。

"这我不知道。"朴凡秋回答。

朴凡秋回答完杨桂林的话，才又接着问："我丈夫到底怎么了?"

杨桂林说了鲍崇民被害的事。

朴凡秋痛哭着说："我还以为他犯什么事被你们抓了呢，不承想人竟没了。他的死，十有八九是他搞女人惹的祸……"

二

鲍崇民身上的财物没了，且他的被害案与“7·5”等系列案件作案手段相同，嫌疑人图财的动机明显；可朴凡秋所指的情杀这条线索，看似不能成立却又不能放弃，杨桂林和刚上班的孟鹏飞负责调查小郭和小邢。

在鲍崇民所在的单位，小郭面带哀伤地对杨桂林说：“老鲍死了可惜啊，这人挺不错的。”

她回答杨桂林问话说，她的确和鲍崇民原先常在一起打麻将，自打得知丈夫到鲍崇民家找过自己后，她为了不让别人误解而影响彼此的家庭，她就不和鲍崇民在一起打麻将了。当问及案发当天9月17日晚间她丈夫小杜在做什么时，小郭问17日是星期几？孟鹏飞说是上个星期四。小郭说他晚间上夜班。

小杜在木工机械厂一个车间当工长，核实案发当天是否上夜班很容易。经查证，小杜9月17日晚间的确在单位。

小邢没在单位，不知何故三天前请假一个星期。有人说，鲍崇民和小邢关系暧昧；她单身，是鲍崇民半年前介绍来干临时工的。

没人知道小邢的住处，只知道她叫邢艳春。到市公安局调取户籍信息，得知邢艳春的户籍所在地是丹江市兴隆镇东风村，婚姻状况是离异。

从市公安局出来，杨桂林说：“到东风村。”

到东风村得两个小时的车程，孟鹏飞看着杨桂林疲惫的面容说：“杨大队，我来开车吧。”杨桂林把车钥匙递给了他。

两人上车，杨桂林坐在副驾驶位置上问：“心里还有恐惧感吗？”

孟鹏飞发动了车说：“基本上没有了，通过一些习惯养成，现在晚间能睡个好觉。”

杨桂林回忆着发现庞学智倒地时孟鹏飞惊恐的样子说：“你呀，就是欠缺历练，见到倒地的人和血就慌。”

孟鹏飞给自己打着气说：“杨大队你放心，我日后不会再遇事发慌了。”他深知自己的恐惧源于父亲被害的场面，他不由得提起父亲的被害案，“杨大队，我父亲的被害案一直没破，你说‘7·5’案件的嫌疑人，与害我父亲的嫌疑人是同一人所为吗？”

杨桂林分析着说：“从嫌疑人心狠手辣的作案手段来看，同一人作案也有可能，不过两起案件作案工具不同。若是同一人作案的话，有可能是被你父亲打击处理过的人。”

孟鹏飞补充说：“铁棍不是嫌疑人唯一的作案工具，庞学智不是说他用匕首撬自行车时才抓的他吗？他害我父亲时用匕首，是想把我父亲置于死地且没有反击的机会。嫌疑人害死我父亲或者是报复，或者是为了抢夺枪支，嫌疑人当初摸了我父亲的腰部，他没有料到的是，我父亲当时没带枪。嫌疑人作其他案件用铁棍，是没有面对我父亲时的顾忌。”

杨桂林点头：“你说得有道理。”

“我觉得这个嫌疑人就在爱民区。”

杨桂林没回话。

孟鹏飞扭头一看，杨桂林仰靠在座椅上迷糊着了。

孟鹏飞把吉普车停在东风村村委会门口。

杨桂林身子前倾了下，睁开眼问：“到了？”

孟鹏飞说：“到村委会了。”

两人下了吉普车。

两人打听到邢艳春的家就离村委会二十余米远。当问到邢艳春近几天是否回家时，村支书说她回家了，可能回家照看病重的母亲。

邢艳春家是四间大瓦房，在村子里算是气派的。房子虽大，但住人的只有一间。两人敲门进屋，除开门的是一个容貌端庄的青年女子外，屋内还有一对老夫妻。

杨桂林亮出工作证说："我们俩是公安局的。"

孟鹏飞问女子："你是邢艳春？"

女子一头雾水地说："是。"

杨桂林对老两口问："老哥老嫂子是邢艳春的父母吧？"

老两口点头称是，躺在炕上邢艳春的母亲忙让丈夫倒水招待客人。

杨桂林婉拒说："不用麻烦，我们俩找邢艳春了解点情况。"他对邢艳春说，我们单独谈吧。邢艳春领着两人到了旁边的一个屋子。

旁边的屋子虽然家具家电齐全，但显然长时间没人住，屋内满是灰尘。

杨桂林对邢艳春问道："这是你住过的屋子吗？"

邢艳春说："我前夫是倒插门，这是我结婚时的屋子，房子是我前夫帮着盖的。我离婚了才到市里打工。"

杨桂林让孟鹏飞给邢艳春做询问笔录，他在屋内转悠起来。

邢艳春回答孟鹏飞的问话说，请假回家就是照顾已患胃癌的母亲。她承认，和鲍崇民有暧昧关系。当听到鲍崇民死了时，她惊呆了。问及她是否跟鲍崇民有过冲突时，她说跟鲍崇民没有过冲突。

杨桂林从写字台上拿起一个相框，打断孟鹏飞的问话问邢艳春：“他是谁？”

邢艳春说：“他是我前夫。”

杨桂林说：“他叫李春浩，他这段时间是不是找过你？”

邢艳春有些愣怔：“他是叫李春浩，从监狱回来不长时间，一个月前通过我家人找到我，想要跟我复婚。我跟他在市里他父母留下的房子住了些日子。”

杨桂林面色忽然变冷，紧盯着邢艳春问：“说实话，他是不是因为你跟鲍崇民的关系，跟鲍崇民发生过矛盾？”

邢艳春避开杨桂林的目光说：“一个星期前的一天，他见我回家晚，就找到单位，见我跟鲍崇民亲昵地喝酒，就打了我一个嘴巴，骂了鲍崇民一顿，就离开了。”

杨桂林问：“过后你和李春浩联系了吗？”

邢艳春摇了一下头，说：“我给他打过传呼，他没回。”

杨桂林认定李春浩就是“7·5”系列案的嫌疑人，虽然还没找到李春浩的落脚点，但他仍有种踏破铁鞋无觅处，得来全不费工夫的感觉……

三

邢艳春虽然不知道李春浩的去向，但她毕竟熟悉他，她知道他身边的几个人。经打听李春浩的一个发小儿，得知在李春浩没进监狱前，曾帮一个做生意的叫屈琴的女子要过账，两人过后成了相好。屈琴现在在离丹江一百公里外的绥棱镇经营度假村。杨桂林推测，李春浩应在屈琴处。

因绥棱镇归丹江下辖县穆棱县管辖，杨桂林在请示过市公安局刑警支队长朱勇后，当夜带领十余人到了绥棱镇。

绥棱镇派出所林所长接到了上级的电话指示，召集三个民警在所里迎候。

杨桂林到了派出所自我介绍后说："今天我们到这儿抓捕一个重要嫌疑人，抓捕行动你们务必听我指挥。"

林所长说："你尽管吩咐。"

杨桂林也没客气，当起了指挥员，他先把大老何叫到跟前，指着值班室的电话说："你的任务就是在抓捕前看好这部电话，只允许打进不准打出。他接着对林所长说，行动期间，所里的民警不要跟外界有任何联系……"

提到屈琴的名字，派出所的一个片儿警说："这个人在我管的辖区住，她在镇西边经营一家叫灵溪的度假村，她的生意很红火。"

杨桂林拿出李春浩的照片问："你们在屈琴那儿见过这个人吗?"

林所长等人细看了下均摇了摇头。

那个片儿警说："我小舅子在那儿打工，我可以让他辨认下。"

通过传呼机联系，片儿警小舅子来到派出所，他指着照片说："这小子现在就在度假村。"

杨桂林让片儿警介绍度假村的情况。

片儿警说："度假村没有围墙，用铁丝网和水泥桩简单地围拢着，院后面是鱼池和毗邻的一座山，屈琴平时住在鱼池旁的一处平房里，她的房前有两条狼狗……"

鉴于李春浩所处环境极易逃逸，加之夜晚行动不便。杨桂林部署完抓捕行动，看了下手表说："现在是凌晨一点，我们在派出所休息几小时，天亮后行动。"

本想亲手抓捕李春浩的孟鹏飞，却被安排和那个提供情况的片儿警守外围。在天刚蒙蒙亮，众人走出派出所时，杨桂林还不放心地告诫他，你要注意安全，不到万不得已不得用枪。孟鹏飞闷闷不乐地点了下头。

屈琴被门口的狗吠唤醒，她出门不禁愣怔在那儿，她见一群人手里都拎着枪呈扇形围拢上来。好在林所长提醒她说：“公安局在执行公务，你快把狗圈起来。”

两只看似威猛的狼狗，似乎也被眼前的气势所震慑，边吠边退到圈狗的铁笼子旁。屈琴打开铁笼子，两只狗争相躲了进去。

没有了狗的阻拦，杨桂林告诫屈琴站在原地别动。张凯带领人冲进了平房。没过两分钟，张凯出来问屈琴，人呢？屈琴已知道警察要找的是谁，她往房后努了下嘴说，在厕所呢。

张凯领人跑到房后，见五十米开外一个穿黑衣的男子从简易厕所内提着裤子出来，向铁丝网围栏跑去。张凯喊了声“站住”。黑衣男子并没站住，相反跑得更快。张凯随后追赶。

在外守候的孟鹏飞把已上膛的手枪击锤掰开，以便随时击发。他脑海中又浮现出梦境中杀害父亲和打倒庞学智的黑衣男子，黑衣男子魁梧的体态让他感觉到自己的劣势。他心里很是紧张，握枪的手渗出了汗，腿也有些颤抖。

黑衣男子在孟鹏飞不远处的铁丝网下钻出。片儿警要比孟鹏飞麻利，他近前抓住了对方。

而此时孟鹏飞见要抓的嫌疑人竟跟梦境中的凶犯极其吻合，也穿着黑衣服；只不过对方的黑衣服要比梦境中看到的更细致些，是一件立领的黑衬衣。他对黑衣男子的恐惧，终究没有完全战胜，他的腿打起战来，只能挪着步子往前走。

没等孟鹏飞近前，黑衣男子挣脱了片儿警的束缚，向山上逃去。

孟鹏飞冲着黑衣男子的方向欲鸣枪示警，可他下意识地刚抬起枪，枪却响了。黑衣男子往前蹿了几步栽倒在地，他心里往下一沉，险些瘫倒在地上。

孟鹏飞那一枪击发后，子弹从黑衣男子的侧面贯穿了后脖颈。当大家都围上来时，他像是即将死了般有着微弱的喘息昏迷着。

孟鹏飞神情惶恐地望着杨桂林说："我，我寻思鸣枪示警……"

杨桂林没理他，他对大老何说："把车开过来，赶快送这小子去医院。"

"好的。"大老何跑向面包车。

经过一个多小时的颠簸，李春浩被送到丹江市第一医院。

经检查，那颗贯穿的子弹顺着颈椎擦过。大夫看着片子说："还好，不至于瘫痪。"

那男子虽然就是要抓的李春浩，可他身上没有凶器。更让人大失所望的是，李春浩被排除了嫌疑。鲍崇民被害案是 9 月 17 日晚发生的。

屈琴说："9 月 17 日晚，她和李春浩在穆棱请县税务局的几个领导吃饭，饭后又唱歌到后半夜一点。"

调查与其一同吃饭的人，都证实了屈琴的说法。

在灵溪度假村掘地三尺般的搜查，也没有找到任何证据。

李春浩手术后，杨桂林气愤地质问："你当初跑什么?"

李春浩躺在床上有气无力地说："我不是有帮别人讨债的事吗？所以见到你们警察就怕。"

在杨桂林的敲打下，李春浩承诺伤好后不找爱民分局的麻烦。

孟鹏飞佩带的手枪被勒令上交。

第五章　带着秘密走了

一

蒋斌因上次于民权请他按摩，他把手枪让于民权保管，而于民权当晚没有把枪返还给他一事，使他对于民权很是不满。

一次，两人在小饭店喝酒，蒋斌又提起了此事，说：“你拿你单位的枪怎么嘚瑟都行，你说你要是拿我的枪出点啥事，岂不把我害了？”

于民权说：“能出啥事？我就拿你的枪打打靶呗。”

蒋斌说：“近期枪你就不要玩了，我们分局刑警大队搞案子，民警被打成重伤，枪被抢走了。哪天你要是带枪的话，别让警察发现把你当嫌疑人抓了。”

于民权没把蒋斌的话当回事儿，说：“我是北方工具厂保卫处的，带枪也属正常，谁能抓我？”

蒋斌见于民权听不进他的话，就独自喝下一杯啤酒，骂骂咧咧地说：“你牛×，你带枪警察也不敢抓你。”

于民权不想跟蒋斌弄僵，他见蒋斌对自己来了情绪，便把蒋斌的空酒杯倒上啤酒说：“你别急呀，咱哥儿俩谁跟谁呀，好，我听你的，近期不玩枪了。”他问，“你们这起案子查得怎么样了？”

蒋斌点燃一支烟，稳定了一下情绪说：“按照摸上来的体貌特征，正查着呢。”

“什么体貌特征？”

“跟你体貌特征差不多。一米七多的个头儿，身材魁梧，圆脸。”

于民权更正蒋斌的话说：“我可不是圆脸，我是椭圆脸。”他又若有所思地说，“等哪天我给你提供个线索，我要是提供的线索帮你把案子破了，你当个派出所副所长肯定没问题吧？”

蒋斌知道于民权不善于跟社会上的混混儿打交道，他不屑地说：“好，我看你能给我提供个什么样的线索。”

两人离开小饭店，蒋斌打了个出租车说：“上车，我送你。”

于民权说：“我溜达着走回家。”

蒋斌不解地看了眼离家还挺远的于民权，自己上了出租车走了。

于民权走着回家，是琢磨想给蒋斌提供案件线索的事。他怀疑自己几天前见到的一个人就是警察要找的嫌疑人。一个星期前，他骑摩托车送在北山宾馆当服务员的妻子何玉上夜班，把何玉送到单位，并没有急着回家，而是到了附近的北山公园。

北山公园位于丹江市的最北端，它是依托林木葱茏的北山，和北山南麓的“抗日战争暨人民解放战争殉难烈士纪念碑”而建的。建成后的北山公园，楼台亭榭掩映在苍松翠柏之中；山下九曲回廊的小径，多处大面积的花坛，造型各异的灯饰和长椅，这些怡人的景观加之清新的空气，吸引着众多游人。

于民权登上北山已经是傍晚六点多钟，他在半山腰见一黑衣男子在路边往林中窥视，随即跟踪一对男女步入林中深处。他刚开始以为，黑衣男子是警察，在抓卖淫嫖娼的。不过，他见黑衣男子有些鬼鬼祟祟，便否认了自己的认定，而凭直觉揣测黑衣男子是冒充警察，以此勒索卖淫嫖娼者的钱财。他为了验证自己的揣测，便跟在了黑衣男子的身后。

其实于民权到北山的目的，与他揣测黑衣男子的行为是一致的。他好赌，钱便总是觉得不够花，他一次在单位押运弹药到外地返回时，没把手枪及时交回单位，而是到北山宾馆接妻子下班时到了北山，他见一对男女搂搂抱抱地进了林子，便迫不及待地做起苟且之事来。他近前有意露出腰间的手枪，以涉嫌卖淫嫖娼为由要带两人到派出所。那对男女并非卖淫嫖娼，而是到丹江医学院来进修的外地医院的医生，两人寂寞难耐便搞起了不正当的男女关系。那男子掏出四百元钱让他买烟，他便放走了那对男女。此后，他冒充警察，把勒索卖淫嫖娼和搞婚外情的当作了营生，又做了两次类似的事。

于民权跟在黑衣男子身后没走多远，便把目标跟丢了。他驻足搜寻时，伴随着一声低沉的声音，别动。一个物件儿顶在了他后脑上。他清楚，身后的人，无疑就是黑衣男子。于民权是玩枪的人，他后脑感觉到了枪管的坚硬和透骨的寒意，他默然地举起了双手。黑衣男子二话没说，先是搜了于民权的腰际，而后摸出了他衬衣兜内夹在工作证里的一张五十元钱消失了。

于民权回身，只有一股风吹着树叶瑟瑟作响，若不是对方扔在脚下的工作证和身上冒出的冷汗，他真不敢相信刚才发生的事情。他逃也似的离开了北山。

于民权推开家门时，心里想：待我到北山搜寻黑衣男子观察仔细些，再跟蒋斌说。

二

自从答应给蒋斌提供线索，于民权去了几趟北山，可他一到北山回忆黑衣男子用枪顶住自己后脑的情景就脊背发凉。他内心害怕，只得放弃原有的打算。

于民权来到铁北派出所，郑重其事地把线索提供给蒋斌，当然他隐瞒了自己到北山的目的和以往的劣行。

蒋斌听了于民权的话，不由得欣喜地说："那黑衣男子极有可能是'7·5'案的嫌疑人。"

他给于民权做过笔录后，跟闫海滨做了汇报。

按照上级的要求，"7·5"案上来的线索，统一上报分局刑警大队。可作为所长的闫海滨，很想在工作上出点彩，就没把线索上报，他让蒋斌对案件线索先查着。为便于工作，闫海滨还把所里的挎斗摩托车让给蒋斌用；并在蒋斌的建议下，他跟北方工具厂保卫处领导通了电话，说借调于民权到派出所帮几天忙。北方工具厂在铁北派出所的辖区，保卫处的领导爽快地答应了。

蒋斌每天骑着挎斗摩托车载着于民权到北山搜寻黑衣男子，两人接连几天也没发现目标。

于民权没把自己冒充警察勒索他人的事放在心上，可被勒索的人却记得他。一天下午，蒋斌和于民权到了北山后分头寻找目标。一个曾被于民权勒索过的搞婚外情的男子发现了他，这男子看他不像警察，就到附近的北山派出所报了案。

因北山派出所所长杨胜常见于民权跟蒋斌在一起，碍于情面不便调查，但对报案人又不能不理。他于是通过电话把情况告诉了杨桂林。

杨桂林说：“告诉报案人到分局刑警大队来。”

给报案男子做了笔录，杨桂林吩咐两组人去查于民权。

先是张凯回来对他说：“于民权家在郊区麻花沟，他妻子何玉在北山宾馆工作，两人有一男孩在于民权的父母家。有人看到，他在麻花沟打靶场用手枪打过靶。”

接着大老何进了办公室向杨桂林汇报说：“于民权，三十二岁，身高一米七五，椭圆脸，身材魁梧，北方工具厂保卫干事。他近似于‘7·5’案嫌疑人的体貌特征。”

“没想到咱们搞敲诈勒索案件，还有如此意外收获。”调查于民权的结果让杨桂林再次激动起来，他推断说，“于民权虽然是保卫干事，但他只有押解军用物资时才能佩戴枪支。报案人说于民权作案时身上带着枪，摸上来的情况还能证实他用枪打过靶，他身上的枪或许就是抢庞学智的。”

张凯说：“我们可以传唤他，并对他的住处进行彻底搜查。”

大老何说：“北方工具厂保卫处领导说，于民权最近借调到铁北派出所帮忙，他现在整日跟蒋斌在一起。如果我们动他的话，是不是跟铁北派出所打声招呼？”

“不用跟铁北派出所打招呼。”杨桂林说，“‘7·5’案不同于别的案件，对案件的线索，我们要注意保密工作。”

几个人商议，当晚对于民权进行传唤。

于民权家在郊区麻花沟，是间独立的平房。杨桂林领人蹲坑的时候，就见平房内没有灯光。快半夜了，也没见于民权回家。

张凯说：“于民权的妻子或许上夜班，可于民权能到哪儿去呢？”

杨桂林说："他近期跟蒋斌在一起，蒋斌是独身，会不会在蒋斌那儿？"

张凯说："有可能。"

杨桂林说："你带着人到蒋斌住处蹲守，不过见到于民权后，不要在蒋斌跟前动手。"

张凯点了一下头说："明白。"

张凯领人到了蒋斌的住处，蒋斌的家也没光亮。

张凯让大老何到铁北派出所看蒋斌是否值班。

大老何去了趟派出所返回说："蒋斌没在派出所。派出所的人说他晚间十多点钟独自骑着挎斗摩托车回的家。"

张凯围着蒋斌家的那栋楼房转了一圈，发现挎斗摩托车在楼后。他揣测，蒋斌回家是关灯睡下了，至于于民权是否跟他在一起，待明天才能知晓。

翌日清晨，于民权出现在蒋斌住处附近。因妻子夜班，他晚间没在家住，在罗马洗浴城洗了澡后，在休息大厅住了一宿。一早他来找蒋斌，准备找蒋斌吃过早饭后接着寻找黑衣男子。

让于民权大惊失色的是，他竟在蒋斌的家门口见到了苦苦寻找的黑衣男子，黑衣男子仍就穿着那件黑上衣。

黑衣男子不是别人，就是蒋斌开小卖店的邻居夏林成。于民权正好跟夏林成走个对面，他惊愕地瞪大了眼睛，而后匆忙躲进旁边的单元门里。夏林成从小卖店出来，右手拎垃圾桶，左手拍打着衣服上的浮灰，他没注意到于民权。

夏林成把垃圾倒进楼西头的垃圾箱又回到小卖店，被于民权看得清清楚楚。

就在于民权出了单元门急切地往蒋斌的住处奔时，一辆吉普车迎面挡住了他。他被从车上下来的张凯请上了吉普车。

于民权对爱民分局刑警大队的传唤没在意，他心想：如果说明跟蒋斌在一起的情况后，警察自然会放了他，再则，蒋斌也会到刑警大队要人的。

三

何玉掏出钥匙刚要开门，周边忽然出现几名男子，她吓得将手持的钥匙掉落在地。

杨桂林把钥匙捡起来递给她，亮出证件说：“别怕，我们是警察。你丈夫叫于民权吧？”

何玉战战兢兢地点了下头。

杨桂林说：“我们怀疑你丈夫牵涉一起案件，要向你了解些情况和对你的家进行搜查。”

何玉惊讶：“我丈夫犯什么事了？”

“你丈夫犯什么事，目前还不能告诉你。”杨桂林说，“你把门打开吧。”

何玉把钥匙插进暗锁眼，打开了院门。

穿过院落进了屋，杨桂林让孟鹏飞把居委会的人找来，作为搜查的见证人。他接着拿出搜查证递给何玉。何玉只得在搜查证上签了字。

居委会来了两个中年女人，侦查员们开始对屋内和院落进行地毯式搜查，在屋内的衣柜里搜出数字传呼机一部和金项链一条。在院落的空水缸里，搜出“五四”式手枪子弹二百余发。

从何玉的口中得知，数字传呼机和金项链她没见过。她说子弹见过，她承认于民权佩戴过手枪……

在爱民分局刑警大队，张凯和大老何把于民权锁进了审讯椅里。

于民权看了眼手上的手铐说："你们不会是把我当成'7·5'案的嫌疑人了吧?"

张凯反问："你说呢?"

于民权说："我最近跟铁北派出所的蒋斌正搞这起案件呢，能否让我见下蒋斌?"

张凯说："你熟悉的人，现在谁也见不了。"

于民权说："那你们有什么话就问吧。"

张凯问了于民权年龄、工作单位、家庭成员等自然情况，便不再问下去。

到了中午，张凯把盒饭端到于民权的跟前。于民权吃完饭，杨桂林和孟鹏飞走了进来。

张凯对于民权介绍杨桂林说："这是我们刑警大队大队长杨桂林。"

于民权恭敬地说："杨大队您好。"

杨桂林回应于民权的是犀利的目光，继而拉过一把椅子坐在他对面说："于民权，说吧。"

于民权愣怔地问："说、说什么?"

杨桂林抬手点了几下于民权的额头说："还能让你说什么，当然说你违法犯罪的事。"

于民权不满地扭下脑袋："不要点我的头好不好!"

"我点你头，是让你清醒点想问题。"杨桂林说。

于民权理直气壮地说："我没问题，想什么?"

杨桂林抬高了声音：“你做的事，别以为我们不知道。先谈谈你在北山干的事。”

于民权琢磨了一会儿，态度明显软下来商量说：“杨大队，在我没说之前，能不能让我见下蒋斌?”

杨桂林说：“你不要跟我讲条件，不行。”

四

一天过去了，于民权什么都没说。

对于于民权而言，唯有蒋斌会想办法捞他；再则，他要把发现黑衣男子的重要情况向蒋斌反映，多年的保卫干事生涯使他直觉地认定，黑衣男子就是“7·5”案的嫌疑人。

于民权对杨桂林执拗地说：“你不让我见蒋斌，我真的没话可说。”

杨桂林难以了解于民权的心态，只是认为于民权见蒋斌，就是让蒋斌捞他。他见于民权嘴硬，便对孟鹏飞说：“你把东西摆在桌子上。”

孟鹏飞从拎包里把从于民权住处搜出的东西掏出放在桌子上。

于民权看着桌面上的东西，额头上渗出了汗。

杨桂林说：“说说那几样东西的来历吧。”

于民权无法再保持缄默，他说：“我喜欢打靶，子弹是从单位拿的；金项链是给何玉买的，她一个星期后过生日；数字传呼机是在二手市场花三百元买的，因为我的传呼机常收不到信号。”

杨桂林说：“三样东西的来由，只有子弹你说的是实话。金项链和传呼机，你没有说实话。”

于民权不再交代下去，又提出见蒋斌。

杨桂林对于民权轻蔑地笑了一下说：“你等于什么也没交代，你还好意思再提条件。”

于民权说：“那我说实话，你让我见蒋斌可以吧?”

杨桂林说：“那看你的交代与我们掌握的是否一致。”

“金项链的确是我买的，只不过发票我忘了放在哪儿了。”于民权说，“传呼机是上个月中旬，我冒充警察抓了一对卖淫嫖娼的，那男的身上没钱，把传呼机给了我。”

杨桂林说：“哪有买了金项链还不记得把发票放在哪儿了？传呼机我们已找到了机主，机主说在北山被一持枪的人抢走。”

于民权心里明白，冒充警察敲诈他人一个几百元钱的数字传呼机，大不了罚点钱或在拘留所里待上半个月。但若要把自己定性为持枪抢劫的话，那就严重了，说不定得在监狱待上几年。他瞪大眼睛惊惧地说：“怎么，他说我是抢的？再说那天我也没带枪啊，我只带了个空枪套。”

杨桂林说：“你把那天的情况详细地说一遍。”

于民权感觉胸口难受，他没再接着说案情，而是一副痛苦的样子扭动着身体说：“我不舒服，快送我到医院。”

杨桂林观察了下，意识到于民权或因紧张导致身体隐性疾病发作，他让人打开于民权身上的戒具。

于民权被架出审讯椅时，他喘着粗气对杨桂林说：“我今早见到你们要找的‘7·5’案件的嫌疑人，不过是谁，我得当面跟蒋斌说，求你把蒋斌找来。”

杨桂林见于民权面色煞白，眼眶里的眼球直翻白眼。他已顾不得于民权所交代的问题，而是急切地说：“赶紧把他送到医院。”

孟鹏飞把于民权背在身上，小跑着出了审讯室……

蒋斌得到信儿赶到公安医院，于民权在病榻上嘴里只蹦出“在你家附近……”几个字，便闭上眼睛，停止了呼吸。

第六章 刑警大队长被调离

一

于民权之死，致使爱民分局刑警大队暂停了全部工作，配合纪检部门和检察机关的调查；同时为了防止于民权的家属搬出尸体上访，他们全天二十四小时值守尸体存放地——丹江医学院解剖室。

丹江市检察院的法医对于民权的尸体进行了解剖，出具了法医学鉴定书：死者于民权未见机械性损伤、机械性致死的法医病理学改变；其生前患有冠状动脉粥样硬化性心脏病之潜在疾病，案件材料反映死亡过程迅速，结合文献材料等综合分析：于民权的死因符合因冠状动脉粥样硬化性心脏病所致的心源性猝死。审讯过程中精神紧张、疲劳等因素为其猝死诱因。

虽然检察机关出具了尸检结果，但何玉以于民权没有心脏病史，遭到刑讯逼供死亡为由向爱民分局狮子大张口索赔十万元，要求将孩子抚养到十八周岁，并将刑警大队长杨桂林清除出警察队伍。

爱民分局不可能答应于民权家属的要求，何玉便不同意火化尸体，且四处上访。

一切问题的焦点都聚在了杨桂林的身上，于民权死后两个月的时间里，他多次奔波于市公安局纪检委与市检察院之间，当执纪执法部门排除了办案民警刑讯逼供的嫌疑后，他也因高血压住进了医院。

这天是星期天，护士进病房给杨桂林量了血压，低压九十，高压一百三。张妍说，血压终于趋于平稳了。

护士走后，杨桂林怜爱地看着张妍明显消瘦的面颊说：“我住院这一个多星期，你受累了！”

张妍苦笑着说：“老夫老妻的，我不照顾你，谁照顾你？”她叹口气又说，“我多受点累倒没啥，你工作上别摊上事我就谢天谢地了！”

杨桂林说：“今天回家吧，我好换下内衣。”

张妍说：“好，回家。”

杨桂林说：“明天早上来，血压如果稳定的话，就办理出院手续。”

两人刚跨进家门，杨桂林就接到了吕昌湛的电话，让他到单位去。

杨桂林出家门时，张妍叮嘱说：“你还是个住院病人，别到单位就投入工作。”

杨桂林说：“我知道，办完事就回。”

杨桂林进了吕昌湛办公室，坐到吕昌湛办公桌前面的椅子上。

“找你来，是跟你商量你工作上的事。”吕昌湛踌躇着说，“你身体不好，‘7·5’案件对你压力也很大，你到分局巡警大队任职怎么样？巡警大队平常只是巡逻和值班，没案件压力。”

杨桂林没有立即表态。他很明白，分局给他调整位置，与于民权家属的上访有直接关系。他原先曾多次向分局领导请辞刑警大队长的职位，而领导则以没合适人选为由拒绝了他。他虽然很想找个轻松的岗位，可这样把纯属意外而非自己过错酿成的事端算到自己账上的工作调整，他心有不甘。

沉默片刻，杨桂林开口说："多谢领导关心，其实我早就想找个轻松的位置。不过我有个请求。"

"你说。"吕昌湛注视着他说。

"我搞完'7·5'案后，到巡警大队去工作。"

吕昌湛一口回绝："不行。"他开导地说，"我刚才说过，你身体不好，'7·5'案件对你压力也很大……"

杨桂林带着情绪打断吕昌湛的话说："我曾跟你提出请辞刑警大队长的要求，您当初为什么不答应？现在你给我调整位置，无非是对于民权的家属息事宁人的妥协！再则，我对'7·5'案件要比别人了解得多，我组织侦破这起案件，是再恰当不过的。"

"你说的不是没有道理。"吕昌湛说，"可是你有没有考虑过，'7·5'案的发生，庞学智被打成重伤枪支被抢，你难脱干系，因当初你是蹲守抓捕行动的组织者。第一个嫌疑人李春浩被孟鹏飞枪伤，虽没造成严重后果和上访，但你能说跟你没责任吗？现在于民权又意外死亡，家属把上访矛头指向你，你让分局这级组织怎么办？再则，给你调整位置，是市局局长李晨提出来的。"

吕昌湛的一席话，让杨桂林一时哑言。

"分局党委有人还建议给你处分呢。"吕昌湛说，"给你调整位置，是让你避开锋芒，也是对你的保护。"

吕昌湛把话说到这份儿上，杨桂林便不再说什么。他透着无奈地点头：“那好吧，我服从组织的调整。”

“当然案件摸着线索，你也可以领着巡警接着搞。”吕昌湛说，“你先回去休息吧，待上班后直接到巡警大队工作。”

二

丹江医学院解剖室位于医学院的东侧，解剖室内除了有两个不锈钢解剖台外，还有存放十多具涉案尸体的冷冻存尸柜，于民权的尸体便在存尸柜里。解剖室的北面两百米处是存放解剖用尸体的存尸房，存尸房的旁边是医学院的东门。

为便于刑警大队值守，医学院把与解剖室一墙之隔的楼内一间办公室腾了出来。

这天在医学院解剖室值班的是大老何和孟鹏飞，上午十点，大老何跟孟鹏飞说，我外出参加个婚礼，下午一点多钟回来。孟鹏飞说你去吧，这也没啥事，于民权的家属压根儿不会来搬尸体上访。大老何说，不过咱们也得做好防范，我走了，你在这儿盯着，千万不能挪地方。孟鹏飞说你放心吧。

大老何走后，孟鹏飞见看管存尸房的瘦老头进楼上完厕所从办公室门前走过。在孟鹏飞眼里，瘦老头有些神秘，他独自一人住在存尸房旁边的小屋里，每当从别处拉来无主尸体，他面对尸体毫无顾忌，从容地把尸体身上的衣裤扒掉，有时还拿着大号针管往尸体的血管里打上朱砂，而后放进装有福尔马林的池子里。他曾问瘦老头，往尸体里打朱砂做什么？瘦老头说打上朱砂，解剖时血管脉络便清晰可见。在孟鹏飞眼里，瘦老头是个既有胆量，又挺特别的人。

此时孟鹏飞见到瘦老头，萌生跟他聊聊的想法。他出了办公室，跟着瘦老头到了存尸房旁边的小屋里。

这天孟鹏飞着的是便装，不过近期经常见面，使瘦老头知道他是个警察。瘦老头对他犹如熟人似的指着一个凳子说坐。孟鹏飞坐下。

瘦老头插上电炒勺，放点油，把备好的半碗生鸡蛋倒入电炒勺中炒了起来。鸡蛋炒好盛出，他把盘子放在地桌上，拿起桌上一瓶丹江大曲酒，将酒倒进一个脏兮兮的杯里。他看了眼孟鹏飞问喝点儿吧。孟鹏飞忙说我不喝。瘦老头放下酒瓶，自顾自地喝了起来。

孟鹏飞问："大叔，你是哪儿的人？"

瘦老头说："我家是郊区大漠镇的。"

孟鹏飞好奇地问："地不种了？怎么上这儿看起存尸房来了？"

瘦老头说："地给儿子种了，儿子不愿养我，老伴儿也去世了；经别人介绍，就到这儿来了。"

孟鹏飞问："你一天二十四小时在这儿，不害怕吗？"

瘦老头喝口酒说："怕什么？死人我见多了，我年轻时在煤矿打工，历经一次矿难，死了四十六个人，就我活着出来了。"

瘦老头的淡然，使孟鹏飞羡慕地想，我要是像他似的，对一些事不在意，就不会有恐惧的心理了。

这时天倏然阴了起来，下起了蒙蒙细雨，接着是闪电和隆隆的雷声。

孟鹏飞望窗外雨的大小，他忽地发现窗外影影绰绰。没等他看清楚外边的情况，他身后响起"梆梆"的敲门声。

孟鹏飞扭头，见门被拽开，从外边呼啦啦地进来几个男女。

为首的壮汉问瘦老头，说："你是看存尸房的吧？"

瘦老头点下头。

壮汉酒气熏天地说：“你把门打开，我们要见一个人。”

瘦老头不解地说：“见人？里边都是无主尸体。”

一个披头散发的老妪对瘦老头说：“于民权是我的侄女婿，我要见他……”

孟鹏飞听出来这群人是何玉的亲属，他也看到了夹在其中的何玉。显然这群人误认为于民权的尸体在存尸房里，便让瘦老头把存尸房的门打开。

孟鹏飞急忙挤出人群，奔向办公室报信。

孟鹏飞在办公室分别给大老何、张凯打了传呼。过了几分钟，他见电话没动静，就又给杨桂林打了传呼，给传呼台留言：何玉的家属到医学院闹事。

坐在出租车里还没到家的杨桂林，接到传呼，就让司机掉头到医学院。

杨桂林到了医学院解剖室的门口，正见何玉的家属用铁棍撬解剖室的铁门。孟鹏飞在阻止，却被人推到了旁边。

杨桂林大喊：“住手。”

何玉的家属转过身看着杨桂林。

杨桂林说：“你们这是要干什么？有事可以说……”

何玉打断杨桂林的话，指着他说：“这人就是刑警大队长，他让人抓的于民权和抄的我家。”

何玉的话犹如一根导火索，她的家属上前就跟杨桂林纠缠起来，壮汉抬脚把杨桂林踢倒在地。孟鹏飞为护着杨桂林，脸上被挠伤，身上也挨了拳脚。

张凯领人赶到现场，他掏出手枪鸣枪示警，震住了于民权的亲属……

三

爱民分局两个多月来被何玉搅得苦不堪言，从上到下都对她很是反感。何玉等人被押回刑警大队后，吕昌湛听完张凯的情况汇报说，按法律上限对他们进行处理。何玉及亲属除了老妪外，其余六人以妨碍公务罪被刑事拘留。杨桂林右侧肋骨被打折两根，构成轻伤。

何玉胡搅蛮缠的上访，相关部门因她死了丈夫而萌生同情的好言相劝，不仅没能促使事情的解决，还使她形成了刁蛮的心态。故而，她被押进看守所，满脸不在乎。她认为：无非是亲属想看眼于民权尸体，跟警察发生了撕扯，能怎么样？

同监室一女在押人员告诉她，你这事不算个事，过不了几天，爱民分局会把你们的刑事拘留改为行政拘留，至多拘留十五天。女在押人员的话，让何玉心里托底地说，爱民分局的人还说给我们判刑呢，净吓唬人。

张凯提审时告诉何玉，杨桂林被打成轻伤，你那打人的姐夫会在监狱里待上两三年。何玉脸上露出淡笑说，判就判吧。张凯苦笑着摇下头说，你不悔过，有你哭的时候。

过了半个月，何玉见爱民分局没有把他们的刑事拘留改为行政拘留，心里不由得慌了起来，她回味着张凯对她说的“有你哭的时候”的话，不禁思忖：难道法院会真的判我们刑？

爱民检察院来了一男一女提审了何玉。

何玉问检察官：“我们会被判刑吗？”

女检察官说：“你们当然要对你们的违法犯罪行为负责。”

检察官的话，让何玉忐忑不安。

两天后，两个女律师来会见她，其中年长的女律师说：“我姓祁，你的公公婆婆委托我作为你的辩护律师。”

何玉不懂律师的作用，问：“我的公公婆婆给我请律师干什么？”

“你们的案件已起诉到法院，这两天你会接到起诉书，然后就会开庭。”祁律师说，“也就是说，你和你亲属因妨碍公务会被处以刑罚，我给你辩护的目的，以法定的从轻情节，使你减轻或免除刑罚。”

何玉问：“你说的刑罚就是判刑吧？”

祁律师点头：“可以这么理解。”

“那我姐夫打伤杨桂林，他判得会重吧？”

“当然，造成轻伤会处以三年以下有期徒刑的。”

祁律师的话，使何玉面如土色。

“我是你的辩护律师，我现在告诉你案件对你不利的一面。”祁律师说，“案件的其他当事人，都如实供述了为给公安机关施压获得更多赔偿，以见尸体的名义，将尸体抢走上访的目的。而你则始终不承认这一动机，由此你极可能获实体刑，北山宾馆服务员的工作也将不保。”

何玉彻底慌了，问：“那我该怎么办？”

“你的公公婆婆挺通情达理的，造成现在局面皆由你引起。”祁律师说，“你若不再提苛刻的条件，将于民权的尸体火化，我想这事就能好处理些，爱民分局也会做出让步。”

何玉只得说：“那就按你说的做……”

正如律师所分析的，爱民分局做出了让步，并经与爱民区法院沟通，爱民区法院开庭对何玉及其家属均处以了缓刑刑罚。何玉出了看守所将于民权的尸体火化。

在家养伤的杨桂林，得知于民权死亡之事已解决，他虽没得到医药费、营养费等赔偿，但自己所面临的麻烦得以化解，他喟叹而释然地深吁一口气。

杨桂林伤好后到巡警大队上任，他把孟鹏飞调到了自己的身边。张凯被任命为刑警大队大队长。

巡警大队是新成立的单位，在爱民分局西侧的平房内。队里十二名队员是新招录的合同制警察，他们在警校培训了三个月后开始工作。杨桂林是大队唯一的领导，他每天除领他们训练和巡逻外，再没其他任务。

第七章　沆瀣一气

一

转眼到了冬日，天下起了雪。

杨桂林坐在办公椅上，望着窗外飘洒的雪花。他到巡警大队工作后，时常就这么闲适地望着窗外。三十余年忙碌的刑侦工作，使他的生活和工作形成一种往前奔的惯性；而如今这往前奔的惯性却戛然而止，让他有些不适。其实他心里清楚，闲适是他多年的希冀，他内心的不适是觉得自己被贬到目前的位置引发的憋闷。

杨桂林心里仍然想着“7·5”案件。于民权死后，他才得知于民权发现了案件嫌疑人，把情况反映给了蒋斌。铁北派出所所长闫海滨想给派出所挣得荣誉，没把情况汇报给刑警大队的贪功念头，让情况不明的刑警大队把目标盯上了于民权。事后又经核实，于民权的交代是属实的，在他家搜出的数字传呼机，并非抢得的，而是正如他所说的机主身上没钱，把传呼机给了他。那个金项链的发票，后在他单位的办公桌抽屉里找到了。至于于民权临终前跟蒋斌说，在你家附近……他应当是说在蒋斌家附近看到了嫌疑人，那么这个嫌疑人出现在蒋斌家附近有两种可能，一种是居住在蒋斌家附近的人；另一种是路过蒋斌家附近的人。那么这两点可能性大些的，便是居住在蒋斌家附近的人，嫌疑人清晨外出路过蒋斌家附近的可能性极小。

那么居住在蒋斌家附近的嫌疑人会是谁呢？蒋斌是片儿警，他言之凿凿地说，按照嫌疑人的体貌特征，他的管片儿都摸排遍了，没有可排查的对象了。若是于民权对蒋斌所说在你家附近，并不是指看到嫌疑人的话，那他想说的又是什么呢？

杨桂林进而反思，如果自己能做到常督促，使闫海滨把于民权发现嫌疑人的情况及时汇报给刑警大队；如果自己疑心不那么重，让于民权见到蒋斌，案件或许会出现转机，自己也不可能麻烦缠身。可这事后的如果，已经于事无补，只能作为教训！

这时传来敲门声。

杨桂林的思绪被打断，他说了声："请进。"

新招录的巡警陈连宇走了进来，这小伙子思维敏捷，勤快、利索。杨桂林很赏识他，让他干内勤的活儿。他把手里的一张纸递给杨桂林说："杨大队，这是下个月的值班表。"

杨桂林看过值班表问："怎么没把我排上？"

陈连宇说："杨大队，你年龄大，身体又不好，值班由我们年轻的来就行了。"

杨桂林一考虑，巡警大队晚间值班不办案，也就是看个办公室。于是他说："我虽然不值班，但我可是要随时抽查你们的值班情况，告诉各个中队，值班不要漏岗。"

"杨大队，你放心吧。我们这帮新入警的，干劲儿足着呢，都愿意值班。"陈连宇看了眼杨桂林腰际的手枪说，"杨大队，我给你擦擦枪吧。"

巡警大队只有杨桂林佩枪，年轻人都喜欢手枪，在队里能接触手枪的，也只有陈连宇了。杨桂林笑了下，放下手中的值班表，掏出“六四”式手枪递给了陈连宇。

陈连宇把手枪分解开，从窗台处拿过来擦枪所需的物件，坐下仔细地擦拭起来。他问：“杨大队，你说我们什么时候能落实编制，有规范的待遇啊？”

巡警大队新入警的巡警，工资标准是每月一百元。比在编民警少很多。

杨桂林思忖着说：“至于什么时候考录干部编制，享有正常待遇，我看也快，明年差不多。”

陈连宇叹口气说：“我这点工资都不敢处对象。你说像我们这样的处对象都困难，日后结婚该咋办呀？”

杨桂林说：“你们的待遇的确是个问题，我请示一下分局领导，看能否争取到补助。”

杨桂林是考虑一件事，就要去办的人。陈连宇把擦过的手枪还给他，他便出了办公室向分局机关走去。

作为分局长的吕昌湛，当然也想提高巡警的待遇，他说，分局肯定是没钱给巡警补助。爱民区是丹江市财政状况最差的区，咱们工资还经常压着呢，指望区财政补助也不可能。他说了个折中的办法，这样吧，你们可以查处治安案件，抓获赌博和卖淫嫖娼的罚款上缴区财政后，用财政返回的提成给他们补助。

虽然给巡警补助的事，从组织层面上难以解决，但有了分局长明确的可以搞治安案件的指示，杨桂林还是满意地离开了吕昌湛的办公室。

二

夏林成的妻子方淑芬和孩子回了娘家，夏林成晚间从冰箱里拿出羊肉卷，准备弄点涮羊肉吃。他端着电炒勺出门倒刷锅水，遇见了正把自行车放到墙边的蒋斌。他招呼蒋斌："晚饭到我这儿吃涮羊肉吧，我跟你说件事。"

蒋斌说："吃涮羊肉好啊！我家还有瓶好酒，我上楼拿下来。"

"我这小卖店啥酒都有，不用拿。"

"老喝你家的酒，你家嫂子该不愿意了。"蒋斌说着进了单元门。

夏林成和蒋斌已成为哥们儿，蒋斌单身，日常业余生活主要内容就是喝酒和赌博。陪他喝酒和赌博的于民权没了，他一度无精打采。这时夏林成贴了上来，他三天两头儿就找蒋斌喝点儿小酒和打个麻将小赌一下，虽然小赌对蒋斌来说没有以往大赌来得刺激，但生活也算有了营生。

不一会儿，蒋斌拎瓶郎酒进了小卖店，两人坐在炕上喝了起来。

蒋斌问："你跟我要说什么事？"

夏林成说："你嫂子的表妹离了婚，你嫂子说'蒋斌单身，你把我表妹给蒋斌撮合撮合'。"

蒋斌单身多年，有人曾给蒋斌介绍过对象，可他一直想找个条件好点儿的，故而看过多个也没成。蒋斌问："她怎么离的婚？她是干什么的？"

"她表妹离婚的原因是不生孩子。你有孩子，不生孩子的女人跟你岂不更合适？她表妹在市财政局工作。”

“她家条件怎么样？”

夏林成咧嘴笑着说：“条件没的说，你要是看上她表妹了，说不定还能帮你提个一官半职的。”

蒋斌眼睛亮了起来：“她家有当官的？”

“你嫂子的姨夫是市人大主任。”

“那好啊，哪天见见面。”蒋斌喜不自禁。

夏林成说完了给蒋斌介绍对象的事，转个话题问：“我看你最近上下班挺准时的，怎么不忙了？”

蒋斌说：“派出所的工作，冬天事少点，不像夏天治安案件多。”

半瓶白酒下肚，夏林成问：“那起把警察打伤、抢警察枪的案子，破了没？”

蒋斌低头点燃一支烟说：“还没破。”他接着惋惜地说，“若不是我哥们儿于民权死了，这起案子我十有八九就破了。”

夏林成面露惊诧：“是吗？有线索了？”

“当然有线索了，于民权在北山见到了那个嫌疑人，那个嫌疑人穿一件黑上衣。嫌疑人尾随搞不正当关系的一对男女时，他跟踪嫌疑人却被对方用枪顶住了后脑，被抢去五十元钱……”

夏林成听了蒋斌的话，脸上掠过一丝惊悸。

三

蒋斌喝得直晃悠离开小卖店后，也没少喝的夏林成犹如酒醒似的锁好门，把窗帘拉上，又将炕桌往墙边一推，从炕柜里摸出把“五四”式手枪。

在酒精的作用下，夏林成双眼迷离地看着手里的手枪，似乎凝想着什么。

不错，夏林成便是“7·5”案件的嫌疑人，他手中的手枪就是抢庞学智的。同时他还是杀害匡国章的凶手，他之所以杀害匡国章，是因为匡国章堵住了他当兵的路。他从小对枪痴迷，在上中学的时候，用火药枪将同学打伤被学校开除。痴迷枪的人大都期盼当兵和当警察，可就在他报名当兵政审过程中，当初在铁北派出所当片儿警的匡国章把他的前科抖落了出来，他当兵的愿望由此破灭。

夏林成对匡国章怀恨在心，时隔二十年后，即1988年7月20日傍晚，他遇见在商店门口等儿子的匡国章，旧恨加之他想抢得枪支，便用携带的匕首趁对方不备将其刺死。而后为了假证自己案发时间不在场，他返回所在的单位林业局木材加工厂，偷窃了机器零件，被抓获后劳教两年。故而，他避过了杀害匡国章的嫌疑。

夏林成身上已背负三条人命，除被害的匡国章外，1992年7月2日，凌晨在火车站抢劫并打死绥芬河摄影师王云飞；1992年9月17日晚，在木工机械厂附近抢劫并杀死木工机械厂工人鲍崇民。

夏林成从蒋斌的口中得知，于民权的死使他躲过了一劫。他心里明了，自己若不再作案，警察摸不到线索，很难再把目标指向他。他忽然觉得手里的枪是烫手的山芋，必须得把枪处理掉；还得把自己作案时常穿的黑夹克处理掉，嫌疑人身穿黑衣已成为警察的首要线索。

有了这个念头，他起身把枪插在腰带上，在衣架上找出黑夹克，穿上棉大衣出了门。

夏林成把黑夹克扔到了路边垃圾箱里，他把枪扔在了离家五百米开外莲河桥下的雪堆里，他想明年开春，解冻的河水将会把枪不知冲到何处，自己也将高枕无忧。他回到家，头挨上枕头就睡了。

清晨，夏林成被买酱油的邻居敲门搅醒。打发走邻居，他像丢了贵重东西似的发了一会儿愣，而后推门小跑着到了莲河桥下，扒开雪堆找到了几个小时前扔掉的手枪。他把枪揣到怀里，吁了一口气想：自己如此喜爱枪，为什么要扔呢？要是被人捡到交到警察手里，因自己有案底，枪上若验出指纹也足以要了自己的命！

夏林成回到小卖店，把之前拉开的窗帘再重新拉严，又把门的暗锁锁上。他掏出手枪，见枪的凹处有雪水。他自语：“得把枪好好擦擦。”

夏林成拿起抹布，将手枪擦得铮亮。他看着手中的手枪，心中忽然冒出个怪问题：若在媳妇和手枪两者之中选择其一的话，我宁要手枪，也不要媳妇。

四

孟鹏飞已半个月没见到崔颖，他给崔颖打传呼，崔颖没回话。

如此的情况，崔颖已有几次。孟鹏飞郁闷地想：你崔颖到底啥意思？如果不处了，给个话。他要找崔颖谈谈，他看了下手表，已是四点半，就跟杨桂林说了声早走一会儿，骑着自行车到了第一医院门口。

孟鹏飞和崔颖的关系已是若即若离，一对恋人关系的明显降温，一方面是崔颖的母亲对单亲家庭的孟鹏飞有些不称意，另一方面是孟鹏飞由一名腰佩手枪的刑警变为腰挂橡胶警棍的巡警，这使在伙伴中常炫耀对象的崔颖大跌眼镜。崔颖说你还是调回刑警大队吧，做个侦查破案的刑警那有多威风，而且还能多学些公安业务。每当此时，孟鹏飞便以沉默来回应，这使得崔颖对他越发不满。

其实目睹父亲被害的孟鹏飞，从当警察那天起，就想做个好刑警，然而他无法向崔颖诉说因个性的怯懦而致使用枪支出现问题。他跟随杨桂林到巡警大队也属无奈之举；他明白没了杨桂林的关照，自己在刑警大队将不受别人待见。

崔颖出了医院大门口，见了扶着自行车的孟鹏飞，问："你怎么来了?"

孟鹏飞有些讪讪地说："我给你打传呼，你没回，我就直接过来了。"

崔颖若有所思，没回答孟鹏飞的话。

孟鹏飞想说什么，欲言又止。

"别在门口站着了，你骑自行车带我走吧。"崔颖脸上露出些笑意说。

看着崔颖的笑意，孟鹏飞愉悦地说："好嘞。"他跨上了自行车。

崔颖上了自行车后座说："路滑，慢点儿骑。"

"你放心，摔不着你。"孟鹏飞说，"咱俩吃点饭去?"

"不了，今天冬至，我妈包饺子让我回家吃。"崔颖迟疑了下说，"要不你到我家吃吧?"

孟鹏飞心中腾起的一丝暖意，又渐凉了下来。不过他还是答应了崔颖有些牵强的邀请：“好啊！那就到你家吃饺子。”

路过一家百货商店，孟鹏飞倾其所有买了两瓶白酒和四瓶罐头。

崔颖的家，孟鹏飞曾来过一次，那次来，崔颖父母还算热情。而这次当孟鹏飞迈进崔颖的家门时，崔颖父母的话显然少了些。当中学教员的崔父说了句来了，就接着坐在沙发上看书。在街道居委会工作的崔母，说了声屋里坐，便没了下文。

崔颖把孟鹏飞让到自己住的小屋，孟鹏飞也一时不知说什么好。

在吃饭的时候，爱喝两口的崔父在厨房柜里找酒。

孟鹏飞忙打开一瓶拎来的白酒说：“叔，喝我给您买的郎酒吧。”

“好，那就喝你买的酒。”崔父坐下，待孟鹏飞给他眼前的酒杯斟满酒，他喝了一口说，“不错，好酒。”

孟鹏飞说：“既然叔喝这酒好，那下回再买郎酒。”

崔父对孟鹏飞说：“你也来一杯吧？”

其实孟鹏飞是能喝点酒的，不过他不好意思地摆着双手说：“叔，我不喝酒。”

崔母对崔父说：“你就知道喝。”她又对孟鹏飞说，“你们年轻人挣的工资少，要省着点花。”

孟鹏飞说：“到这儿来，买些东西是应当的。”

崔母没再说什么，崔父也没话，饭吃得有些闷。

从崔颖家出来，天空飘起了小雪。

孟鹏飞吻了下崔颖的脸颊说：“日后不要不回我的传呼，可以吗？”

崔颖点下头，随即解释说：“有时忙，没有及时回，你也别在意。”

孟鹏飞说：“这我理解。”

崔颖打了个喷嚏。

孟鹏飞说：“你没穿外套，回去吧。”

崔颖挥手说：“拜拜。”

五

路灯灰暗，空旷的街道上铺满了雪花。

孟鹏飞见前面一男子不紧不慢地走着，他脑海中不由得浮现出“7·5”案件嫌疑人的体貌特征，他轻踏着自行车，观察着那个男子。他继而发现，地面上不仅有那个男子的新鲜脚印，还有另一双脚印，难道那个男子在跟随什么人？

“嘀嘀”一辆货车鸣着笛从路中间驶过，在货车车灯的照射下，孟鹏飞看到了在那个男子前面二十米开外处，还有一个黑影。

当孟鹏飞确定后边的那个男子在跟踪前面的黑影时，他心里陡然紧张起来，他手持车把的双手不由得颤抖着。他告诫自己：不能当逃兵，一定要跟紧对方，看他到底要干什么。他下了自行车，将自行车放至路边，悄悄地跟着那个男子。

一辆出租车在黑影前面停下，一个女子下了车向路边一栋楼走去。突然，黑影猛跑几步，抢夺女子身上的挎包，把女子拽倒在地。

女子大声呼救：“救命啊！救命啊！”

那个男子边向前奔跑边大喊：“警察，住手。”

黑影并没有住手，而是抢下女人的挎包，向前跑着想甩掉那个男子。

听到那个男子的喊声和他从腰间掏出亮晶晶的东西，孟鹏飞恍然明白，那个男子是警察，那亮晶晶的东西是手铐。那个男子尾随黑影，犹如自己跟踪那个男子一样，怀疑对方是违法犯罪嫌疑人。

那个男子在离黑影几步远的距离，一个前扑将黑影扑倒，两人扭动了几下，黑影挣脱那个男子向孟鹏飞这个方向跑来，一只手上还当啷着手铐。

黑影低头跑压根儿没注意到孟鹏飞，当孟鹏飞鼓足勇气抬起脚踹向黑影时，黑影的腹部结结实实地挨了一脚。黑影倒在地上，孟鹏飞骑到黑影的身上又一拳打在对方的脸上。

黑影叫喊：“大哥别打，我不跑了。”

孟鹏飞住手，看到一张稚气的脸。

“小孟，原来是你。”男子过来拍了下孟鹏飞的肩膀说。

孟鹏飞抬头，惊诧地说：“庞哥……”

孟鹏飞和庞学智打了辆出租车，带上被抢的女子，把抢劫嫌疑人押解到爱民分局刑警大队。从嫌疑人黑羽绒服里搜出的身份证得知，他只有十八岁。嫌疑人说是在丹江打工的，因包工头拖欠工资，就想到了抢劫。

从爱民分局出来已是半夜，庞学智随孟鹏飞返回案发地附近，取了孟鹏飞的自行车。

庞学智说我晚间还没吃饭，走，小孟，咱俩吃点羊肉串去。两人找了家羊肉串店，边吃边聊了起来。

孟鹏飞问："庞哥，你伤好了？"

"就算好了吧，不过还得恢复段时间才能上班。"庞学智叹口气说，"即使上班了，我能否正常工作还两说着，头脑常迷糊，体力也跟不上。刚才抓那个小子，要是没有你帮忙，那小子没准儿就跑掉了。"

"你怎么想起晚间出来抓抢劫犯呢？"

"我要将把我打成重伤和抢我枪支的人抓到。"庞学智略带激动地说出了自己的担忧，"我真怕哪天我被抢的枪响了伤及无辜……"

六

在夏林成的介绍下，蒋斌和方淑芬的表妹龚玉洁见了面，龚玉洁不到一米六的个头，脸上还有雀斑，蒋斌感觉不太称意。而龚玉洁对蒋斌的感觉是，蒋斌的容貌虽然一般，但有个魁梧的身材，警察职业也还可以，她倒是同意和蒋斌相处。

蒋斌对夏林成说："夏哥，你给我介绍个差不离的呀，龚玉洁个头太矮了。"

夏林成看了眼蒋斌耷拉着有着皱纹的两腮，脑海中忽然浮现出沙皮狗的样子。他不由得说："你的眼光也别太高了，龚玉洁是长相差点儿，但家里条件好啊，她没孩子，一个人住江滨城市花园一百四十多平方米的房子；再则，你要是跟她成了，你那个当市人大主任的老岳父给你提个一官半职的，算是事吗？"

夏林成说的龚玉洁除了容貌以外的条件，在蒋斌眼里无疑就是铺展开的美丽画卷。特别对他具有诱惑力的，是未来能通过岳父在仕途上有一番成就。他刚当警察时也曾工作勤恳甘于奉献过，可是勤恳来奉献去，只立过一个三等功和当过几次先进。他一次喝酒问所长闫海滨，闫所长，每回提职，你说我怎么就整不上去呢？闫海滨看问题有些偏激，他说，你以为你工作出色就能提职啊？能工作的人给你荣誉就不错了，你看提职的人哪个没有背景；就是没背景的话，钱你得跟上啊。闫海滨的一番开导，让蒋斌心里一凉，他寻思自己的父母都是工人，没能力帮自己。从此也就改变了自己的工作态度。

蒋斌跟夏林成说：“那我就跟龚玉洁处处。”

夏林成说：“这就对了，你若跟她成家，提个所长干干，没准儿我还能借上光呢，比如咱俩合伙干个歌厅啥的。”

蒋斌打着哈哈说：“没问题。”

蒋斌怀有目的地跟龚玉洁相处，两人还很投缘。处了两个月，两人旅行结了婚。婚后，蒋斌把自己的住处出租，搬到龚玉洁住的江滨城市花园去了。

蒋斌跟龚玉洁结婚，仕途的事也就压根儿不用他考虑了。

一天晚间，蒋斌和龚玉洁到岳父母家吃饭。

蒋斌在市人大常委会当主任的岳父叫龚海山，龚海山这天心情不错，半斤茅台酒下肚，他一改往日的严肃，面带亲切地问蒋斌：“在派出所工作多少年了？”

蒋斌说：“省警校毕业就在派出所工作，十二年了。”

龚海山问：“想不想换个地方？”

蒋斌没想过换地方，他只想到当个派出所副所长啥的。他问：“我能到哪儿？”

龚玉洁在旁说：“你想到哪儿就给你调到哪儿呗，把你调到市公安局去吧？”

好事来得太快，蒋斌有种做梦的感觉。虽然龚玉洁提出调他到市公安局，不过他仍愿意在爱民分局工作，在熟人面前提职才有面子，才能扬眉吐气。他端起酒瓶给龚海山斟着酒说：“爸，如果可以的话，您就在爱民分局给我提个职吧。”

龚海山点下头，转个话题说：“你提职后，有些爱好得改一改，听说你爱打麻将，玩得还挺大，日后打麻将除了家人外，就不要在外边玩了。”

蒋斌没想到龚海山对他竟有些了解，他忙不迭地说：“自从我跟玉洁结婚后，麻将算是戒了，再没玩过。”

“戒倒不用戒。”龚海山说，“有节制才好，走仕途，要避免不必要的影响……”

蒋斌聆听着龚海山的话，频频点头。

第八章　借机敛财

一

杨桂林身体除患有高血压和糖尿病外，在分局组织的体检中竟又检查出肺肿瘤。他想在丹江肿瘤医院做手术，休息十天半个月的就可以上班了。可张妍坚决反对地说，肿瘤可不是闹着玩的，是良性和恶性的还不知道，必须到天津肿瘤医院手术。杨桂林接受了妻子的建议。

张妍的话让杨桂林有了心理负担，他思绪纷繁，他想到自己还有三年就要退休了，不知天津一行，日后能否再回工作岗位。他放不下"7·5"案件，这起案件带给他的不仅是简单的工作压力，还有因庞学智受伤引发的自责，以及不曾料到的挫败。只有把案件破了，他觉得自己的退休才能算得上荣退。

杨桂林从分局财会手里取回治安案件罚没款的提成钱，开会给新招录的巡警每人分了二百元钱。他对新招录的巡警说："我要病休一段时间，这段时间分局会派新的领导来。"

"杨大队，谁来领导我们?"问话的人是付跃东，是巡警中家庭较困难的，他父亲早逝，跟有病的母亲在一起生活。队里每月发的提成钱，缓解了他生活的困顿，他深切地感受到杨桂林对他们的关爱。

杨桂林说："听说是铁北派出所的蒋斌，他任巡警大队副大队长，并主持工作。"

蒋斌给人吊儿郎当的印象，孟鹏飞有些惊讶："他怎么提职了?"

"蒋斌是老警察了，提职也正常。"杨桂林虽这么说，其实他心里清楚，蒋斌的提职是仰仗二婚的岳父市人大主任龚海山。

陈连宇问："杨大队，你病休到什么时候?"

"也就一两个月，过完年我就上班。我体检时检查出肺部有个小肿瘤，到天津做个手术就回来。"杨桂林轻描淡写地说了这句话，又带着语重心长的口吻说，"无论谁到巡警大队当领导，你们都得好好地工作，特别是分局领导考虑到你们编制没落实，每月一百元工资较低的实际，允许用搞治安案件罚没的提成钱补贴大家。因此，你们每笔罚没款必须交公，给当事人开具正规的罚没收据，决不可贪图小利，中饱私囊。你们还年轻，不能因不守小节而毁了自己。"

陈连宇说："杨大队你放心，即使你不在，我们也不会随意而为。"

其他人附和着陈连宇的话，说了些让杨桂林安心看病，他带出的兵不会给他丢脸等的话。

杨桂林到巡警大队几个月来，像对待自己孩子一样对待队员。年轻人单纯、无城府，他所说的话之所以有告诫的意味，是担心自己不在，蒋斌主持工作把这帮刚入警的年轻人带坏了。

开完会，杨桂林对孟鹏飞说："你找两个人跟我到庞学智家干点活儿。”

孟鹏飞喊上了付跃东和祁铁平，上了杨桂林的吉普车。

孟鹏飞不解地问开车的杨桂林：“杨大队，到庞学智家干什么活儿?”

杨桂林说：“干体力活儿，帮庞学智家劈柴。”

“劈柴?”孟鹏飞说，“他家不是住暖气楼吗?”

杨桂林说：“庞学智受伤后，因爱民区财政不景气，他的医药费两万多元，财政只给报销了一万元。他出院后反应迟钝，到北京做的康复训练，又花费不少，他只得把楼房卖了，在丹江纺织厂家属区买了个平房。”

孟鹏飞面露惊讶：“庞学智是工伤，爱民区财政没钱，分局应当想办法帮着解决医药费呀?”

杨桂林说：“分局能有什么办法，从局领导到科所队长都给他捐过款，杯水车薪啊。”

庞学智的话题，让车内的人郁闷。

付跃东说：“爱民区财政不景气，我们每月一百元钱的工资，看样是没希望涨了。”

祁铁平说：“我家亲戚是市编委的，他说咱们的编制一时半会儿落实不了。”

付跃东说：“我就要结婚了，若长时间不能落实编制，这工作我就不干了。”

孟鹏飞安抚地说：“杨大队给你们争取到了搞治安案件罚没款的提成钱，弥补了你们工资的不足，也就可以了。”

付跃东说：“这是杨大队对我们的关心，谁知下个领导怎么样呢？再则，这办法也不是长久之计啊……”

杨桂林说："有句话说，前途是光明的，道路是曲折的。你们啊，既然喜欢身上的警服，那就秉持忠于国家，忠于法律的信念，好好工作。你们的编制早晚会落实的。"

二

杨桂林敲开庞学智家的院门，进了院看着有些破败的房子和院墙，心里不是滋味地问庞学智："这房子多少年了？多大面积？"

"二十多年了，建筑面积是五十四平方米。"庞学智说话间将杨桂林等人引进屋内。

"这屋也不暖和啊？"杨桂林看着陈旧的木窗说，"这窗户不保温，应当换上塑料门窗。"

庞学智说："刚搬过来不长时间，待明年开春再换吧。"

"大人在这屋倒还能将就，别冻着孩子。"杨桂林意识到庞学智是因为捉襟见肘才有如此境况，他说，"我想起来了，我有个亲戚在塑料门窗厂当厂长。你找个卷尺把窗户量好尺寸，我领你找他定做窗户去。"

庞学智不好意思地推托说："杨大队，不用。明年开春再换吧。"

"你跟我还客气什么？按照我说的办。"杨桂林说，"趁这几天天暖和，把窗户换了日后少遭罪。"

庞学智找了卷尺，量好几个窗户的尺寸。杨桂林和庞学智离开时，指着院内的一摞柴火对孟鹏飞说："你们几个把这摞柴火给劈了码好。"

孟鹏飞说：“保证完成任务。”

杨桂林和庞学智回来，三个年轻人已把院内的一摞柴火劈完整齐地码在院墙边。杨桂林见活儿已干完，要领着人走。

庞学智挽留说：“杨大队，这也到晚上了，我买点熟食，你们几个在我家吃了饭再走。”

杨桂林说：“改天再说。”

庞学智既高兴又感动地说：“杨大队，你领兄弟们来一趟，不仅干了活，还给我家定制了塑料窗户。我不安排顿饭怎么行？”

正在这时，程焕领着放学的庞莹回来了。庞学智忙叫程焕外出买菜。

待小屋炕桌上摆上饭菜，程焕歉意地说：“我家炕桌小，你们就挤挤吧。我和姑娘在厨房吃。”

杨桂林说：“别价，你和孩子先吃。”

庞学智说：“杨大队，咱们都不是外人，就随她意吧。”

程焕到了厨房和女儿吃饭。

几人边吃边聊了起来。

庞学智受伤后始终没上班，并不知道杨桂林搞“7·5”案过程中遭遇的事情，他问杨桂林：“杨大队，你怎么跟新成立的巡警大队联系上了？”

杨桂林说：“我调到巡警大队工作了。”

庞学智问：“你怎么调离刑警大队了？”

孟鹏飞口快地说：“我们抓个嫌疑人于民权，结果在审讯时犯病猝死，家属好一顿闹，分局为了息事宁人就把杨大队调到巡警大队当大队长了。”

“分局也不是息事宁人，细想起来我也有失误的地方。”杨桂林打着哈哈说了这句话。”

庞学智神情内疚地说：“杨大队，对不起！”

杨桂林诧异地问：“这话怎讲？”

庞学智说：“若‘7·5’案不发生，抑或我当场抓获嫌疑人的话，你也不会受如此牵连到巡警大队工作。”

“看你这话说的，你不应当这样想啊！咱们警察，面对的是形形色色的罪犯，谁也难以预料会发生什么样的事。”杨桂林问庞学智，“伤养得怎么样了？”

庞学智抬下左臂说：“这只胳膊有时不灵便，左眼看东西还有些模糊。”

“像你这种头部受过伤的人，需要循序渐进耐心调养和康复训练，急是急不得的。”杨桂林从孟鹏飞的口中得知庞学智在寻找“7·5”案件的嫌疑人，他说，“身体这样，你就安心养着吧，‘7·5’案不是你一人能破的。再则，嫌疑人手里有枪，你碰见了也危险！”

“枪支被抢后，我心中在对罪犯充满了憎恨的同时，始终担心罪犯手中的枪打响。”庞学智说到这里，眼中噙着泪花肯定地说，“罪犯抢了我的枪，他一定会再次作案；他手中的枪迟早会响的，枪若是响在我的身上，即使我搭上性命能把案件破了，我也算死得其所了。”

庞学智的话触动了杨桂林等人，他们的眼睛也不禁湿润起来……

三

蒋斌到巡警大队任副大队长并主持工作，春风得意地想在工作上大刀阔斧干一番。他跟分局长吕昌湛打招呼说，要用罚没款改善下巡警大队的办公环境和增加些装备。巡警大队在分局办公楼西侧的平房，时常漏雨，的确应当维修；再则，巡警大队自成立以来压根儿没什么装备，吉普车是杨桂林从刑警大队带过去的，再有就是一些旧桌椅和几条橡胶警棍。

吕昌湛明了，巡警大队的困难是不可能用区财政的拨款来解决的，他答应了蒋斌的提议。他没想到的是，蒋斌提议暗藏着自己的贪欲，那就是可以在不履行正当罚没手续的情况下敛财。

在过春节的时候，蒋斌带人把郊区三道关村的一个赌博窝点端了，收缴罚没款六万元。他跟陈连宇说，罚没多少钱不要外传，把这钱留着，天暖和了收拾房子。

四月，蒋斌找来施工队，把房顶进行了平改坡，粉刷了办公场所，购买了崭新的办公桌椅，还在大门边挂起了爱民公安分局巡警大队的牌子，煞有介事地找来分局班子成员搞了个揭牌仪式。吕昌湛揭牌后，对蒋斌的工作和改善办公环境的做法给予了表扬。

蒋斌虽然面上做得似乎不错，但几个月来没给下属补助，引起下属不满。不过很快有人在不满中也随蒋斌变得我行我素起来，有的趁办理治安案件私分钱财，其他人也效仿起来。

巡警大队对罚没不感兴趣的只有孟鹏飞，他是中队长，领着付跃东和祁铁平两人大多时间就是巡逻。

一次，三人在北山公园碰见一伙斗地主赌博的，孟鹏飞想把人劝散了事，而付跃东说他们赌得挺大，把他们带回分局。

回巡警大队核对钱数时，付跃东跟孟鹏飞商量说："咱哥几个分点吧？"

孟鹏飞对付跃东和祁铁平说："杨大队出门前告诫咱们的话，咱们不能忘，别人怎么干是别人的事，咱们不能像别人那么干。"

付跃东透着不满地说："孟哥，你说的话不是没道理，可是我们跟你不一样，你是有编制的人，每月开四百多元工资，而我们只有一百元啊！如果蒋大队仍像杨大队那样每月给我们补助二百元钱的话，我也不开口说这话了。"

祁铁平附和说："即使你把这些钱如数交上去，大队不给开票据，这钱也都让蒋大队花了。"

孟鹏飞说："话不能这么说，蒋大队不是用罚没款改善办公环境了吗？"

付跃东说："孟哥，你是真糊涂，还是假糊涂？蒋大队来巡警大队这几个月来，罚没款至少有十多万元，而改善办公环境花费也就两万多元。"

孟鹏飞没寻思过罚没款的钱数和去向，付跃东的话让他吃惊。他没说什么，从一千多元的赌资中拿出四百元钱给了两人。

孟鹏飞不禁担忧，巡警大队这样下去肯定会有人出问题。他虽然以前对蒋斌的印象有点不好，但是蒋斌到巡警大队后的工作，又在他的眼里一板一眼的很像回事，特别是蒋斌让他当三中队中队长，他心存感念。他压根儿不相信蒋斌会把罚没的巨款揣进自己的腰包里。他想，难道蒋斌疏忽了对没落实编制巡警大队队员的补助？难道他不知道队里现在出现的问题？他觉得有必要提示下蒋斌。

四

孟鹏飞被蒋斌的表象所蒙蔽，就在他觉得有必要提示蒋斌的时候，蒋斌这天上午把他叫进办公室。

蒋斌跟孟鹏飞聊了会儿近期的工作，嘱咐孟鹏飞晚间值班不要漏岗。孟鹏飞说，我们中队值班没漏过岗，就是有时付跃东因照顾病重的母亲，跟我请过几次假。蒋斌问付跃东和母亲在一起生活？孟鹏飞说他父亲早逝，家里只有他和母亲。蒋斌问他有个姑父在林业局？孟鹏飞想了下说，是有个姑父在林业局，好像当局长。蒋斌若有所思地没再说话。

孟鹏飞没想蒋斌提到付跃东姑父的目的，他只考虑了自己要说的话，他说：“蒋大队，我有话要跟你说。”

蒋斌从想事的状态中回过神来说：“你有话要跟我说？说吧。”

孟鹏飞踌躇地说：“我不知该说不该说。”

蒋斌说：“在巡警大队里就咱俩是正式民警，别有顾虑，有啥话就说。”

“你没来的时候，杨大队出于巡警没落实编制工资低的考虑，用罚没款的提成钱每月给他们补助。而现在他们几个月没有补助，有的人截留上缴的罚没款……”

“补助的事我不是没考虑过，我想等改善办公环境和购买车辆后，再适当地给予他们补助。”蒋斌接着阴沉着脸盯着孟鹏飞问，“谁截留罚没款？”

孟鹏飞是不能说出谁截留罚没款的，他避过蒋斌的目光说：“我只是听说，是谁我不知道。”

蒋斌有些咬牙切齿地说："你帮我盯着点，若有发现，及时告诉我，我得在巡警大队整风肃纪。"

蒋斌的神态，让孟鹏飞这才感觉出自己说的话等于没说，还招引了蒋斌对下属的不满。

其实蒋斌跟孟鹏飞提及付跃东是有目的的，他有个朋友跟他商议承包近郊牡丹峰的山林，他想减少承包费使自己从中获利大些，他听陈连宇说付跃东的姑父好像是林业局局长，就通过孟鹏飞确认一下，以便通过付跃东找他姑父办事。

中午去分局食堂的路上，蒋斌叫住付跃东把要找他姑父办的事跟他说了。见领导求自己办事，付跃东大包大揽地说没问题，我下午就去林业局找我姑父。

让蒋斌失望的是，付跃东回来对蒋斌说，不好意思蒋大队，我跟我姑父说了你的事，他说帮不上这个忙。蒋斌把没落实编制的下属压根儿没当回事，他瞟了一眼付跃东，竟喜怒无常地说，我就知道你啥也不是，连这点小事都办不了。蒋斌的话把付跃东惹恼了，他难以忍受地顶撞说，我啥也不是你还找我办事。接着摔门而去。

蒋斌点燃一支烟，心里说：你们在我眼里就是临时工，你小子付跃东还敢跟我发脾气，等我找机会收拾你，到那时你就会求你姑父主动找我来。

一个星期后，蒋斌就找到了收拾付跃东的机会。

星期五晚间，是孟鹏飞中队值班。晚上八点多钟的时候，孟鹏飞接到孟秀媛打到队里的电话，说心脏不舒服，让他买速效救心丸送回家。付跃东说单位没啥事，你回家照看母亲，就别回来了。孟鹏飞说我看情况再说，母亲没啥事我就回来。

过了一个小时，孟鹏飞没回来。祁铁平关了电视要睡觉。付跃东说觉也睡不着，我有些饿了，我请你吃点羊肉串去吧。祁铁平问你有钱吗？付跃东说兜里还有三十块钱。

两人出了单位没等找到羊肉串店，却看到路边一个小屋里有人打麻将。付跃东叫住了祁铁平说等等。他从窗户向里窥望。见里面的四个人刚打完一把麻将，有人在垫子下拿出钱扔到桌上。他拽了下祁铁平说进去。

两人把四个打麻将赌博的带回巡警大队，简单地做了笔录，把六百多元钱的赌资没收。付跃东让他们都回去，明天再过来每人带五百元钱罚款。

当场不予处罚，第二天是不会有人来主动交罚款的。付跃东把赌资二一添作五和祁铁平分了。

五

蒋斌是在一次修车时，得知付跃东和祁铁平问题的。

汽车修配厂的蓝经理跟蒋斌见面熟，他套近乎地说蒋大队，你这破吉普车也该大修了，我看你莫不如换个新车。蒋斌随口说哪来的钱啊？蓝经理说你们经常抓赌还没钱啊，我前几天还被你们抓了呢。蒋斌问哪天的事？蓝经理说上个星期五晚间。蒋斌琢磨近几天没人跟他说过抓赌的事啊，他卖弄人情说，那你也不跟我打个招呼。蓝经理说，我们几个被没收的赌资也就五六百元钱，我寻思就不麻烦你了。

蒋斌回到单位，查出上个星期五是三中队值班。他到了三中队的办公室，见室内没人，他挨个办公桌搜寻着，在付跃东办公桌中间没锁的抽屉里，找到了抓赌的笔录。

蒋斌给孟鹏飞打了传呼。孟鹏飞回话，他问，付跃东和祁铁平跟你在一起吗？孟鹏飞说没有，我陪我妈在医院看病。他问，你们中队上个星期五值班干活了吗？孟鹏飞迟疑下说，上个星期五值班，我妈心脏不舒服，我买药回家就没回单位。付跃东和祁铁平在单位值班，他俩过后没跟我说干过什么活儿。他说我知道了。就撂下了电话。

蒋斌听走廊有响动，他推开办公室的门，见付跃东和祁铁平从门外进来。他叫了声："你俩过来。"

蒋斌仰在靠椅上，点燃一支烟，审视着进来的付跃东和祁铁平。

付跃东问："蒋大队，什么事？"

蒋斌开门见山："你俩抓赌怎么不汇报呢？"

"抓赌？"付跃东莫名其妙地扭头看了眼祁铁平。

祁铁平也作不解的神态。

"你俩拿我蒋斌太不当回事了吧？"蒋斌拿起办公桌上的抓赌笔录，在两人跟前晃了两下。

付跃东和祁铁平瞬间明白了怎么回事，两人理亏地低下了头。

蒋斌起身，用手指点着付跃东的额头说："抓赌和分赃是不是你出的主意？"

付跃东倒也痛快："是我的主意。"

祁铁平说："蒋大队，我俩错了，六百元钱我俩退回来就是了。"

蒋斌走到祁铁平跟前，拍打着祁铁平的脸说："你说的倒轻巧，犯罪分子偷完东西被发现了，说句我错了，把东西返回就可以了吗？你俩的行为是严重的违纪！"

付跃东充满怨气地说：“蒋大队，你到巡警大队主持工作几个月来，这帮兄弟们跟你加班加点没少干活，治安案件罚没款也没少上缴，可我们那么点工资，连晚上加班打出租车和吃夜宵的钱都不够！杨大队在时，还每月给我们补助，而你……”

蒋斌打断付跃东的话，一副义正词严的样子说：“难道不给你补助，你俩就可以抓赌分赃吗？招录巡警时，明明白白写着合同制，也写明了工资标准。你要嫌工资低，你当初为什么报名？你现在岂不是强词多理吗？”

祁铁平拽了下付跃东的衣摆，示意他别顶嘴。付跃东张了下嘴，欲言又止。

蒋斌见两人都无话可说，不耐烦地挥了下手说：“你俩回去吧，停止工作，听候处理。”

付跃东和祁铁平黯然地出了蒋斌的办公室。

蒋斌已把巡警大队当作自己一人的天下，其实他让付跃东和祁铁平听候处理，就是等付跃东当林业局局长的姑父来求情，他好借此办理承包牡丹峰的山林减少承包费的事。不过事过两天，除了祁铁平单独到他办公室拿了两条中华烟做了检讨外，付跃东没什么反应，他为此很恼火。

蒋斌拿着抓赌笔录到了吕昌湛办公室，他先是检讨说吕局，最近忙于工作，结果队伍出现了问题，付跃东和祁铁平在没有请示的情况下，晚间值班期间抓赌私分赌资。他接着把笔录递到吕昌湛面前说，这是他们抓赌做的笔录。吕昌湛看过笔录问，你打算怎么处理？蒋斌大义凛然地说，像这样刚入警不久，就敢如此妄为的人，应当开除公安队伍。吕昌湛沉默下说，这样吧，先让分局纪检调查一下。

六

分局纪检调查付跃东和祁铁平抓赌私分赌资的事，并没有给蒋斌带来希冀的结果，经分局党委决定，给予付跃东和祁铁平记过处分。

通过纪检对巡警大队出现问题的调查，吕昌湛意识到，巡警大队出现的问题，是不规范执法，随意罚没且领导没做好示范造成的。他当初答应蒋斌的提议要用罚没款改善下巡警大队的办公环境和增加些装备，只是权宜的做法，现在必须得收口了，否则将会出大问题。

吕昌湛找蒋斌谈话，谈了加强队伍建设的重要性，要对新入警的人员加强爱护和引导；日后凡涉及治安案件的处罚，必须经过逐层审批才可处罚等话后，继而问，听说你们还有十多万元钱，这钱怎么花呀？

蒋斌知道，局长直截了当地提及钱的事，是纪检在巡警大队调查确认的。其实这笔钱他没跟分局领导汇报，他是想浑水摸鱼捞一些的，他脑袋反应快，尴尬地笑了下说：“吕局，我正要跟你汇报这事，这笔钱我准备买一辆汽车和三辆挎斗摩托车。”

吕昌湛说：“摩托车应当有，不过你怎么还想到买汽车了呢？你们大队不是有辆吉普车吗？”

蒋斌说：“杨桂林从刑警大队带过去的吉普车，破的不行了，需要大修。我寻思目前条件允许，再买辆汽车。”

吕昌湛想起庞学智还没报销的医药费，就说：吉普车修修对付开吧，汽车你就别买了。这样，你留下买摩托车的钱，剩余的钱上缴分局。经费紧张，分局用钱的地方也多。

蒋斌张嘴想说什么，但看到吕昌湛严肃的样子，只得点头说了句好。

蒋斌没料到，分局纪检调查付跃东和祁铁平的违纪，竟然给自己带来如此不利的一面。他的个性是不会检讨自己做得欠妥的问题的，而是觉得巡警大队的人把他出卖了，他在巡警大队对谁都持愤愤然的态度。

买回三辆警用挎斗摩托车的第一天，蒋斌带领巡警大队全体到街上巡逻，见两个小子看见巡警就躲，蒋斌在吉普车里用对讲机喊话，让把他们俩截住。几辆摩托车把两个小子围住从身上搜出了撬棍螺丝刀，将人带回了巡警大队，审出了多起盗窃案。

蒋斌让孟鹏飞找电视台记者做个报道，孟鹏飞把电视台的记者找来了。记者为了拍摄较全面的镜头，不仅拍摄了审讯的场面，还要求民警们着装、扎武装带，骑挎斗摩托车巡逻演示等，忙碌了一天。

挨了处分的付跃东发着牢骚说：“净浪费时间整洋事，要是领导重视的话，即使编制暂时落实不了，能多开几个钱，比什么都好。”

付跃东的牢骚弄得孟鹏飞挺尴尬，好像他请来的记者给大家增添了麻烦。孟鹏飞对付跃东说：“不该说的话别说，蒋大队听到又不高兴了。”

付跃东说：“他听到不高兴能怎的？反正我已经挨过处分了。”

孟鹏飞毕竟是中队长，他觉得领着付跃东和祁铁平这两人工作挺为难，他想找两人唠唠，就说：“下班把祁铁平找着，咱哥几个吃饭去。”

付跃东露出笑意，说："好啊。"

三个人找了家牛头馆。

祁铁平说："我最爱吃牛蹄筋了。"

孟鹏飞说："那你就多吃点。"

饭菜上来，三个人边吃边聊了起来。

孟鹏飞问："小付，你怎么对蒋大队老犯顶呢？"

付跃东说："你不知道咋回事，我和祁铁平私分赌资是不对，不过我们俩已承认错误了，把赌资补上不就行了吗？即使现在给我们俩记过处分也认了，不过这里面有事，你知道吗？"

"我不知道。"孟鹏飞不解地问，"什么事？"

"蒋大队曾找我，说他承包牡丹峰的山林，让我找我姑父帮忙，看能否减少些承包费。事情我给他办了，但没办成。"付跃东说，"蒋斌借我违纪之机，曾跟别人说要开除我，目的就是迫使我姑父找他讲情，以此想办成他的事。"

"蒋大队长得跟沙皮狗似的，一看就不是好人。"祁铁平接着直称自己给蒋斌起的外号发着牢骚说，"我借钱还给沙皮狗买了两条中华烟呢，也没耽误挨处分。"

孟鹏飞有些吃惊："怎么会这样？"

第九章　直觉

一

孟鹏飞不知道，蒋斌对他也心存不满。

端午节凌晨，蒋斌带领巡警到街面执勤。巡警大队的执勤点位于北山南侧的新华路和地明街的交叉口。

一辆崭新没挂牌照的桑塔纳轿车驶来，蒋斌指了下桑塔纳车说：“把这辆车截住。”

“站住、站住。”几个巡警将桑塔纳车截住。

孟鹏飞在旁边，没往前凑。

蒋斌近前，问下车的司机：“怎么没牌照呢?”

司机说：“单位刚买的车，有临时牌照。”他指了下挡风玻璃底部的临时牌照。

“你怎么不贴在挡风玻璃上呢？放在那儿谁能看得见。”蒋斌低头看了眼临时牌照，又伸手说，“驾驶证。”

司机摸下衣兜说：“不好意思，换衣服忘带了。”

蒋斌说：“没驾驶证扣车。”

司机对蒋斌解释说：“我是第三中学的，我们学校的崔老师家里来客人，因半夜到火车站接站，不好打出租车，就让我帮忙接站。车里还有崔老师家的客人，你看能不能通融下?”

蒋斌没买司机的账，提高嗓门对车里的人说：“车里的人都下来。”

车里下来四个人，其中三个人是崔颖和她的父母，另一个老妪是崔颖的姑奶。崔颖对蒋斌说：“司机没带驾驶证，过后给你们送过来不就得了吗?”

蒋斌没理崔颖，上车把车开到路边。

孟鹏飞看到了崔颖，过来问：“怎么是你们?”他接着跟崔颖的父母打过招呼。

崔颖望着蒋斌的方向说：“那人怎么那样……”

“他是我们的大队长。”孟鹏飞说，“我过去跟他说说。”

不承想，孟鹏飞提及和崔颖的关系，让蒋斌网开一面时，蒋斌竟说，你孟鹏飞平时不干活，还好意思走后门。孟鹏飞不满地说蒋大队，你怎么这么说话，我平时怎么不干活了？再者，人家没违章，就是忘带驾照了，我开口求情有什么大不了的？蒋斌说我到巡警大队以来，让你干中队长，你说你干什么活了？你搞了几起治安案件？你罚了多少钱？他说着把车钥匙扔给了陈连宇。孟鹏飞不想当着崔颖家人的面跟蒋斌拌嘴，他见不远处有辆出租车，就当即将出租车拦下。他把出租车引到崔颖和她家人跟前，拿出十元钱递给司机后，对崔颖说，今天我们大队长不知怎么了，犯起了倔。你和家人先打车回去吧。车的事，我过后再想办法。崔颖嗔怪地看了孟鹏飞一眼，和家人上了出租车走了。

孟鹏飞求情不成反而招致蒋斌的一顿训斥，他感觉巡警大队的人都在看自己，他因尴尬脸上泛起一阵红晕。他的目光不安地四处游走，却又不敢接触任何人的目光。他窘迫地倚在挎斗摩托车后座上。

二中队队长熊大为拍了下孟鹏飞的肩膀，递给他一支烟说：“别上火，抽支烟。”

孟鹏飞是不吸烟的，可此时却觉得不知干什么好似的接过烟叼在嘴上，凑近了熊大为递过来的打火机。

两人默然地抽了几口烟，熊大为悄声说：“蒋大队不给你面子，是因为他早就对你有怨气。”

孟鹏飞倏然觉得自己在巡警大队算是个老警，但实则什么事好像都被蒙在鼓里。他不解地问：“他对我有什么怨气？”

“杨大队在队里时，就分为三个中队，我、卢庆光、杜海滨是中队长，那时治安案件罚没明明白白，杨大队把返回的提成钱给大家补助。”熊大为叹口气说，“蒋大队上来主持工作后，就变了样，他给我们中队长开会，常点我们让我们明白事。其实他让你当中队长，不是器重你，而是杜海滨不会来事；我和卢庆光都给他送过礼，杜海滨没送礼，就把杜海滨换成了你。而你也不知道送礼，每天就知道巡逻，还罚没不上来钱……”

孟鹏飞虽然知道蒋斌的为人，但他想不到，蒋斌因得不到私利，竟无端地打压同事。熊大为的话让他恍然，也使他的心情越发沉重，他在刑警大队出了问题被杨桂林带到巡警大队，而现今在巡警大队又遇上如此的领导，他感到茫然。

二

崔颖的家人不知怎么认识的夏林成，是夏林成领着司机到巡警大队找蒋斌把桑塔纳车开走的。

孟鹏飞是在分局食堂吃的早饭，回巡警大队时见蒋斌和夏林成在院里正唠着什么。他见到夏林成心中一怔，似乎在哪儿见过这个人。

夏林成没注意到孟鹏飞，而孟鹏飞却盯着他，直至他上了桑塔纳车离去。

孟鹏飞专注回忆在哪儿见过夏林成的过程中，他脑海中浮现出父亲被害的场景，他忽然觉得脊背发凉，且浑身犹如发病般地颤抖。他知道自己的恐惧症犯了，他要找个安静的地方使自己镇定下来。他转身疾步出了院落。

爱民分局北侧是一大片苗圃，苗圃内有茂密的小树林。孟鹏飞进入小树林，无力地躺下，他努力摆脱着回忆。阳光耀眼，他把大檐帽盖在了脸上。他身体不再抖，阳光也驱散了身体的凉意，困意随之袭来。

孟鹏飞不知睡了多久，群鸟叽喳的叫声将他唤醒。他挪开脸上的大檐帽，望着已西斜不那么耀眼的阳光下，在树枝与树枝之间跳跃的鸟儿。他刚才想要摆脱的回忆，此时已清晰地回忆起来，那个找蒋斌要车的人，从体形上看，像极了害死父亲的凶手，这个人也符合“7·5”案嫌疑人的画像。那么这个人是谁呢？自己一定要调查这个人。

孟鹏飞已没有了恐惧感，他充满力量地一跃而起，拍打下身上的尘土，出了苗圃。

孟鹏飞向陈连宇打听，那个要走桑塔纳车的是谁？陈连宇说，蒋大队说是他家老邻居，好像姓夏。他同情地看着孟鹏飞说，蒋大队也是，当初把车给你是最恰当不过的，整的你在对象家人和队友面前没面子。

孟鹏飞知道，蒋斌二婚后，已把原住的林业局家属区的楼房出租，搬到丹江市的高档社区江滨城市花园。他从陈连宇的话中推测，要走桑塔纳车姓夏的人，应该住在林业局家属区。他来到铁北派出所，以查案的名义查林业局家属区姓夏的人，他查到了仅此一户姓夏的户主叫夏林成，妻子叫方淑芬，女儿叫夏琴；住五号楼三单元二楼201室。

孟鹏飞到了林业局家属区，了解到了夏林成家开个小卖店，夏林成平时在小卖店住，他家的楼房由方淑芬和夏琴住。

夏林成既然符合“7·5”案嫌疑人的体貌特征，那么在去年大规模摸排嫌疑人时，他是否在排查之列呢？孟鹏飞虽然搞过“7·5”案，但不可能了解摸排过的所有人员。他到刑警大队找到白莉莉，在嫌疑人摸排的列表中，他看到了夏林成的名字，但被铁北派出所查否，调查人是当时的片儿警蒋斌，查否的理由是：此人虽然接近嫌疑人体貌特征并有盗窃前科，但无抢劫前科。且此人现实表现良好。

孟鹏飞知道，去年案发时，在对嫌疑人的推断中，从嫌疑人的胆大妄为和作案手段看，应有过抢劫前科。基于此，排查嫌疑人便以有抢劫前科的人为重点。他寻思，即使蒋斌跟夏林成关系密切，可夏林成被查否的理由，看似也没什么不妥。

对夏林成的调查似乎简单地转了个圈，没有新意地回到了原点。

若换作别人，可能就此打住了。然而孟鹏飞已把夏林成当成杀害父亲和“7·5”案的嫌疑人，他岂能善罢甘休？他要盯住夏林成，把他查下去。

可怎么查夏林成，对于孟鹏飞是个难题。以往有了难题，可以找杨桂林。可据说杨桂林在天津做了大手术后，到海南三亚休养去了，病休四个月了仍没回来。

在巡警大队工作的不如意和萌生的调查夏林成的动机，使孟鹏飞决定，到铁北派出所工作。

三

孟鹏飞在家吃饭的时候，把要调动工作的事跟母亲说了。

孟秀媛诧异地问："怎么想起要到派出所工作?"

孟鹏飞支吾着，隐瞒了真实目的说："我们蒋大队这个人不怎么样，我考虑换个环境。"

"你工作仅三年，就调换了两个工作岗位。在刑警大队，你因枪支出问题被你杨叔带到巡警大队；你杨叔不在，你跟新领导不和又要调动工作，我觉得不妥。"孟秀媛关切地说，"你父亲在派出所工作过，片儿警的工作我是了解一些的；片儿警可是独当一面的，居民的户籍管理，调解邻里纠纷，治安案件的查处，这些都得做好，你当片儿警能胜任吗?"

孟鹏飞毫不犹豫地说："妈，你放心，这些我都能胜任。"

孟秀媛从没听儿子说过如此坚定的话，她颇觉意外地看了会儿儿子，说："既然你决定了，那就找领导商量吧。"她又不无忧虑地叮嘱，"在派出所你若再节外生枝的话，那领导对你可真没好印象了。"

孟秀媛的话使孟鹏飞神情凝重地怔了下，说："我知道。"

孟秀媛把话题转到了儿子的婚事上："你和崔颖处了也近一年

了，你俩处得怎么样了?”

孟鹏飞随口说：“我俩处得还可以。”

“如果你俩感觉可以的话，你和崔颖商量下，双方的家长见一面。”

听了母亲的话，孟鹏飞忽然想起端午节早上见到崔颖一家人和她家来的客人，他觉得应当到崔颖家去拜访下，他撂下碗筷说：“我这就打电话跟崔颖商量。”

孟秀媛说：“看你这急性子。”

孟鹏飞在客厅拨通了崔颖家的电话。

电话里传来崔颖的声音：“哪位?”

孟鹏飞说：“崔颖，是我。”

崔颖说着气话：“你是谁呀？你打错电话了吧?”

孟鹏飞赔着不是：“不好意思，姑奶来了，本应上你家看看，可单位忙……”

崔颖打断孟鹏飞的话说：“我姑奶也不是你姑奶，你不来很正常啊。”

孟鹏飞一时语塞。

电话那头有些嘈杂，抑或崔父听女儿的话不对劲，就从她手里接过电话问：“小孟吧?”

孟鹏飞说：“叔，您好。”

“正好我们要到饭店吃饭，你就直接到饭店吧。东四条路正阳楼饭店。”崔父说罢，挂断了电话。

孟鹏飞放下电话转身，见母亲在身后问：“怎么，你和崔颖闹别扭了?”

孟鹏飞打着哈哈说：“端午节那天，我们执勤，见崔颖和父母借车到火车站接她姑奶回家。这几天单位忙，她就嫌我没跟她联系。她父亲在电话里让我上饭店，跟她家人一起吃饭。”

“人家来了长辈，你的确应当去看看。她父亲让你上饭店，那你就去吧。”孟秀媛从裤兜里掏出一张百元钞票递给儿子，“别忘了买些东西。”

孟鹏飞接过母亲的钱，摘下衣架上的外衣，出了家门。

还好，孟鹏飞买了东西到饭店时，崔颖在门口等他。这让他的心里有些暖意。

崔颖帮孟鹏飞拎着东西，边往饭店里走边说：“多亏你今天打电话，今晚我们给姑奶饯行，明天她就要走了。”

进了雅间，孟鹏飞不由得暗自吃惊，他见夏林成坐在崔颖姑奶的旁边。通过崔父介绍，孟鹏飞知道夏林成是崔父舅家的孩子，他和崔父间是表兄弟关系；虽然老一辈人已故去，但这份亲情没断，崔颖管他叫表叔。由此孟鹏飞明白了夏林成为何到巡警大队帮忙要那辆桑塔纳车了。

孟鹏飞告诫自己，一定不要在夏林成跟前显露出对他的仇视情绪，他随崔颖叫着夏林成表叔。

夏林成得知孟鹏飞在爱民分局巡警大队，居然不无得意地说，你们蒋大队跟我是哥们儿，你若有啥事跟我说，我让他关照关照你。孟鹏飞举起啤酒杯敬夏林成说，表叔，那我先谢谢你，我有事一定跟你说。夏林成很爽快，他和孟鹏飞喝下啤酒说，崔颖是我侄女，你是她男朋友，帮你忙不是应当的嘛。

四

孟鹏飞早上一上班，就去找分局局长吕昌湛，他要提调动工作的事。他敲了几下门，里面没动静。他腰际的汉字传呼机响，他掏出传呼机见显示：回队里开会。蒋斌。

孟鹏飞回到巡警大队，全队的人静静地挤在值班室，似乎都在等他。陈连宇让出椅子一角，他坐了下来，蒋斌才开口说：“我跟分局领导请了半个月的假，这半个月巡警大队的工作暂由孟鹏飞负责。”

孟鹏飞对蒋斌的话颇感意外：他对我是排斥的，怎么又信任起我，让我暂时负责工作呢？

蒋斌环视着周边问：“你们还有什么事吗？”

孟鹏飞没言语，另外两个中队长相继说：“没什么事。”

“那好，散会。”蒋斌起身，对孟鹏飞说了声，“到我办公室来一下。”

孟鹏飞随蒋斌到了办公室，蒋斌提到了夏林成：“你和夏林成是亲戚啊？”

蒋斌的话，让孟鹏飞明了他对自己态度转变的原因，他说：“夏林成是我对象的表叔。”

“那咱俩还沾亲带故呢，夏林成是你嫂子的表姐夫。”蒋斌递给孟鹏飞一百块钱说，“付跃东下个星期天结婚，他这几天在家忙活儿没来上班。我是赶不上他的婚礼了，你帮我把份子随上。”

孟鹏飞问：“蒋大队，你请假是要出门吗？”

“我岳父得了脑肿瘤，我陪他到北京天坛医院做手术。”蒋斌说，“半个月能否回来还不一定呢。”

孟鹏飞觉得应当表个态，就说：“蒋大队，你就放心到北京去吧，单位不会出现什么问题的。”

“我出门这段时间，别搞什么案子，值好班看好家就行。”

“我明白。”

蒋斌把腰间带有枪套的“六四”式手枪摘下，放在桌上说：“这枪你带着，我跟吕局长说了，枪我就不往治安科存了，让你先带着。”

枪对孟鹏飞来讲，具有无比的诱惑力，他有些不敢相信眼前的事实问：“我带着行吗？”

显然蒋斌不知道孟鹏飞枪支走火的事，他说：“你在刑警大队不也常带枪吗？怎么不行？”他又说，“你若不愿带，我就交治安科。”

孟鹏飞一把抓过手枪说：“好，我带着。”

孟鹏飞想下班后去付跃东家把礼金随上，他就给付跃东打了个传呼。付跃东回电话说孟哥，我还想给你打传呼呢，我有件事要求你。孟鹏飞说，是不是结婚用车的事，你 7 月 18 日结婚那天，我把巡警大队的一辆吉普车和三辆摩托车全给你用上。付跃东为难地说，用车的事是一方面，你能不能借我些钱？孟鹏飞问借多少？付跃东说两千元。他又说我家困难，原打算不过礼，可我未来的丈母娘说，姑娘养这么大，结婚或多或少得过些礼。两千元钱是孟鹏飞半年的工资，他犹豫了下说，我没那么多钱，我得跟我妈商量下。临撂电话，付跃东带着乞求的口吻说，就你能帮我了。

好在孟秀媛在儿子的说服下，同意取钱借给付跃东，她把存折给了儿子。

付跃东准备的婚礼很是窘迫和寒酸，他相依为命疾病缠身的母亲倾其所有，只能给儿子在自家的院内盖个二十多平方米的小房。付跃东的对象艾芳没正式工作，原在劝业场给人站柜台卖货。付跃东在婚房旁边自家院子里，搭个棚子摆了个台球案子让艾芳看着好挣点钱。

孟鹏飞晚间和祁铁平骑着挎斗摩托车到了付跃东家。

付跃东母亲形销骨立，面露病态。她见儿子的两个同事到家，在炕上起身坐到炕沿。

付母听儿子管孟鹏飞叫队长，便把孟鹏飞当作了大队领导。她气喘吁吁地说：“本不打算让儿子现在结婚，可自己的冠心病一天不如一天，就寻思趁自己活着，赶紧把儿子的婚事办了。”

孟鹏飞劝慰说：“大娘，您不要把自己的病想得那么重，您没事的。”

付母说：“借你吉言，但愿没事。”她问，“我儿子在单位工作怎么样？”

孟鹏飞说：“付跃东在单位表现很不错，您就放心吧。”

虽然听到儿子在单位表现很不错，但是付母又面露忧郁：“警察的工作倒不错，可不知什么时候能落上编制，现在每月一百元钱，着实不够用。”

孟鹏飞说：“我估计这一两年能落实编制。”他看着炕上已洗不出本色的破旧的棉被，体会到了这家人的困境。

孟鹏飞目光的着眼处，让付跃东面露窘迫。付跃东将孟鹏飞和祁铁平领到了院里。

棚子里的台球案子没人玩，俏丽的艾芳坐在凳子上有些愁眉不展。她见付跃东领同事走了进来，脸上牵强地笑了下。

孟鹏飞跟付跃东说，你这生意也不行啊。付跃东说白天人少，晚上生意要好些。他说这个旧台球案子是赊的，对方要两千元钱，我只能慢慢还。孟鹏飞说这棚子冬天肯定冷。付跃东踌躇满志地说，到冬天弄个铁炉子，冷不到哪里去。

五

蒋斌请假出门，孟鹏飞临时负责巡警大队的工作，他有种大权在手，想做大事的欲望。他的目标是力争在半个月内，找到夏林成的违法犯罪的把柄，把他押起来，而后对他家进行彻底搜查。要是在夏林成家搜出庞学智被抢的手枪，那我孟鹏飞就是众人瞩目的英雄。

至于说夏林成已通过崔颖的关系成为孟鹏飞的表叔，以及孟鹏飞能够临时负责巡警大队工作，和夏林成跟蒋斌打招呼是分不开的。然而这些与孟鹏飞强烈的报父仇破大案的夙愿相比，着实不算什么。

孟鹏飞可以自由支配时间，用不着跟谁请假。他手里有枪给自己壮胆，他有交通工具出行方便，他还借了望远镜和照相机。他白天、夜晚，不定时地对夏林成进行跟踪观察。

夏林成的生活看似很有规律，他每天早晨五点左右出小卖店倒垃圾，返回后便把门虚掩着，躺在炕上看电视；方淑芬下楼做饭卖货。过一个小时，夏琴从楼上下来吃饭。饭后，夏林成随女儿一同出来，女儿骑自行车上学，他溜达到北山。

夏林成先从北山右侧石阶金龙踏步上去，闲逛般再从左侧石阶银龙踏步下来。他有时在凉亭下跟别人下象棋或打扑克，十点左右往家返。他下午基本不出家门，晚间在小卖店门口和邻居打麻将。

孟鹏飞没发现夏林成带有武器。天气炎热，夏林成身着灰色半袖衬衣，裤子是劳动布深蓝色的。他把衬衣下摆掖在腰带里，腰带上挂着数字传呼机和一串钥匙。

正当孟鹏飞对自己的怀疑有些松动的时候，夏林成这天上午没步行到北山，而是穿件外衣骑着自行车走了。

孟鹏飞在后开车跟随。

夏林成到了郊区麻花沟。孟鹏飞思忖：他到麻花沟干什么？

夏林成拐进一条小巷。孟鹏飞将吉普车停在路边，急赶慢赶地跟着。他见夏林成抄近路走向打靶场。

孟鹏飞揣摩夏林成到麻花沟的目的：今天是8月1日建军节，打靶场抑或会有单位组织转业军人打靶。他到打靶场是捡遗落的子弹，他捡子弹是因为手中有枪，他手中的枪，应当就是庞学智被抢的枪。他穿件外衣，说不定枪就在被外衣遮盖的身上。

想到这儿，孟鹏飞骤然有种临战前的紧张，他心跳加速，身上先是发冷，随即又大汗淋漓。他靠在一住家的板障上，舒展双手，舌尖顶着上颚，内心告诫着自己不要紧张。几分钟后，他感觉心跳平稳，汗被风吹干身子已变凉。他从挎包里拿出水杯，喝了两口水；把水杯放进挎包，又从容地解开衬衣的扣子，从腋下掏出“六四”式手枪，而后掰开击锤，将子弹上膛，再轻缓地将击锤复位。他把持枪的手放进了挎包。

打靶场坐落在山根下，左右是平缓的山坡。夏林成所去的方向，是打靶场右侧。孟鹏飞为了不被发现和便于观察，他向打靶场左侧走去。

孟鹏飞找好观察的角度，隐匿在林中，用望远镜观察着打靶场的全貌和右侧的山坡。

打靶场地带空无一人，右侧山坡有个老头儿在放着几只羊，夏林成在老头儿旁边来回走动做着扩胸动作，山坡下靠在树上的是他骑的自行车。

没一会儿，一辆前脸写有“监狱”两个字的警用中巴车驶进了打靶场。车上下来的十多名狱警搬下两个木箱和两个胸环靶，木箱打开，一箱装有多把“五四”式手枪，另一箱装有子弹。

片刻，接连的枪声响起。

夏林成坐在地上，观看着打靶。那个放羊的老头儿远去。

夏林成十分耐心地坐着，甚至都没变换姿势。两个小时后，他见狱警收拾东西要走，便从山坡上下来，站在旁边。几个小孩儿也凑了过来。

警用中巴车开走，小孩忙上前捡弹壳。夏林成在小孩的身后大声地吼了声，抢什么抢，都走开。小孩扭头，他还装作打人的样子抬起了手。小孩吓得作鸟兽散。

夏林成寻拾了半天，弯了几次腰，像捡到了几颗子弹。

孟鹏飞把望远镜放回了挎包，拿出了手枪，挪动了脚步。他的打算是，夏林成若拿出手枪，把捡来的子弹押进弹夹，自己趁机从身后把枪顶在他的头上，缴下他手中的枪。

可是夏林成并没有亮出枪来，他把捡的东西放进衣兜里，骑上自行车走了。

六

孟鹏飞驱车五十公里到了海林市，他是来找汤小红的。他把跟踪拍摄到的夏林成的照片洗印出来，让汤小红辨认。

汤小红 1992 年 6 月 14 日凌晨在丹江火车站遭遇抢劫，头部受伤。孟鹏飞跟杨桂林曾到丹江市第二医院给汤小红做过笔录，汤小红当初能回忆起嫌疑人的体貌特征，她说她被嫌疑人从身后击打头部倒地前，回过头看到了嫌疑人，嫌疑人圆脸，年龄四十岁左右。汤小红的叙述比后来对嫌疑人的年龄在二十五岁至四十岁间的画像更加精确，也符合夏林成的年龄。那么一年后，她能否通过照片认出嫌疑人呢？

汤小红住在一幢破败的筒子楼里，楼道内到处是垃圾。辖区派出所片儿警把孟鹏飞引到了二楼。孟鹏飞问，汤小红是做生意的，她家怎么住在这儿？片儿警说去年出事后，她开的俄货商店不长时间就关闭了。后来听说，她和丈夫离婚了，把原先的住房卖了，自己搬到了这儿。片儿警说着敲响了一户房门。

门敲了半天，里边才传来一个女人沙哑的声音问谁呀？片儿警说开门，派出所的。门开了，里面站着一个睡眼惺忪，面色憔悴，穿着宽松长裙的女人。女人认识片儿警，将两人引进了屋里。

这是一室的房子，过了厨房便是卧室。卧室里是一张双人床，床上的被褥凌乱地铺展着。女人搬两个塑料凳子让两人坐下，她坐在了床上。片儿警对孟鹏飞说，她就是你要找的汤小红。孟鹏飞仔细打量，才认出她就是去年曾俏丽的汤小红，现在似乎年老了十岁。

汤小红问孟鹏飞，你找我有事？孟鹏飞说，我是丹江市公安局爱民分局的，去年你出事时，我在医院给你做过笔录。汤小红点下头说，我好像见过你。孟鹏飞说，去年6月14日凌晨，你被嫌疑人从身后击打头部倒地前，不是见过嫌疑人吗？我今天拿来了些照片，让你辨认下。他说着，从挎包里掏出了一沓照片。

不承想，汤小红看过照片，居然问孟鹏飞，这是谁的照片？照片里的人我不认识。孟鹏飞以为汤小红忘却了以往的事，他再提她被抢劫的事。她拨浪鼓般摇头说，别提那事好不好？继而她泪水婆娑起来，说自己受伤后，头部塌陷的部位换了个塑料脑壳，脑袋也不灵光了，做买卖经常算错账，我那该死的前夫，见我有了毛病，非得跟我离婚……听着汤小红的话，孟鹏飞无望地叹了一口气。

孟鹏飞接着要找庞学智辨认照片里的人，他心里莫名地有些担忧：庞学智别再像汤小红似的。

孟鹏飞把吉普车停在了庞学智家的门口。他敲了半天院门，房里也没出来人。他看了下手表，见已是下午四点，他揣测这家人该回来了。他靠在吉普车上，看着路边深沟里受污染发黑的银龙溪水。加之岸边的垃圾，似有若无地飘来难闻的气味。这使他不由得为庞学智家所住的环境忧心。

孟鹏飞见对岸出现一对母女，母女上了连接两岸的桥。他认出是庞学智的妻女。

程焕虽然笑着跟孟鹏飞打招呼，但孟鹏飞看出了程焕难掩的忧闷。

程焕拿钥匙打开院门时，孟鹏飞问：“庞哥怎么没在家？”

程焕叹口气没言语，她直到进了屋把孟鹏飞让坐到椅子上，才说：“你庞哥出远门了。”

孟鹏飞不解地问：“他干什么去了？”

程焕吩咐庞莹到小屋写作业，庞莹出了大屋门，她才说：“你庞哥精神出了问题。”

孟鹏飞不免惊讶：“他不是很正常吗？”

“你已经近半年没来了，这段时间，他变化很大。”程焕说，“他出事后，通过治疗和康复训练，身体逐渐好转。他本应上班，可他一门心思每天早出晚归要抓到把他打伤，抢他枪的嫌疑人，压根儿不提上班的事。前段时间，分局吕局长和郭政委来看他，送来了他报销的医药费和慰问金。我说领导都来看你，你就上班吧，你整天一个人抓嫌疑人也有危险，跟同事一起搞案子才能把案子破获。可他歇斯底里地跟我喊，我就想自己把案子破了。”

孟鹏飞说：“他现在怎么这么偏激？”

程焕叹口气说：“我家现在住的环境不好，我想用领导送来的钱，再凑些钱，买楼房住。他居然拿走了所有的钱，要上外地学武功，练出本领抓捕嫌疑人。他还说，当初被打伤，枪被抢，都是自己身手不好……”

听了程焕的话，孟鹏飞瞠目结舌。

第十章　铁北派出所

一

孟鹏飞在单位接到崔颖的电话，说晚间到她表叔家吃饭。他当然知道崔颖所说的表叔，就是夏林成。他不愿以亲属的关系接触夏林成，可他不愿接触的理由还不能说。他有种不好的预感，夏林成或许会影响他和崔颖的关系，因为自己迟早会动夏林成。

当孟鹏飞到医院接了崔颖来到夏林成家的时候，夏林成已在小卖店里屋的炕桌上备好酒菜。

夏林成对孟鹏飞说，今天上午蒋斌回来了，待会儿他和媳妇一起来，叫你们来是给蒋斌接风。孟鹏飞说，他好像没走几天似的。他内心叹息，蒋斌回来，就难有条件对夏林成进行调查了。夏林成说，他出门到今天正好半个月，他岳父在北京医院做完手术，医院就让出院，压根儿就不让多待。

正说话间，蒋斌和龚玉洁进了屋。蒋斌把龚玉洁介绍给孟鹏飞和崔颖。孟鹏飞叫了声嫂子，崔颖叫了声婶。夏林成带有调侃地对孟鹏飞说，我是崔颖舅爷的儿子，崔颖管我叫表叔，当然从上次见面，你也改了口管我叫表叔。蒋斌是你表婶的表妹夫，跟我是连襟，那么，你是不是也得管蒋斌叫表叔和管他媳妇叫表婶呢？

夏林成的话音一落，屋内的人嘻哈地笑起来。孟鹏飞只得随帮唱影地对蒋斌和龚玉洁改口叫了声表叔和表婶。蒋斌对孟鹏飞说，你别听我表姐夫的，你管我叫蒋大队就行，叫表叔我还不适应呢。龚玉洁接话说就是，各论各的，小孟管我叫嫂子也没啥。

夏林成边斟酒摆筷子，边叫大家围炕桌坐下。蒋斌说表姐夫，把表姐招呼过来一块儿吃。夏林成说她卖货。蒋斌说，晚间有几个人买货呀，把门关了得了。夏林成响应着说，那就听你的，关门喝酒。他出了里屋，把方淑芬叫进了屋。龚玉洁问方淑芬，夏琴呢？方淑芬说，夏琴放暑假到她舅家去了。

男人喝白酒，女人喝啤酒。

夏林成端起酒杯说：“今天没别的意思，一方面给陪大姨夫到北京治病的蒋斌接风，再则，咱们也有段时间没见了，在一起好好聚聚。我白酒，敬大家半杯。”他说完，喝下半杯酒。

蒋斌响应着对孟鹏飞说：“咱俩也半杯。”

孟鹏飞不好拒绝，象征性地举了举杯。

孟鹏飞出外上了趟厕所，他把腰带上的装着枪的枪套摘了下来，他有些不舍地摸了摸黝黑的枪柄。他返回小卖店，在外间柜台边的小桌上，发现了一个用“五四”手枪弹壳制作的笔筒，笔筒边还有胶水和几枚弹壳。他脑海中浮现出夏林成在麻花沟打靶场的情景：难道他在麻花沟打靶场，只是为了捡弹壳制作笔筒吗？

进了里屋，孟鹏飞把枪递给蒋斌说："蒋大队，把枪还给你。"

蒋斌客气了句："你带着吧。"

孟鹏飞说："你回来了，就还给你。"

蒋斌接过枪，穿在裤腰带上说："哪天到治安科给你领一把。"

夏林成说："小孟，往后跟蒋斌好好干吧。咱们都是亲戚，他肯定亏待不了你。"

孟鹏飞说了句让大家意外的话："我要调离巡警大队，到派出所工作。"

蒋斌不解地说："派出所有啥干头，忙忙活活的。"

崔颖盯着孟鹏飞问："你刚到巡警大队时，整天腰挂着橡胶警棍四处巡逻，那时我觉得你工作没意思。现在有表叔关照着你，日后肯定也差不了，你怎么又想到派出所了呢？"

孟鹏飞抹了把脸，哈哈两声说："派出所是公安工作的基础，是最锻炼人的地方，我到那儿干段时间后，日后从事什么工作都不打怵。"他问蒋斌，"你说呢蒋大队？"

"你说得不错，到派出所锻炼锻炼也好。"蒋斌说出了孟鹏飞的愿望，"你到铁北派出所吧，我的管片儿还没人接手呢。"

孟鹏飞笑了："好，那我就跟领导要求到铁北派出所。"

二

在分局工作的人，除了提职外，大多都不愿到派出所工作。孟鹏飞找吕昌湛请求到铁北派出所去。吕昌湛当即就答复了他，铁北派出所正好缺人，去吧。

孟鹏飞到铁北派出所报到。没等他说什么，闫海滨说，你就接替调走的蒋斌，把他管片儿的人口情况先熟悉下。

似乎冥冥之中有种力量在帮着孟鹏飞，他到派出所的第二天便有了重大发现。

铁北派出所的小黄楼，是已有几十年历史的俄式建筑，原是一家医院，后改为派出所。三层小楼四百多平方米，一楼三个房间只用了两间当作值班室和户籍室，另一个大房间当作仓库。孟鹏飞的办公室在二楼，跟他在一个屋的是厨师老刘。老刘说是厨师，其实他也就是中午饭口时做顿饭。所里经费紧张，早晨和晚间值班的不管饭。老刘没事时就充当联防队员的角色，帮民警打杂。孟鹏飞没带办公桌椅，老刘扔给他一串钥匙说，楼下仓库里有桌椅，不过都是旧的。孟鹏飞在手里掂下钥匙说，管它旧的新的，能用就行。

仓库里的东西杂乱无章，上面覆满灰尘。

孟鹏飞先把一把椅子拽到走廊上，又看一张一头沉的办公桌不错，他往外挪动时，不料一边桌腿劈叉，只得放弃。他发现靠窗位置有一张紫檀色的办公桌，上面堆着报纸和文件。他细看了眼办公桌，除了陈旧外，没见损坏。他心里说，就是它了。

孟鹏飞找人帮忙把办公桌椅搬到了二楼。他拿抹布擦完办公桌，挨个抽屉收拾时，在多张空白的询问笔录纸中，看到一本没封面的白皮日记，他随手翻了下便扔进垃圾桶，忽觉得日记中的笔迹熟悉，他又把日记从垃圾桶中捡出，看到在扉页右下角，有父亲的名字“匡国章”三个字，他心中很是意外，这本日记竟然是父亲的！那么自己所用的这张办公桌定然也是父亲的。他一手拿日记，一手抚摩着办公桌，内心百感交集。

孟鹏飞打开日记，见日记记得潦草，但他捋着也能看明白。孟鹏飞记得父亲是 1988 年 7 月 20 日被害的，日记所记内容是从 1988 年 1 月 1 日至当年 7 月 17 日，日记并非每天都记。他很想从日记中寻到父亲被害案的线索，然而日记中大多是记录开会学习等内容。唯一记录的一起案件，是一个偷看女人如厕的叫徐刚的男子，被拘留十五天。

在孟鹏飞的记忆中，父亲健在时就是忙于工作，每天着家的时候很少。他对父亲的印象是，除了父亲好喝酒和他学习不好有时会揍他外，别的就没什么了。这次发现父亲日记，才得知父亲有记日记的习惯，且这个习惯不是在家记，而是在单位。他头脑中打个问号：父亲的日记难道就留下这一本吗？他拿起窗台上的电话，拨通了家里的电话，问母亲家里是否存有父亲的日记本。孟秀媛说你爸在单位的东西我都拿回了家里，他的日记可不少，有十多本呢。

孟秀媛的话，让孟鹏飞急不可待地放下电话就往门外奔。老刘在走廊喊他吃午饭。他说有急事回家一趟。

孟秀媛把丈夫的遗物锁在她所住房间的立柜里。孟鹏飞打开立柜的暗锁，里面有日记本，还有父亲的警服和大檐帽。他拿出日记，还发现三个立功的奖章，其中一个二等功，两个三等功。

孟秀媛问："怎么想起看你爸的日记本了？"

孟鹏飞翻着日记说："我今天在派出所看见我爸在 1988 年记的日记，我琢磨他还有日记，就给你打了电话。我想从我爸的日记中找到他被害案的线索。"

说起丈夫的被害案，孟秀媛不免哀伤，她黯然地走开了。

孟鹏飞被一篇日记所吸引：平时看似胆小，连小狗都害怕的儿子，却喜欢枪。每天早晨上学前，都要摸摸我腰间的手枪。今天带儿子到麻花沟打靶，想让儿子放几枪，可儿子听到枪响，躲得远远的。儿子说长大了要当警察，可他喜欢枪却不敢拿枪的胆怯，需要锻炼。

孟鹏飞看到父亲1967年11月9日记有这样一段话：今天我跟招兵政审的人说，夏林成几个月前，跟人斗殴，用火药枪将对方打伤。

这段话让孟鹏飞瞪大了眼睛，他推测：夏林成当不上兵，对父亲定是记恨。那么这段话的话题接续有没有提及呢？他细翻了父亲以后的日记，没发现提及。

孟鹏飞回到单位，他查起了夏林成的户籍档案，夏林成，1949年5月7日生人，他是铁北派出所的重点人口。孟鹏飞见夏林成重点人口卡片上写着：夏林成于1988年7月20日晚，盗窃林业局木材加工厂的机器零件被收容审查，后被处以劳动教养两年。

孟鹏飞惊诧，1988年7月20日，是他刻骨铭心的日子，他父亲就是这天晚间被害的。他拿着重点人口卡片，心里不禁大失所望，难道自己怀疑错了？因夏林成当天盗窃后，就被单位的保卫干事抓获送到了派出所，害死自己的父亲没有作案时间。

三

孟鹏飞没来铁北派出所前，所里加上老刘一共是七个人，所里民警三天值个班，一个班两个人。孟鹏飞来后，闫海滨为了减轻所里民警的工作量，便把民警的值班变为四天一个班，孟鹏飞和老刘一个班。

老刘虽不是正式民警，但在铁北派出所帮忙十多年，对经历过的有点影响的案件，印象比谁都深。

值班时，老刘就像师父似的跟孟鹏飞讲他历经的事情，而孟鹏飞则像个徒弟，默不作声地洗耳恭听。一天晚间，孟鹏飞打破沉默问："匡国章你认识吗？"

"匡国章？"老刘思忖下说，"你说的这个人不在了吧？"

"对。"孟鹏飞沉重地说，"让人害死了，他是我父亲。"

匡国章的身影在老刘脑海里清晰了起来，他说："啊，你是匡国章的儿子？那你怎么姓孟？"

"我随我母亲的姓。"孟鹏飞问，"我父亲在工作中得罪过什么人吗？"

"在我印象中，你父亲这人虽然原则性强，但为人非常随和，帮助过辖区不少群众。"老刘说，"我还真没听说过他得罪过什么人。"

夏林成在孟鹏飞脑海里已根深蒂固，虽然其档案证实父亲被害时他没有作案时间，可孟鹏飞仍追问："夏林成你认识吗？"

"夏林成是哪儿的？"

"咱们派出所管片儿重点人口。"孟鹏飞说，"在丹江纺织厂对面的林业局家属区住，也就是现在我的管片儿。"

"我想起来夏林成这个人了。"老刘记忆力不错，他说，"他原在林业局木材加工厂工作。1988 年夏天，他像脑袋缺根筋似的偷工厂的机器零件走大门，结果被保卫干事抓了个正着。"

孟鹏飞不免好奇："你怎么记得这么清楚？"

老刘一拍大腿说："那天也是你父亲遇害的日子。我记得很清楚，那天你父亲和段春生值班，他白天就跟我说晚间到火车站接儿子，让我顶替他值两小时班。”

孟鹏飞脑海一闪念，若是夏林成害死父亲再犯盗窃案被收容审查，岂不就躲过了警方的排查？他心里一震，问：“那也就是说，是你替我父亲晚间值班的时候，夏林成被扭送到派出所的。他被扭送到派出所是晚间几点？”

“具体几点我忘了。”老刘说，“我记得当时扭送夏林成的保卫干事有一个原是我家的老邻居，叫冯星。”

孟鹏飞问：“冯星还在林业局当保卫干事吗？”

“应当还在保卫科。”孟鹏飞的问话，让老刘揣度地问，“你是怀疑夏林成害死了你父亲？”

孟鹏飞对老刘是信任的，他说：“我父亲被害时我见到了凶手的身影，我看着有些像夏林成。”

四

孟鹏飞在林业局保卫科找到了冯星，他说我刚到铁北派出所工作，到管片儿单位了解下重点人口情况。

冯星已是保卫科科长，他对孟鹏飞热情相待。冯星知道，重点人口是指有违法犯罪前科的人。他问你要了解谁。孟鹏飞说你五年前在木材加工厂抓过盗窃犯夏林成吧？冯星寻思了半天说好像有这码事。他打开文件柜翻腾了半天，找到了1988年7月20日的值班日记，才恍然地说：“是有这码事，那天夏林成该着，栽到了我的手里。”

孟鹏飞问：“夏林成是不是晚间作的案？”

“是晚间作的案。”冯星回忆说，“那天晚间我值班，我寻思到下边的企业看看去，就骑着挎斗摩托车到了木材加工厂。大约晚间九点，我在门卫室里看见夏林成空着手，鬼鬼祟祟地进了大门；半个小时后，他竟有些吃力地拎着个编织袋出门。我和门卫出了大门让他放下编织袋检查，一看里边是机器铜套，当场就被我抓个现行。”

“夏林成进厂门时能看见你吗？”

“我在门卫室和门卫唠嗑，进厂门的人应当能看到。夏林成或许没注意门卫室里的人，他要是见到我，或许就不敢偷东西了。”

孟鹏飞了解完夏林成，跟冯星告辞离去。

孟鹏飞骑着自行车到了林业局木材加工厂。不承想，木材加工厂大门紧闭，院内一片萧瑟，没有人影。

孟鹏飞把自行车靠在围墙边，推动了几下用铁链绕着上了锁的大铁门，冲门卫室喊：“里边有人吗？”

门卫室里出来个中年男子，不耐烦地嚷了句：“喊什么？”抬头见门口站立的是着警服的警察，又忙不迭变得谦恭地说，“对不起警察同志，我以为又是来要账的。”

“要账的？”孟鹏飞不解地问，“怎么，你们企业黄了？”

“不黄也差不离了，别人欠我们的债，我们欠别人的债；工人开不出工资，只得放假。”中年男子打开门问，“警察同志，你有什么事吗？”

“我是新来的片儿警，叫孟鹏飞，下辖区了解下情况。”孟鹏飞走进院内问，“你是这家企业留守的？”

中年男子得知孟鹏飞是片儿警，他一边热情地把孟鹏飞往门卫室让一边说：“孟同志屋里请。我是这个企业的厂长，叫吴怀生，今天看门的家中有事，我就顶替下。"

孟鹏飞进屋，吴怀生把他让在桌子旁的椅子上坐，找了个空杯端起茶壶给他倒了杯茶水。

孟鹏飞说介绍下你们企业的情况。吴怀生说我们是集体所有制企业，有员工八十人。头些年企业的生产经营还可以，近些年就难以经营下去了。孟鹏飞问你们企业有犯罪前科的员工吗？吴怀生说我当九年厂长，据我所知两个人有犯罪前科，我刚来时，一个工人的媳妇搞破鞋，他把媳妇的相好拿铁锹砍成重伤，好像是判刑了。再一个就是头几年，具体哪年我忘了，叫夏什么来着，偷机器的零件，被劳动教养了。

孟鹏飞说："你说的是叫夏林成吧？"

吴怀生说："对，是夏林成。我一时没想起来他的名字。"

"夏林成在没偷零件前，他有小偷小摸的习惯吗？"

"在我的印象中，这人处事挺大方的，平时跟工友喝个小酒啥的，也不抠搜。"吴怀生说，"没听说过他有小偷小摸的习惯。"

通过向冯星和吴怀生了解，孟鹏飞越发认定：夏林成在1988年7月20日晚八点半害死父亲，九点返回单位采取盗窃的手段使保卫干事扭送他到派出所，以此躲避警方的调查。

五

夏林成家开的小卖店，将够日常生活开销和供女儿上学，他自从被劳动教养两年后，就没再工作过，自己的花销靠违法犯罪所得维持。方淑芬有时问他兜里哪来的钱，他撒谎说帮别人做买卖拼缝挣的。

夏林成虽然身负命案，但他还是想减少风险去弄钱。他原先常在北山转悠，搜寻敲诈勒索的对象。自从蒋斌跟他说起于民权在北山因敲诈勒索被爱民分局刑警大队传去而死在公安医院后，他感觉有些后怕，便暂且避开了北山。

夏林成好酒色，兜里钱鼓时，常酒后到洗浴中心和歌厅找小姐。他长时间没有进账，便只能喝点小酒，舍不得钱找小姐了。不过这天半夜他肚子有些饿，就出了小卖店到附近的羊肉串店喝瓶啤酒，羊肉串店里一个吃方便面的女子，引得他欲火难耐。女子二十多岁，身着低胸白纱裙，眉宇间顾盼生辉。从打扮看，像是风月场的小姐。

在女子碗里还剩一小点方便面时，夏林成先结账出门等女子去了。女子出门，他跟在了对方的身后。

没等夏林成开口，女子转过身说大哥你怎么跟着我呀？夏林成笑了一下说我看你太漂亮，所以就跟着你。女子撩了下长发说是吗？夏林成点下头，盯着她白皙的半截乳房说我想跟你弄一下，多少钱？女子迟疑下说你能出多少钱？夏林成说一百。女子说再加五十。夏林成兜里仅有一百五十元钱，他毫不犹豫地答应说行。

女子领他到了林业招待所，夏林成跟女子厮混到早晨才出门。他从女子口中得知，女子叫小翠，家是宁安县农村的，原在县城歌厅干过，听别人说大城市挣钱多，就到了丹江。她昨天刚到丹江，还没找到活儿。夏林成忽悠小翠说我正好有个朋友开歌厅，活儿我帮你找。小翠说好啊，那我听你信儿。

夏林成忽悠小翠的目的，就是想留下小翠住在林业招待所设套勒索些钱。他到爱民分局找到蒋斌说林业招待所新来个卖淫的，若抓个现行，就能弄一笔钱。蒋斌有些不在意地说，小姐新来的，身上能有几个钱。夏林成出主意说，主要是罚林业招待所容留卖淫嫖娼，那里的所长老方我认识，你这么办……

其实老方是夏林成的大舅哥，只不过三年前夏林成勾搭他所里的服务员，他便气恼地跟这个妹夫没了往来。老方半年前由给公家干，变成了给自己干，他承包了林业招待所。夏林成看着他大把地挣钱，便妒火中烧。夏林成心里说，对不起了大舅哥，我得让你破点财，还得感谢我。

下午，蒋斌让一个地痞去林业招待所嫖娼，而后领两个巡警直接抓个现行，将一对男女带走。就在蒋斌将老方带至吉普车上，刚打着火时，夏林成在旁边路过装作无意间见到了车里的老方，诧异地问：大哥你这是要干啥去？他问完老方，又跟蒋斌打个招呼。

满脸愁容的老方拉开车窗问夏林成："你认识这个蒋大队？"

"认识。"夏林成说，"他是我家老邻居，都是哥们儿。"

老方犹如见到救星般对夏林成说："那你赶快给我求求情，我也不知道我这儿住了个小姐……"

听了老方说的情况，夏林成对蒋斌说："这是我大舅哥，你怎么说也得给个面子吧？"

蒋斌故作严肃："我做不了主，分局局长指派我来的，这个淫窝也不是一天两天了，这个招待所今天是封定了。"

夏林成打开车门叫下蒋斌："什么事都好说，招待所你不能封啊……"

两个人在车下嘀咕了半天。老方虽听不见什么，但在他眼里，自己的妹夫正在给自己办事。

蒋斌很给夏林成面子，他放过了老方，独自开车走了。不过夏林成对老方说，花钱买个平安吧，若真处理你，弄得沸沸扬扬的，你这老脸往哪儿搁？老方点头问得花多少钱？夏林成说拿五千元吧。老方倒是挺敞亮，他说我给你拿六千元，剩下一千元你找蒋大队吃顿饭。

夏林成拿了大舅哥的六千元钱，给了蒋斌两千元。

夏林成把小翠领出了巡警大队。小翠没被处理，对夏林成很领情，两人就此有了联系。

小翠压根儿不会想到，她日后会死在夏林成手里。

第十一章　搜查

一

夏林成到丹江市公安局交警支队龙丹驾校考驾照。

龙丹驾校位于丹江市的西郊，北侧有条通往三十公里外三道关村的盘山道，叫丹三公路。三道关村有国家森林公园和养熊基地等景区。去往三道关村的丹三公路，犹如一条画廊，路两边野花争妍、林木茂盛。

夏林成在练完车的午后，常到丹三公路转悠。他的转悠可不是闲适的赏景散步，他犹如黄鼠狼看见了小鸡踪影般断定：这地方车流少，景色美，路两边定是那些野鸳鸯首选的幽会之地，我在这儿或许能勒索些钱财。他推测得没错，有一次，他看到离路旁不远处停着的吉普车里有一对男女正接吻，只不过他没带手枪下手心里没底，故而只观察了会儿，便离开了。

一个朝霞满天的黄昏，本应回家的夏林成，摸了下干瘪的裤兜，不由得想起了丹三公路上车里亲昵的男女。他心说：要是今天带枪来就好了。他踌躇间走到龙丹驾校的门口推自行车时，见地上有把灰黑色的塑料手枪。他把自行车又放回原处，捡起塑料手枪，到门口水龙头处冲洗了下，竟呈现出真枪般的黑色光泽。他拿着塑料手枪往丹三公路走去。

夏林成走了一段路，累得气喘吁吁，发现了一辆货车有节奏地震动着，货车里无疑有男女在做爱。他疾步上前，可还没到货车跟前，他在货车的后视镜中看到了里面光背的男子，男子也看到了他。不过男子匆忙且敏捷地坐回驾驶座位上启动了车，向三道关村方向驶去。

失去了一次勒索的机会，夏林成有些懊丧。

这时迎面开过来一辆吉普车。夏林成感觉吉普车里的人在注意着他，他把拿塑料枪的手放在背后。

吉普车在夏林成的身后突然停了下来。夏林成听到身后喝令："警察，别动，否则开枪。"

夏林成心中一惊，伫立在原地。

"把手里的枪扔在地上，举起双手。"

夏林成依照对方的要求，扔了塑料枪，举起了双手。

四个青壮男子持枪呈扇形向夏林成围过来。

四个男子是爱民分局刑警。刑警大队长张凯带领三个弟兄，到三道关村调查一起失踪案。返回的途中，开车的张凯见路上独自一人的夏林成可疑，他把车开过夏林成时，见到对方身后手里的枪，便把车停下盘查。

大老何捡起塑料枪说了句："是塑料枪。"

四个刑警收起了枪。

肖铁军近前，将夏林成的身上搜了个遍。他从夏林成身上搜出三元多钱和一串钥匙，以及一张龙丹驾校学员卡。

"你把手放下吧。"肖铁军看着龙丹驾校学员卡问，"你叫夏林成?”

夏林成放下举起的手，点头说：“对。”

张凯问：“你鬼鬼祟祟地在这儿干什么?”

夏林成说：“我是龙丹驾校学员，练完车了，没事溜达玩。”

大老何问：“你拿塑料枪是什么目的?”

“我没什么目的。”夏林成干笑下，“塑料枪是我在道上随手捡的。”

张凯见在夏林成身上没发现什么，就问了夏林成的家庭住址，而后挥下手让大家上车。肖铁军把搜出的物品返还给夏林成，上车时对张凯说了句，应当对这小子好好查查。

肖铁军的话，让夏林成不由得想到了家中的那把手枪。他胆战心惊地见吉普车驶离，小跑着下了丹三公路，骑上自行车往家里奔。

夏林成进了小卖店，方淑芬见他满身是汗，不由得问：“骑自行车怎么骑出这么多汗?”

夏林成掩饰地说：“从龙丹驾校回来上坡多。”他进了里屋，把门关上。

方淑芬说：“关门干什么？有点穿堂风还凉快点。”

夏林成在里屋说：“换衣服。”

夏林成不仅关了门，还把窗帘拉上了。不过他可不是换衣服，而是在狭小的屋内踅摸了半天后，拿起一把锅铲扒开火炕侧面的一块砖，掏出里面一些沙土。而后从炕柜底下摸出用塑料袋装着的“五四”式手枪，塞进了扒开砖的火炕里；他又拿暖瓶倒出水和了下沙土，把扒下的砖砌回了原处。

把手枪重新放置了地方，夏林成拿起炕沿上的抹布擦了下手，才脱下满是汗渍的衬衣，从炕柜里找出一件背心穿在身上。

二

自从见了张凯等人，夏林成就没再敢单独到丹三公路。他在龙丹驾校考完驾照后，到爱民分局巡警大队找到了蒋斌，说了丹三公路发财的契机。

蒋斌听了夏林成的话，没马上表态，而是点燃一支烟，琢磨着什么。

夏林成的话，让蒋斌想到一起案件。近期爱民分局接到一姓朱的女子报案，说在丹江市制米厂当工程师的丈夫翟某，带着四千元钱到三道关村办事，结果一去三天没有音信。刑警大队接手这起案件，又了解到翟某的同事出纳曲某，跟翟某同一天请假，也不见了踪影。虽然案件推测翟某和曲某因情私奔，不过蒋斌此时却想到了另一层，那就是，很可能有与夏林成怀有同一念头的人为了搞钱，以暴力手段进行抢劫后将被害人杀害埋尸。

夏林成以为蒋斌心中犹豫是对他不好答对，就说："丹三公路那些搞男女关系的，肯定都是搞婚外情和卖淫嫖娼的。你们一去，工作证一亮，一律按卖淫嫖娼罚没。我呢，你们就按照线人对待，给我点提成就行。"

蒋斌没在意夏林成说的话，他满心想着的是抢劫案。他把烟蒂捻灭在烟灰缸里说："咱俩先到三道关村看看。"

夏林成不解："到三道关村干什么?"

蒋斌应了句："办大案。"说着拿起办公桌上的车钥匙出了办公室。

夏林成紧随其后。

驱车刚进三道关村，一根电线杆上贴着的纸张，引起了蒋斌的注意，他停下车看了起来。

寻人启事

6月13日下午（星期日），有一男一女骑一辆红色本田750型大摩托车在三道关村附近失踪。

失踪者男，身高1.80米，年龄35岁，身着白衬衣和浅色裤子，脚穿棕色皮鞋；该人留有八字胡。

失踪者女，身高1.73米，年龄35岁，戴墨镜，黄色披肩长发。

如有知其下落者或找到尸首（将埋人的地方告知死者家属也可），经确定系家属所寻的人，家属付给感谢费五千元。

……

蒋斌认为，眼前的寻人启事，显然不是到分局报案的姓朱的女子所贴。那么在三道关村附近失踪的人，就不止一对男女了。如此推断，失踪的人若遭遇不测的话，那么三道关村附近至少得有两个结伙作案的嫌疑人。

随蒋斌下车的夏林成看着寻人启事说：“这对男女肯定不是两口子，说不定私奔了。”

蒋斌说：“失踪者家人既然能贴出寻人启事，那么失踪男女私奔的可能性就很小了。我看呀，说不定这对男女被人害了。”

夏林成问：“你来前说到三道关村办大案，难道这寻人启事就是你要办的大案?”

“对，这就是我要办的大案。”蒋斌说，“在这之前，就有人报案说一个姓翟的男子在三道关村附近失踪。经刑警大队调查，翟某单位的女出纳曲某，也跟翟某同时失踪。现在刑警大队正在搞一起杀人案，这线索不明朗的失踪案也就放下了。我想把这失踪案搞下去。”

“你要领着巡警大队十多名兄弟在山上寻找失踪者?”

蒋斌环视着前面的村落和两边的群山说：“这方圆上百公里，寻找失踪者岂不是大海捞针?”他拉开车门说，“上车，咱俩先熟悉下这个村子。”

蒋斌先是到了三道关村委会找到姓鲁的村主任，让鲁主任上了吉普车领着把三道关村里外转个遍，中午鲁主任在村中像样的饭店醉仙阁安排了顿饭。

返回的路上，夏林成想着搞钱的事。他对蒋斌说，咱俩既然到了三道关村，也不能白来一趟，怎么也得抓回去一对呀。蒋斌吐着酒气说，看样你也是真没钱了。夏林成说上把在林业招待所挣点钱，不是考驾照了嘛。蒋斌说那好，今天就成全你。

两人在半途中，把在路旁一辆白色轿车里一对投入做爱的男女抓个正着……

把白色轿车引到巡警大队，蒋斌让陈连宇领人给那对男女做笔录。他回到办公室，从衣兜里掏出扣押的证件，对身后的夏林成说没想到女的还是农行行长，男的是她司机。夏林成说咱俩钓到大鱼了，说不定能多罚些钱。蒋斌当然知道，抓到的这对男女，只要不把事情捅到单位，肯定愿意挨罚了事。他狮子大开口说每人罚一万元。夏林成听了蒋斌的话吓一跳，因为通常情况下，抓到卖淫嫖娼的也就罚款两三千元，而他抓住一对搞男女关系的，却说出了一万元。夏林成嘿嘿两声说真有你的。

笔录做完，亭亭玉立的女行长提出找蒋斌单独说话。陈连宇把女行长领到了蒋斌的办公室。蒋斌使一个眼色，让夏林成出了办公室。

女行长问要罚我们俩多少钱？蒋斌果真说每人一万元。女行长愣怔下，而后镇定地说没问题。蒋斌说那好，交钱走人。女行长提个要求，我再出三千元可以把我们俩的笔录买走吧？蒋斌说没问题。

当男司机从轿车后备厢里拿出两万三千元钱摆在蒋斌的办公桌上时，蒋斌把两份笔录递给了女行长。女行长说声谢谢，跟男司机走了。

夏林成看着两万三千元钱眼睛发直。

蒋斌很大方地点出一万元钱递给夏林成说：“这钱你拿着。”

夏林成接过钱，一脸愕然。

“这一万元钱，我不是白给你的。”蒋斌说，“我怀疑在三道关村失踪的人已被人害死，你用这钱买辆摩托车，到三道关村帮我摸排情况，发现嫌疑人马上联系我。”

夏林成应承说：“我明天就买摩托车到三道关村。”

蒋斌拍下夏林成的肩膀说：“你要帮我把大案破了，我就会帮你做大生意，不必整天围着挣不到几个钱的小卖店转。”

蒋斌在夏林成的眼里已是了不起的人，蒋斌的话让他满怀期望。

三

在外人看来，夏林成一下子阔绰起来，他买了一辆重庆 80 摩托车，穿得也挺像样的，每天早出晚归。方淑芬开小卖店每月也就挣个三百二百的，她担心地问丈夫钱的来路和每天外出干什么。夏林成仍旧那套有了违法犯罪所得时蒙骗媳妇的说辞，钱都是正大光明来的，每天外出是帮别人跑生意。

夏林成常到巡警大队去，在巡警看来，他不仅是蒋斌的表姐夫，而且是蒋斌直接领导的线人，别人待他都很客气。

一个星期过去了，蒋斌问夏林成："三道关村还没发现什么?"

夏林成摇下头："我每天都去三道关村，真没发现什么。"

"你到三道关村没事得找话题跟村民聊天，看能否聊出点什么。"蒋斌说，"再一个你得到醉仙阁这样稍微上点档次的饭店观察，观察有可能搞破鞋的男女，看他们饭后走出饭店，有没有人注意和跟踪他们……"

听了蒋斌教给的方法，夏林成点头："好，我明白。"

"我要陪老岳父到北京天坛医院复查脑肿瘤术后情况。"蒋斌说，"我出门后，在三道关村发现情况，不要透露给别人，包括巡警大队任何人。"

"你放心，我只说给你。"夏林成问，"你哪天走？去几天?"

"我明天走，来回多说十天八天的……"正说话间，蒋斌办公桌上的内线电话响起，他接起了电话，"喂。"

电话里传来张凯的声音，我说蒋斌，怎么你也对三道关村的失踪案感兴趣？蒋斌说我们巡警大队没什么事，有搞案件的机会，寻思就比画比画。张凯说我到三道关村工作，鲁主任提到了你，说你几天前过去了。张凯像想起了什么似的问，对了，你在铁北派出所时，认识一个叫夏林成的吧？蒋斌说认识，他是我管片儿的居民。张凯问这人现实表现怎么样？有过前科吧？蒋斌说现实表现可以，算是老实本分。他前科就是几年前鬼迷心窍因盗窃被劳教两年。张凯说你对他还了解得挺清楚。蒋斌说夏林成是我媳妇的表姐夫，我俩是连襟，那能了解得不清楚吗？他问张凯怎么想起来打听夏林成了？张凯说我们十多天前在丹三公路上，看见夏林成拿把塑料枪，这让我们起疑，所以就想对他了解一下。

蒋斌和张凯的通话，夏林成在旁边听了个大概。待蒋斌撂下电话，他说：“我在龙丹驾校学习期间，到丹三公路散步，在路上捡了一把塑料枪……”

蒋斌对夏林成是信任的，他不在意夏林成的解释。他忽然想起了于民权的遭遇，便打断夏林成的话说：“我出门期间，你不要到三道关村去了。”

夏林成不解地看着蒋斌。

“刚才打来电话的是分局刑警大队长张凯。”蒋斌说，“这帮小子想什么做什么，向来不按常理出牌。曾给我提供线索的一个哥们儿，就被他们抓了因病死在他们手里。他们明知那哥们儿跟我单线联系，可就是跟我保密，直到快死了才通知我。”

夏林成不免担忧地说：“你是说他们已经瞄上我了？”

“他们现在还不至于瞄上你。”蒋斌说，“他们现在在三道关村摸排情况，我怕他们再见到你，看你不顺眼把你抓起来，也不是不可能的。”

“那我就在家打几天麻将。”夏林成想起那天几名刑警拿枪对着自己的情景，心中不由得畏惧地说，“让刑警大队的人弄去，即使没什么事，也得遭把罪。”

四

在孟秀媛的催促下，孟鹏飞跟崔颖说，我妈想和你父母认识一下。崔颖把话传给了父母，崔父说那好啊，你俩对象处得也挺长时间了，我看双方家长见个面商议下，把婚事办了得了。崔颖说婚事着什么急。崔父说你也二十五岁了，年龄不小了。再说，你的职业是护士，人家孟鹏飞可是国家干部。在孟鹏飞跟前清高惯了的崔颖说，国家干部怎么了？我还没考虑好嫁给他呢。崔母说你爷俩别犟了。她接着说，其实小孟这孩子挺不错的，缺憾在于是单亲家庭。崔父毕竟是老师，他很明晰地说，单亲家庭怎么了？小孟的父母也不是因家庭不和睦离婚造成的单亲家庭。他一锤定音地说：崔颖，你回复小孟，就说我们同意两家家长见面。

孟鹏飞和崔颖在公园约会，两人坐在椅子上说话。崔颖说我父母同意双方家长见面。孟鹏飞听了崔颖的话，高兴得眉飞色舞，不过顷刻脸色又有些沉郁。

崔颖诧异地问：“双方家长见面你反悔了？”

“不是。”孟鹏飞想到不愿见的夏林成说，“双方家长见面，我提个要求可以吗？”

“什么要求？”

“双方家长见面，我不想见到你表叔夏林成。”

“为什么？”

孟鹏飞难以回答崔颖提出的为什么，难道把自己怀疑夏林成违法犯罪的事情告诉崔颖？这个念头一冒出，他心里又断然否定，绝不能告诉她。他有些支吾地说：“夏林成有过盗窃前科，再一个他不是踏实地干点啥挣钱，而是指着给巡警大队举报违法犯罪获点奖励钱，他这么做早晚还得出事。”

崔颖不解：“举报坏事获得奖励钱也属正当啊，他会出什么事？”

“你不知道，所谓的奖励钱，往往不是正道来的。”孟鹏飞说，“在巡警大队，他仰仗蒋斌，通过他检举的线索，大都不走罚没程序。今天抓个乱搞男女关系的罚点钱，明天再抓个赌博的勒索点钱。他长时间这么干的话，很容易因敲诈勒索再度犯事。”

“我表叔目前不是没出事吗？你的话我没法跟父亲说。”崔颖说，“我父亲就这么一个亲戚，双方家长见面，他肯定会告诉我表叔。”

“那告诉就告诉吧。”孟鹏飞想到自己日后有可能抓夏林成，就不假思索地说，“我是警察，或许日后我会因什么案子抓你表叔，到时候你别埋怨我。”

崔颖不满地问：“我表叔得罪过你？”

孟鹏飞若有所思，没摇头，也没点头。

崔颖指点着孟鹏飞：“咱俩是恋人关系，夏林成是我父亲的表弟，我管他叫表叔，对吧？”

孟鹏飞点头：“对。”

“你既然明白这层关系的话，你就应当知道怎么处理问题。”崔颖动气地说，“你虽是警察，我表叔日后即使犯事了，你眼不见心不烦就可以了，自有别的警察处理他。你为何要把自己摆在前面，非得你处理我表叔？”

孟鹏飞面色严峻，大声地说：“我要抓你表叔，因为他不是个好人！”

“不可理喻。”崔颖从椅子上起身，抬腿走了。

五

孟鹏飞把和崔颖谈崩的事跟母亲说了。

孟秀媛对儿子开导说：“其实这事怪你，双方父母见面，崔颖的父亲若把她表叔带着，那属常理。至于说她表叔日后犯什么事，那跟你真的没关系，你为何非得说出要抓她表叔呢？”

孟鹏飞闷闷地说了句：“我就是不愿看到她表叔。”

孟秀媛叹口气，没再说什么。

孟鹏飞和崔颖的关系趋于平淡，两人相处的时间不短不长，相对于年轻人来讲，两人似乎没有过那种因几日不见而倍感煎熬的热恋；两人也不曾有过把关系了断的念头，两人就这样不温不火地处了一年。而现在，因双方家长见面，关于崔颖的表叔参不参与的问题，使两人的关系跌到了冰点。

孟鹏飞不再考虑与崔颖的关系，他知道蒋斌陪其岳父到北京检查病情去了，他很想借此找机会搜查下夏林成的家里，把庞学智被抢的手枪找到。

那么有何理由能搜查夏林成的家里呢？

孟鹏飞知道夏林成打麻将赌博，可那是小赌，即使处罚也就罚个几百元钱，不可能因为打麻将而搜查他的家里。

正当孟鹏飞寻不到搜查夏林成家理由的时候，这天他下片区，师忠厚见到他，把他拽到僻静处说：“夏林成常设赌局……”

孟鹏飞知道眼前的这位报社记者也常跟夏林成打麻将，他听出了师忠厚的意思，是夏林成跟其他玩家做局把他赢了，他出于报复举报夏林成。孟鹏飞说：“你们玩得也不大，我要处理也得把你带进去。”他思忖下说，“夏林成还有其他的事吗？”

师忠厚说：“我听别人说，他吃摇头丸……”

孟鹏飞瞪大了眼睛，继而他心里有了计划。他的计划有些冒险，那就是在不经过领导审批的情况下，对夏林成家以私藏毒品为由进行搜查。他这么做是不得已而为之，因为没有充足的证据，不可能拿到领导批准的搜查证。

孟鹏飞说：“好，那我就搜查夏林成家，看看是否有毒品。这事还得你帮忙……”

两天后，孟鹏飞晚间值班。晚七点，他接到举报电话，举报内容是在林业局家属区夏林成聚众赌博。

因派出所孟鹏飞和不是警察的老刘值班，他就打个电话把住在附近的段春生找来了。三个人骑着挎斗摩托车出了现场。

在小卖店门前打麻将的夏林成，看到是亲戚却忽地变得严肃的孟鹏飞很是惊诧，没等他张口说什么，孟鹏飞犹如不认识他似的让打麻将的四人把兜里的东西都掏出来。参与打麻将的师忠厚等三人把兜里的东西掏了出来，夏林成却坐着没动。

孟鹏飞指着夏林成说：“把兜里的东西掏出来。”

夏林成由惊诧变为恼火，他看着孟鹏飞说：“孟鹏飞，你怎么了？我们几个打个小麻将至于这样兴师动众吗？我夏林成还跟你是亲戚，你有点人情味好不好？”

孟鹏飞对夏林成的回应是掏出手铐给老刘：“把他铐起来。”

老刘接过手铐，二话不说，就把夏林成铐了起来。

夏林成冲孟鹏飞开骂："孟鹏飞，你就是精神病。"

孟鹏飞没理夏林成的话茬儿，手一挥说："都带回派出所。"

将夏林成、师忠厚等四人带回了派出所。孟鹏飞给师忠厚做的笔录，问完赌博的事，孟鹏飞问他是否还有其他要交代的？师忠厚说我听说夏林成吃摇头丸。孟鹏飞把师忠厚说的话记录在讯问笔录上。

孟鹏飞让段春生在所里帮着看人，他和老刘返回夏林成家的小卖店。他找了两个街道干部，说夏林成涉嫌私藏毒品摇头丸，要对夏林成家进行搜查，请两人见证。

孟鹏飞和老刘对夏林成楼上的家和小卖店进行了彻底搜查，可累得满头大汗却一无所获。

孟鹏飞和老刘回到派出所，对打麻将的四人教育一番，他说你们玩的输赢不大，就不予处罚了。他先是放了三人，把夏林成留了下来。

当办公室只剩下孟鹏飞和夏林成时，没等孟鹏飞开口，夏林成指着孟鹏飞："你今晚是什么意思？"

孟鹏飞冷冷地看着夏林成说："今晚你们打麻将，是有人举报的，我不得不抓。还有人举报你吸食和私藏摇头丸……"

"血口喷人。"夏林成情绪激愤地大声说了这一句，他的表情又由无辜坦然的样子，瞬间充满恐惧地喃喃地说："你、你搜查了我家？"

孟鹏飞关注着夏林成的表情，夏林成表情的变化，使他越发认定夏林成必有问题，只是自己没搜出证据而已。他一字一句地说："当然搜你家了。"

夏林成看了眼铐在暖气管上，刚才还铐在自己双手上的手铐，直觉感到孟鹏飞搜查他家压根儿什么都没搜到，否则的话不可能给他打开手铐。他鼻子“哼”了声，又神气起来：“你若在我家搜出一粒摇头丸，任凭你法办。”

孟鹏飞没有回答夏林成，只是像累了般挥下手说：“你可以走了。”

“咱俩走着瞧。”夏林成扔下这句话，出了门。

第十二章　疏离

一

孟鹏飞搜查夏林成家没有搜出任何证据，这使他很沮丧，也使他对自己的怀疑萌生了动摇。他自问：难道对夏林成的怀疑是错的？他不是杀害自己父亲和“7・5”案的嫌疑人？可当否定自己怀疑的念头泛起时，他又对自己说，自己的怀疑应当没错，当初父亲被害后我若能及时发现他，定会指认他就是凶手！现在时过境迁，只能用证据说话了。再则，夏林成的长相体态，也符合“7・5”案嫌疑人的容貌特征；自己通过对他的跟踪观察，不也可以推断，他具有渴望接触到枪弹的喜好和寻找抢劫目标的动机吗？

孟鹏飞坚定着自己的怀疑：没错，夏林成就是嫌疑人。同时，他也清楚，没有在夏林成家搜出证据，夏林成不会放过自己，他会通过蒋斌来报复自己。至于说自己和崔颖的关系，或许因得罪夏林成会受到影响，那也无所谓了，崔颖不是对自己始终不冷不热的吗？

三天后，蒋斌怒气冲冲来到铁北派出所，他没找到孟鹏飞，就进了所长办公室跟闫海滨说：“你这个所长是怎么当的？你的下属竟敢上房揭瓦。”

闫海滨一头雾水：“蒋斌，你啥意思？谁上房揭瓦了？”

“孟鹏飞。”蒋斌说，“在没有搜查证的情况下，非法搜查他人住宅。”

“搜查谁的住宅了？”

“几天前的晚间，搜查我家亲戚夏林成的家。理由是夏林成私藏摇头丸。”

“是吗？”闫海滨将信将疑。

“我了解下情况。”闫海滨出门喊了几声老刘。听到老刘应了，他说你到我办公室来。

老刘进了办公室。闫海滨问他近几天是否跟孟鹏飞办案了？老刘便把孟鹏飞领他抓赌和搜查夏林成家的事说了出来。闫海滨一听果有其事，烦躁地点燃一支烟，挥手让老刘忙去了。

“我看呀，孟鹏飞这小子在你这儿不听摆弄，我给他再弄回巡警大队去，我修理他。”蒋斌怒不可遏地说。

闫海滨对孟鹏飞印象不错，他不知孟鹏飞怎么会做出如此违规的事情，他说：“蒋斌，算了，我过后批评批评他就得了。你是从铁北派出所出去的，咱派出所缺人你也不是不知道。”他知道蒋斌爱小，又说，“这样吧，我让孟鹏飞给你买两条中华烟，再给你那个被搜查的亲戚赔个礼道个歉。”

“好，我给你闫所长这个面子。”蒋斌转身走了。

蒋斌出了铁北派出所上了吉普车，对在车里等着的夏林成说了在派出所的经过。

夏林成心里明白，孟鹏飞对他家的搜查，绝不是搜查摇头丸，很有可能是针对他私藏的手枪去的。他犹如逃离鬼门关般很庆幸自己事先把手枪用砖砌在火炕里，使孟鹏飞一无所获。孟鹏飞现已向他摊牌，他知道孟鹏飞日后对他不会善罢甘休，他对孟鹏飞既心怀恐惧又极端仇视地说："你给闫所长面子，可孟鹏飞不给你面子。"

"孟鹏飞怎么不给我面子了？"蒋斌说，"他搜查的是你家，又不是我家。"

夏林成挑拨说："孟鹏飞知道咱俩是亲戚，关系还要好，他搜查我家，岂不就是不给你面子？况且你原先还是他的领导。"

蒋斌启动了吉普车说："我既然答应闫所长了，那就给孟鹏飞两天时间，看他有什么反应。"

当闫海滨跟孟鹏飞提出送蒋斌两条中华烟和给夏林成赔礼道歉的建议时，孟鹏飞说这事跟蒋斌没关系，我凭什么给他买烟？再则，夏林成整天打麻将赌博，我得知他持有摇头丸的线索才搜查他家，我只不过没申请搜查证而已。我若给他道歉，那我这片儿警日后怎么干？闫海滨说你呀就是犟，我现在把话撂在这儿，蒋斌肯定会给你小鞋穿的。

不出闫海滨所料，两天过去了，蒋斌见孟鹏飞没什么反应，他便领着夏林成找到分局长吕昌湛，反映了孟鹏飞没有搜查证搜查夏林成家的情况。并说像孟鹏飞这样的人，做片儿警很容易出问题。吕昌湛把政委郭志强找来，让他负责调查孟鹏飞的问题。

半个月后，爱民分局做出处理决定，给予孟鹏飞警告处分，从铁北派出所调回巡警大队工作。

二

这天是星期一，是孟鹏飞到巡警大队报到的日子。不过这天他却先到了铁北派出所，他想跟闫海滨说声谢谢！因昨晚派出所几人给他饯行喝酒时说，分局本来是要给他记过处分的，是闫海滨跟郭志强做工作说他不是因私利想得到什么而违纪，只是年轻考虑不周。故而对他的处分由记过改为了警告。

孟鹏飞走进闫海滨办公室说：“闫所长，谢谢你。”

“谢我什么？”闫海滨不经意地说。

“没有你，我就是记过处分了。”

闫海滨指着他，感喟地说：“你呀，不仅把握不住底线，有些事理还弄不明白。”

孟鹏飞知道闫海滨话的意思，一是说他没把持住底线违纪搜查夏林成家；二是说他不听劝没给蒋斌买烟和给夏林成赔礼道歉。他目前还不能把对夏林成的怀疑说给闫海滨，他只得说：“闫所，你说得对，日后我一定接受教训……”

闫海滨打断孟鹏飞的话说：“你是否接受教训，那是你日后的事了。不过，我得告诫你一句话，你调回巡警大队工作，蒋斌不会对你善罢甘休的。”

虽然孟鹏飞知道他调回巡警大队蒋斌是不会给他好脸色的，但从闫海滨的嘴中说出蒋斌不会对他善罢甘休，他心里不由得一紧，问：“蒋大队能对我怎么样？”

“你在他手下也不是没干过，他能对你怎么样，你还猜测不出来吗？”闫海滨说，“回去少说话，遇到便宜不要伸手，遇事能忍则忍。”

闫海滨的话，犹如一盆凉水泼到孟鹏飞的头上，他闷闷地说：“闫所，我知道了。”他接着说着告辞的话，“闫所，我走了。”

闫海滨从椅子上起身，拍了下孟鹏飞的肩膀说：“你父亲生前跟我是好朋友，我不想我战友的子女再出现什么闪失。”

闫海滨的这句话，又让孟鹏飞心里暖暖的、酸酸的。他说：“闫所，你放心，我不会出现任何问题的。”

孟鹏飞想起父亲留下的那张办公桌。他跟闫海滨提出要带走自己用的办公桌；他说这桌子是我父亲留下的，我想带回家留个念想。闫海滨答应了他。

让老刘帮忙用倒骑驴把办公桌运回家，孟鹏飞到巡警大队时已经十点多了。

孟鹏飞见蒋斌办公室的门虚掩着，便敲了两下，推门而进。他对伏在办公桌上看文件的蒋斌说：“蒋大队，我来报到。”

蒋斌抬起头，见到孟鹏飞面色冰冷地问：“进屋怎么不敲门？”

“我敲了。”

“我没听见。”蒋斌说，“出去，重新敲门。”

孟鹏飞退到门口，再次敲门。蒋斌说了声进来。他进了办公室重复了一遍蒋大队我来报到的话。

蒋斌指着左腕上的手表，训斥说：“现在几点了，你才来上班。你以为巡警大队是你家呀？想什么时候来就什么时候来。”

“蒋大队，派出所那边还有点要交接的事……”

蒋斌打断孟鹏飞的话：“派出所那边有事，难道你就不能给我打电话请假吗？”

孟鹏飞耳边响起闫海滨叮嘱的话，他低下头说：“蒋大队，我错了。”

蒋斌点燃一支烟，盯着孟鹏飞，旧事重提：“你小子是不是精神有毛病啊？没什么证据居然搜查夏林成的家。夏林成跟我关系好，他还是你对象崔颖的表叔。因咱们有这么一层关系，我对你还不薄，你怎么说翻脸就翻脸呢?”

孟鹏飞编了个理由说：“蒋大队，这事都是我的不对。一个月前，我跟崔颖闹了矛盾，她不理我了。由此我很郁闷，在接到夏林成赌博和持有摇头丸的举报后，我觉得我要是把夏林成处理了，崔颖会找我走后门，借此可以缓和我俩的关系，就这样我出了警。我见崔颖没找我，我索性又搜查了夏林成的家，想凑足证据把夏林成拘了，若是那样的话，崔颖定会来找我给她表叔说情……”

“知道了，别说了。”蒋斌解开心里的疑惑，便不想听下去了。他不耐烦地挥下手，信口说，“分局领导说了，对你管束要严，以防再犯错误。”他接着思忖了下说，“这样吧，从今天下午起，你扎上武装带别上橡胶警棍，到铁北派出所门口执勤。”

孟鹏飞以为听错了：“在派出所门口执勤?”

“对呀。”蒋斌不掩饰对孟鹏飞的耍弄，“让你在派出所工作期间辖区的群众好好认识认识你。”

“服从领导的安排。”孟鹏飞压抑着内心的愤懑说。

三

下午，付跃东家院里进来两个满嘴酒气的男子，二十多岁的管三十多岁的称马哥，那个称马哥的管对方叫小五。

小五拿起台球杆对艾芳说，给沏杯浓茶我俩醒醒酒。艾芳应了声，端起茶壶沏茶去了。

这个称马哥的叫马良，是所谓的社会大哥。他双手拿起台球杆瞄了眼说，这台球杆也不行啊，不直溜。小五说马哥这是郊区，有个打台球的地方就不错了，为了等我朋友晚上的酒局就将就下吧。马良弯下腰打散了台球案子上摆好的台球说，这样的地方我还是头一次来。

两人喝着茶水打着台球至天色暗了下来，小五接了个传呼后说马哥，我朋友到饭店了，咱俩走吧。

两人扔下台球杆没结账就要走，艾芳说："你俩还没结账呢。"

小五从裤兜里摸出五元钱递给艾芳："给你钱。"

艾芳说："五元钱不够。"

小五说："给你五元钱就不错了，你也不打听打听我们是谁?"

"是谁我不管，到我这儿玩台球就得给钱。"艾芳拦住两人说，"我这里的台球一局一元钱，你俩玩了两个多小时，共玩了十二局，我不要你十二元钱，你怎么也得给我十元钱吧。我还没把茶水钱算里面呢。"

小五推搡了下艾芳说："滚远点。"

艾芳被推到一边，她又上去抓住小五的胳膊说："不给够钱就不能走。"

小五挥拳要打艾芳，可他见艾芳有些隆起的肚子，就放下手挣脱艾芳，大发雷霆地抡起椅子砸向了台球案子骂道："给你脸不要脸，我让你生意做不成。"

正在这时，付跃东下班进了家门，他看到小五砸台球案子，照着小五就是一脚，将其踹倒在地。小五见付跃东一身警服，就面带恐慌地退到一旁。

付跃东问妻子你怎么样？他们打你了吗？艾芳说我没事。付跃东又问怎么回事？艾芳说他们打了一下午台球，没给够钱，管他们要，他们便砸台球案子。

马良到巡警大队找蒋斌办过事，他认识付跃东。他问付跃东：“你是爱民分局巡警吧？”

付跃东看马良有些眼熟，他说：“对，我是爱民分局巡警。”

马良说，“我叫马良，和你们蒋大队是朋友，我这位小老弟今天喝多了，不好意思啊。”他说着，从拎包里掏出一张百元钞票放在茶桌上。

“一百块钱能解决问题吗？”付跃东见台球案子上的绒面已破损，就说，“我这台球案子算是废了。”

马良认为付跃东不给他面子，当即变脸问：“那你打算怎么办？”

“我这台球案子是花两千元钱买的。”付跃东说，“这台球案子你拉走，给我两千元钱。”

“你这是讹人啊！”马良不屑地用手指点着付跃东的胸口说，“你不就是刚上班没几天的合同制警察吗？在我面前竟然敢狮子大张口。”

付跃东猛抬胳膊把马良的手打落说：“合同制警察怎么了？那也是警察。你别给我比比画画的。”

马良没把付跃东看上眼，他指着自己的胸口说：“小样的，想打我。打吧，你今天动我一下，我明天就扒你的皮。”

艾芳怕丈夫动手，忙推劝着丈夫：“别跟这样的人一般见识，咱报警。”

艾芳说的话，马良倒也不在乎：“私了也行，报警也好，我都奉陪。”

付跃东此时回忆起在单位的确见过马良，有一次，马良拽着一个出租车司机到巡警大队找蒋斌，说出租车司机多要两元钱车费。蒋斌竟然给出租车司机定个敲诈勒索，拘留五天。他知道若把台球案子被砸一事交由单位处理，蒋斌肯定不会公正处理，弄不好还会说自己的不是。他跟妻子说："给祥伦派出所打电话。"

艾芳进屋给祥伦派出所打了电话。

没想到一起简单的治安案件，派出所也没能公正处理。祥伦派出所裘所长跟马良认识，他既没有对砸台球案子的小五做出任何处理，也没有照价赔偿台球案子。他对付跃东说一个破台球案子值几个钱，让马良赔你五百元钱得了。

付跃东有理无处说，恼恨地看着马良扔给他五百元钱，和裘所长上了出租车喝酒去了。

四

蒋斌回来，夏林成又开始骑着摩托车往三道关村跑。他每天中午都在三道关村几个饭店门口蹲守，看是否有一对男女离开饭店后有人跟踪。这天他在醉仙阁饭店门口发现了情况，十一点半，两个三十多岁的男子，骑着一辆无牌黑色嘉陵 70 摩托车，来到饭店门前的丁字路口停下，嘀咕了一阵儿，就连人带车躲进了距饭店二十米远的一幢没完工的二层小楼里。

那幢没完工的二层小楼，夏林成也曾躲进去过，里面满是积水和沙石。他心里激动地揣测，这两个骑黑色嘉陵 70 摩托车的男子，说不定就是跟踪那一对男女作案的劫匪。

下午一点，从醉仙阁饭店出来一对男女，骑上一辆本田 125 摩托车离去。那两个男子骑着黑色嘉陵 70 摩托车，出了没完工的二层小楼紧随其后，坐在后边的人催促前面的开快些。

夏林成忙扔掉手中的烟，从墙根处起身，跨上自己的摩托车。可他启动了摩托车，前面的黑色嘉陵 70 摩托车拐个弯不见了踪影，他只得朝着大致的方向跟了过去。

跟了一段路，拐了几个弯，直至到了村外的开阔地，也没发现目标。夏林成望着脚下蜿蜒至山中通向丹江的丹三公路，不由得揣测：125 摩托车上的男女若有暧昧关系的话，极有可能在偏僻的公路两侧密林中亲热；而那辆 70 摩托车上的两人若是劫匪的话，最好的下手机会无疑就是借两人亲热不备中作案。他想到这儿，向丹三公路驶去。

行驶在丹三公路上，夏林成减慢车速，双耳侧听着两边林中的动静。他在公路边发现了一条通往林中的小道，小道溪水流过的地方有清晰的摩托车车辙印，他怀疑那两辆摩托车顺着这个小道进入了林中。他熄了摩托车的引擎，把摩托车立在道边，在摩托车前车筐人造革兜里拿出一根铁棍，插入右臂的袖筒中，蹑手蹑脚地向林中走去。

林中很静，不时传来几声不知名的鸟儿“咕咕”的叫声。沿着小道走了四五百米，小道变成了两股岔道。夏林成正踌躇间，一条狗犬吠着从左侧的小道向他扑来。他吓了一跳，拿铁棍朝狗就打。狗挨了一铁棍跑了。他想把狗打死，弄回家吃狗肉。他追了几十米，没追上，又见这条道尽头的山下是个村落，才作罢。

夏林成返了回来，踏上了另一条岔道。他没走几步，忽地从前方传来两声悠长的“啊、啊”声，像是人处于极度惊恐状态下发出的惊吓声。他停下脚步，想辨别是男人发出的还是女人发出的声音。可过了两分钟，没再有人叫喊。他警觉地往前一小步一小步地迈着，他听到前面不远处有人奔跑的声响，接着是女人声嘶力竭地喊“救命啊！救命啊！”。

前面虽有茂密的小树丛挡着，他什么也看不见。可女人叫喊的声音，在空旷的林中甚是瘆人。

夏林成虽是作恶多端的歹人，可此时他双腿也不由得打战。他心里清楚，前面发生的定是杀人的行为。杀人者若看到目击者，一定会杀掉灭口。自己手中虽有铁棍，可岂能应付了对方两个人？他转身回撤。

夏林成回到丹三公路边，发现自己的摩托车不见了。他只得垂头丧气地往丹江方向跑去。

夏林成到了爱民分局巡警大队，已是下午五点了。还好，蒋斌在办公室没走。他瞪着惊恐的眼睛，有些上气不接下气地说：“蒋大队，我下午在三道关村有重大发现……”

听了夏林成的叙述，蒋斌兴奋地拍着他的肩膀说：“真有你的，明天到三道关村，上林中仔细搜查一下。走，今晚我犒劳你，好好喝点。”

五

孟鹏飞在铁北派出所门口独自一人执勤已有些日子了，他心里充溢着自卑和愤懑，他一再告诫和安慰自己要忍，要把目前的处境当作一种磨砺！

巡警大队上午开会，蒋斌安排工作说北山体育场有省运会，队里除孟鹏飞外，其他人都到北山体育场执勤。

夏林成走进巡警大队院内，见人们呼啦啦地往外走，不禁问站在门口的蒋斌：“怎么，你们今天有任务啊？”

蒋斌说：“省运会在北山体育场召开，他们上北山体育场执勤去。”

“那我昨天跟你提的事……”

“三道关村的事，今天恐怕不行了，明天吧。”

“这么大的事不能拖呀……”夏林成跟蒋斌说话间，见孟鹏飞过来推墙角的自行车，就转了话题揶揄说，“小孟，怎么还上铁北派出所门口站岗去？”

孟鹏飞没理会夏林成，骑上自行车离去。他到了铁北派出所，老刘在里面喊他进去喝茶。

孟鹏飞上了趟厕所，在老刘的屋坐下。老刘端起桌上的一个大茶缸往两个杯里倒上茶，将一个杯子推到孟鹏飞的跟前说：“刚沏的茶。”

孟鹏飞说声谢谢，端起茶呷了一口。

老刘说：“这蒋斌拿你开涮过头了吧？你在派出所门口站了半个月了，他就没有让你回去的意思？”

孟鹏飞苦笑：“回去啥？刚才安排工作时，还没忘把我摘出来到派出所站岗。”

“我说小孟，该低头得低头。”老刘说，“蒋斌这小子爱占便宜，要不你就给他送点啥。”

孟鹏飞想起闫海滨让他送蒋斌两条中华烟，好让蒋斌不追究他违纪搜查夏林成家的事。他透着些许感慨说：“我要低头给他送礼，或许就不会挨处分了……”

两人正说话间，门外有人喊：“孟鹏飞、孟鹏飞。”

老刘说：“蒋斌的声音。”

孟鹏飞忙从椅子上起身奔了出去。

蒋斌的吉普车停在铁北派出所门口，他坐在车里训斥孟鹏飞说：“我让你在派出所门口执勤，没让你进屋聊天。”

孟鹏飞说：“我上趟厕所。”

“你屎尿怎么那么多？”

孟鹏飞心中的火腾地蹿了上来说：“我上趟厕所有毛病吗？”

“没毛病，没毛病。”蒋斌见孟鹏飞面有怒气，就讪讪地给自己找个台阶下，并带着威吓说，“你不用上班执勤都没事，我顶多把你交到分局呗。”接着，他开车走了。

崔颖下午不知到铁北派出所办什么事，她进去时，孟鹏飞没注意。崔颖出来，孟鹏飞看见了她的背影。

孟鹏飞见到崔颖，热情地开口：“崔颖，你怎么来了？”

崔颖没想到在铁北派出所门前能见到孟鹏飞，她愣怔了下，说：“我们医院新分来几个护士，她们都是外地的，想把户口迁到丹江市来。我来帮她们问问怎么迁。”

“这事我给你办。”

崔颖没接孟鹏飞的话茬儿，而是看着他的装束问：“你怎么又当巡警了？”

“啊。”孟鹏飞尴尬地笑了下，“我又调回巡警大队了。”

“也好。”崔颖告辞说，“没别的事，我走了。”

孟鹏飞拦住抬脚要走的崔颖说：“有些事我想跟你解释下，其实咱俩的关系不要因你表叔夏林成而受到影响……”

“别再提我表叔！”孟鹏飞的话，引起崔颖极度不满，“往后也不要再提咱俩的关系，我和你已没任何关系。我表叔不走正道，听说你搜查了他的家，还要把他押起来。我有这样的表叔，我高攀不上你。”

孟鹏飞一时无言以对。

崔颖绕开孟鹏飞离去。

工作被耍弄，加之情感的失落，使孟鹏飞的内心极度痛苦。痛苦使他的思维变得僵滞和麻木，他不知疲乏地呆呆地站在铁北派出所门口整一天，若不是中午有人叫他吃饭和下班有人提醒，他或许都想不起作息的时间。

孟鹏飞下班骑着自行车不知怎么骑到杨桂林家小区的门口。杨桂林休病假到天津手术已半年多了，这期间，孟鹏飞给杨桂林打过传呼，可对方没回。他想既然到了杨桂林家小区的门口，何不进去看看？

让孟鹏飞欣喜的是，杨桂林居然在家，他和妻子张妍正要吃饭。他见到孟鹏飞高兴地说好小子，正赶上饭口，来一块儿吃。

杨桂林说自己身体手术后，一直在海南亲戚家休养，他这是刚回来。孟鹏飞问您身体现在怎样？什么时候上班？杨桂林笑着说身体倍儿棒，过几天就上班。听杨桂林说就要上班，孟鹏飞兴奋地说太好了。

六

蒋斌早上一上班，见姑家的表姐夫范青站在办公室门口。他打开办公室的门，把范青让进屋里问你怎么来了？范青说家里出了事，媳妇不见了。蒋斌说是不是上哪儿去，忘记告诉你了？范青叹了口气，接着说媳妇可能跟人私奔了，已三天不见了。

虽然事情丢人，但范青不得不说出实情。范妻在晓云市场卖鞋，晓云市场工商所张所长见范妻有些姿色，就常到摊前黏糊。范妻觉得张所长有用得着的地方，一来二去，两人关系就亲密起来。范青知道了两人的关系，就告诫妻子离张所长远点。张所长半月前调离了晓云市场工商所，妻子早出晚归定点回家。他以为妻子跟张所长的关系已断了，谁知三天前，妻子早出后再没回来。他到市场打听，别人说妻子没出摊儿。亲戚朋友处该找的都找了，还是没打听到结果。昨天他猛然想起，妻子跟张所长是不是还勾搭在一起呢？他到工商局一打听，工商局的人说张所长已两天没上班了，他找到张所长的家，其家属说张所长连续两天没着家了，跟范妻失踪是同一时间。

范青问蒋斌他该怎么办？

听了范青的话，蒋斌想到了三道关村有可能针对婚外情男女发生的凶案，说："恐怕凶多吉少。"

范青虽对妻子有恨意，可多年的夫妻之情还是有的，蒋斌的话，让他骇然和不满："你怎么这么说？"

蒋斌没多做解释，只说："你回家吧，等我信儿。"

范青悻悻地走了。

蒋斌给夏林成家的小卖店打电话，问他怎么还没过来。夏林成说昨晚酒喝多了，起来晚了。蒋斌说那你就在小卖店等我吧。

蒋斌把"六四"式手枪从腰间掏了出来，他退下弹夹拉动枪栓仔细检查了下，再将弹夹插回把枪揣进枪套；他又从办公桌抽屉里拿出一个空弹夹和一盒子弹，他拿子弹将空弹夹压满，把弹夹揣在裤兜里。

蒋斌临走时告诉陈连宇注意听电话。

蒋斌和夏林成驱车行驶在丹三公路上，两人先是在夏林成前天跟踪两个嫌疑人的小道前下了车，夏林成带着蒋斌往小道深处走去。

夏林成说：“应当多带些人来，便于搜查。”

蒋斌说：“我若是把案件破了，就是首功一件。带那么多人没用。”

“我前天就是跟踪到这儿，听到前面有女人喊救命，就没再敢往前走。”夏林成停下脚步说。

蒋斌往前看了眼，见茂密的小树丛挡住了视线，他往旁边绕着说：“当时你也没绕过来看看前面是什么情况?”

“我当时都吓蒙了，转身就跑了。”夏林成随蒋斌绕过小树丛到了前面。

蒋斌仔细看着周边、地下、树枝，以期能发现些什么。不过他什么都没发现。

“看看周边有没有人，打听一下。”蒋斌说着向山坡下走去。

在山根下，两人见一村民在田地上锄草，田地的旁边有房屋。

蒋斌喊着村民：“老哥你好。”

村民停下了手里的活，把草帽抬高了下，看着对面来的两人。

村民看着有五十多岁的样子，满脸皱褶。

蒋斌亮了下工作证说：“我们是公安局的，跟你了解些情况。请问你贵姓?”

“我姓王，你们叫我老王就行。”老王问，“你们打听什么事?”

夏林成先开口问：“前天下午的时候，你听没听到有人喊救命。”

老王摇下头说：“没听到。”

蒋斌换了一种方式问：“前天你发没发现言谈举止可疑的人?”

老王想了下，说：“真发现一桩可疑的事。前天下午三点多钟，有一高一矮两个男子从山上下来管我借铁锹，说在山上挖药，并拿出二十元钱做押金。我一看钱太多，就说锹拿去用吧，押十元钱就行。他俩给我十元钱，就把铁锹拿去用了。约莫五点的时候，那两人下来了，还我铁锹。我退押金，那两人说不要了，顺便用塑料袋抓了两把我晾晒的鲜木耳，说回家拌着吃。”

显然，那两个一高一矮的男子极有可能是嫌疑人，他俩或许把人杀死后借铁锹将尸体掩埋。老王的一番话，使刚才走了一个多小时山路感到疲乏的蒋斌，又满是精神地对夏林成说：“咱俩上山，再重新查找。”

七

两人在林中上坡下坡地直找到大汗淋漓，气喘吁吁仍一无所获。夏林成再次提议让蒋斌打电话让巡警大队全体上来找掩埋的尸体。

“你懂什么？这是系列杀人抢劫案，在案件的侦破中，我必须立首功。”蒋斌靠在一棵大树上点燃一支烟说，“动静弄大了，刑警大队再上来，立功授奖就没我的事了。”

蒋斌的话音刚落，一只乌鸦“哇”的一声鸣叫从林中惊起。蒋斌像得到某种暗示，大步跑向乌鸦飞起之处。

蒋斌看到一个用草皮覆盖的土包，一个糊满了苍蝇的人头露在外边。他捡起树枝将草皮扫掉，就露出了整个尸体，是具女尸。

跟过来的夏林成仔细看着被掩埋的女人说：“她就是前天从醉仙阁饭店出来的那个女的，红上衣我记得清清楚楚。”

蒋斌弯腰检查了下女尸，女尸致死的原因源自头部，额头有被锐器外力作用形成的一个窟窿。女尸衣着完整，不见性侵的迹象。不过女尸身上无手表、项链等财物。

蒋斌直起腰说：“看样子对方就是以抢劫财物为目的。”

夏林成指着女尸额头的伤口说：“对方是用羊角锤打死的她。”

“什么是羊角锤?”蒋斌不解其意。

“我说的羊角锤是铁路职工用来检车用的，一面是小锤，另一面形状犹如尖锐的羊角。”

“那女尸的伤口形成就是带尖的那一端击打的……”

一阵风掠过，前方有响动。蒋斌把枪掏出，拉动枪栓子弹上膛。他把食指放在嘴边，示意夏林成住嘴。两人蹲下，观察了会儿没见异常。蒋斌悄声说咱俩往前搜。

一个小时后，两人翻过一座山，在山下见到一栋旧砖房。旧砖房长五十余米，宽六米左右，高两米多。房屋周边荒草丛生，一看就是多年没人来过的样子。夏林成说这房子怎么没窗户？蒋斌说这房子应当是三道关村废弃的油库。

正当两人因没搜到嫌疑人而有些泄气地在房子后边刚坐下歇息时，蒋斌无意间发现房子前面有烟冒出。他绕到房前，见烟是从房子中间一扇没砌死的门的上方缝隙冒出的。他跟夏林成说房里有人，操家伙。夏林成在蒋斌跟前是不带作案凶器铁棍的，他捡起了地上的一根粗木棍。

两人在房子的左侧找到了虚掩的门。一进门，夏林成就见到了那辆无牌黑色嘉陵70摩托车，他既紧张又兴奋地指了下摩托车。蒋斌心领神会地点下头。两人接着又发现五辆应当是抢劫来的摩托车。

两人蹑手蹑脚过了几个间隔的小房间，发现了一间宽敞的房间，两男子正在一堆火上烧着摩托车零件，没注意到有人近前。

蒋斌对两男子说："我们是公安局的，你俩叫什么名字？在这儿干什么呢?"

蒋斌的话让两男子一激灵，回身看到蒋斌的高个男子操起羊角锤吼叫道："你们今天死定了。"说着起身抡向蒋斌。

那个矮个的用手中的螺丝刀刺向了夏林成。

两男子的动作毫无犹疑，眨眼之间手持凶器奔向目标。然而挥向蒋斌的羊角锤被房梁挡了下，从蒋斌的耳边擦过落在了肩上。矮个的螺丝刀则刺在夏林成的胳膊上，夏林成挥棍反击。

与此同时，蒋斌手中的枪响了，"砰、砰……"连着六声枪响，两男子分别倒地。

蒋斌手忙脚乱地换了个弹夹，对两男子检查了一遍，都已气绝身亡。

蒋斌和夏林成的伤并无大碍，蒋斌高兴地拍了下夏林成的肩膀说咱俩立大功了。蒋斌本应将情况立即报告给分局，可他内心的贪欲却使他说，这两小子肯定抢了不少钱，咱俩先搜搜。两人分别搜出一些金银首饰和四万多元钱。

蒋斌先是把车开过来，将钱放在了车里。他指着金银首饰说："这些都能找到失主，能证实案件的存在，得交公。"

蒋斌这才掏出手机，拨通了分局长吕昌湛办公室的电话。

第十三章　立功

一

蒋斌发现的劫案只是冰山一角，爱民分局组织人员在三道关村大规模地搜山，共发现十具尸体，五男五女。三道关村“露水鸳鸯”惨案的发生，一传十，十传百波及整个丹江市，去往三道关村的游客锐减。

“露水鸳鸯”系列杀人抢劫案，引起了市公安局和省公安厅的高度重视，市和省两级公安机关均派员参加调查。

一个月后调查尘埃落定，案发时间段为5月至8月，被害者均是发生婚外情的男女，有机关干部、个体户、生意人。查获的金银首饰物品，均返还给被害者家属。

《丹江日报》报道两名劫匪的情况是：高个劫匪叫胡殿亭，现年三十五岁，祖籍山东，兄弟三人中居小，十余岁死了父亲，后来母亲改嫁，被常住丹江的叔叔收养。1976年6月，因抢劫罪被判有期徒刑二十年，1993年1月被提前释放。矮个劫匪叫程远才，三道关村人，干过钣金工，三十八岁，1975年7月因盗窃罪被判处有期徒刑二十年，1991年9月被提前释放。服刑期间胡殿亭和程远才相识，两人被释放后不思悔改，以杀害发生婚外情男女为目的图谋钱财。

蒋斌以此案为契机得以提拔，由爱民分局巡警大队副大队长（主持工作），提职为爱民分局副局长，兼任铁北派出所所长。夏林成协助公安机关侦破系列杀人抢劫案有功，奖励一万元钱。

铁北派出所原所长闫海滨，调任市公安局刑警支队副支队长。蒋斌和杨桂林在巡警大队脚前脚后一个调离一个上班。

杨桂林上班，巡警大队民警牢骚满腹的涣散局面得以改观。

二

蒋斌曾对夏林成说，你要是帮我把大案破了，我就会帮你做大生意，不必整天围着挣不到几个钱的小卖店转。夏林成把蒋斌说的这句话当作他转变人生命运的关键，如今大案破了，蒋斌春风得意，职也提了，可他说的话似乎被忘在了脑后，每天只忙活着在属下面前颐指气使。

夏林成心中不悦地想：没有我，你岂能走到今天？在那个让你毙了的两案犯的巢穴，你小子还把搜出的四万元钱放到你车里了，你不会把那些钱私吞了，没我事了吧？

夏林成不能像蒋斌在巡警大队当负责人时那样，在那些没落实编制的年轻人面前吆五喝六的。派出所的民警大都有辖区，每天上班后除了值班的，就没闲人了。所里没人理会夏林成，他有了抓赌抓嫖的线索没人跟他干，他自然没了借此捞钱的机会。他想起蒋斌的承诺，心有不甘。

夏林成准备打亲情牌，因蒋斌的二婚妻子龚玉洁是夏林成妻子方淑芬的表妹，他跟妻子商议，以请龚玉洁两口子吃饭的由头，让妻子提出托蒋斌帮他找个活干，以此点拨蒋斌。

方淑芬给龚玉洁打了电话，说了请她两口子吃饭的事。龚玉洁那头蒋斌在场，蒋斌接过电话说大姐，让姐夫接电话。方淑芬把电话递给了夏林成，夏林成听蒋斌说，别到你家吃了，你家地方小拥挤，明晚到我家吃吧。正好我有事要跟你谈。夏林成高兴地说那好，明晚到你家。他放下电话跟方淑芬说，明天到蒋斌家你就别提让他帮我找活儿的事了，他说有事要跟我谈，说不定给我找到活儿了。

蒋斌在家准备了一桌丰盛的酒席，两家人在一起吃得很热闹。夏琴饭后回家要学习。方淑芬说我和女儿先回家。龚玉洁对方淑芬说我饭后得转转，要不消化不好，我陪你送孩子回家。

蒋斌见没了别人，拿起白酒瓶把两人的酒杯斟满，举杯说：“我敬你一杯，若没有你辛苦摸排线索，我大案破不了，也不会提职。”说着，他把一杯白酒喝了。

“不破大案，你也能提职。”夏林成端着酒杯说，“有你老岳父在，你的发展肯定错不了。”

蒋斌晃了下手里的空杯：“少说话，先把酒干了。”

“好，干。”夏林成虽有酒瘾，但不胜酒力，他闭着眼把杯中酒喝了。他放下酒杯借着酒劲儿说，“我说蒋斌，大案我帮你破了，你是不是该兑现承诺，帮我找个大生意做呀？”

“那当然。”蒋斌点燃一支烟，“其实你的事我始终放在心上。”他又摆下手说，“不，应当是咱俩的事。”

“咱俩的事？”夏林成不解地看着蒋斌。

“我先问你，你认为什么是大生意？”

“我认为，你能帮我开个旅店，一年挣个一万两万元的，就是不错的大生意了。”夏林成虽是杀人越货的主儿，眼界还是窄了些。

“错。”蒋斌说，“你以为旅店好干吗？再一个一年挣个一万两万元的，那叫什么大生意？咱要做生意，起码一年得挣个十万二十万元的。”

蒋斌说一年挣的钱数，在夏林成眼里无疑是天文数字，他说：“你是不是喝多了？说醉话。”

“什么醉话。”蒋斌说，“虹云桥北侧下坎，也就是铁北派出所辖区，有个文化局招待所，多年不景气要黄了。我打算把招待所租下来，投资开个歌厅。”

夏林成回过味来：“你是说咱俩一起干歌厅？”

“当然，我投资，你管理。”蒋斌说，“你把小姐帮我管理好就行，钱肯定亏不了你的。”

夏林成脑海里浮现出歌厅灯红酒绿的场景，忙拿起酒瓶给蒋斌斟酒：“那敢情好……”

三

庞学智抓捕抢劫嫌疑人时头部受重伤，伤愈出院后，思维有些呆滞，情绪有时偏激。他伤后的性格变化，不利于再从事刑侦工作。爱民分局领导把他当作关照的对象，让他在家康复静养。

谁料在家闲散的庞学智对程焕说要到外地学武功，练好本领抓捕嫌疑人。自他到外地学武功后，程焕便找到了分局长吕昌湛，说不如让他上班融入集体，他或许才能安稳些，否则的话，以他的个性在外地说不定会出现什么意外。吕昌湛说那你就通知他上班。

庞学智外出两个月，往家打电话时程焕说单位让他上班，否则不给他发工资。涉及停发工资，庞学智只得返回丹江。

庞学智上班在收发室帮着分发报纸，是个可干可不干的活儿。他觉得自己的前途彻底毁了，因此他内心从没放弃过亲手抓获抢他枪支嫌疑人的念头。

孟鹏飞曾跟踪过夏林成，拍过夏林成的照片。两个月前，他拿着夏林成的照片找庞学智辨认，那时庞学智没在家。杨桂林告诫孟鹏飞，不要谈“7·5”案件招惹庞学智。故而，孟鹏飞没再拿照片让庞学智辨认，再者他认为也没必要了。

庞学智搬离了污染严重的银龙溪附近的平房，他买的是铁路住宅的二手房，离爱民分局五百米远。

庞学智搬到新居第三天，他家的仓房发生一起凶杀案。他每天晚饭后都外出巡逻到半夜，这天他刚巡逻完进家门，隐约听到窗外有女人喊了声：“救命。”他鞋都没脱，来到阳台上推开窗户向外欲看个究竟。

庞学智的家位于三楼东侧把边。楼房的后身是四趟仓房，仓房是每户都有的。庞学智家的仓房因他刚搬来，没放什么东西，也没落锁。站在厨房阳台上，楼下的仓房和旁边的兴平路尽收眼底。

庞学智没发现异常，兴平路上很静，昏暗的路灯下偶有骑自行车的经过；他没再听到有人叫喊。他寻思，难道自己听错了？随即他又否定了自己：没听错，明明听到有人叫喊啊！

庞学智有种预感，自己或许会发现什么。他没动地方，点燃一支烟静静地观察着前方。当他第二支烟要吸完的时候，忽地发现在道边的暗处冒出火星来，那是有人在吸烟，且那吸烟人所站立的位置是他家仓房的门口附近。他不禁起疑：自己站在阳台十多分钟都没见到此人，他从哪里来？难道他是从我家仓房出来的？在此之前，他将喊叫的女人劫持到我家的仓房……想到这儿，他身体一激灵转身奔向门口。

庞学智下了楼，吸烟的男子扔下烟蒂顺着兴平路向北走着。庞学智先悄然到了自家的仓房，见仓房门虚掩，从里面冒出呛人的油烟，他打开手电筒向里照了下，一幅骇然场面呈现在眼前：一女子披头散发靠墙半卧着，脖颈处有刀伤血渍，下身裸露，劈着双腿，阴部已被烧焦……

吸烟的男子无疑就是嫌疑人。庞学智捡起一根棍子疾步追向那男子。那男子听到身后有声响，没有转身看，就撒腿跑了起来。那男子身材魁梧，步伐矫健。庞学智在身后紧追，可仍逐渐拉开了距离。

那男子跑得急，没注意脚下，被一块砖头绊倒。他刚起身之际，庞学智的棍子照着他的头部挥去，棍子在对方的头上断成两截。

那男子犹如没遭受到打击似的，没影响到他起身和脚下加速。

庞学智心中郁积自从自己的枪支被抢以来的憋闷，加之刚才被害女子惨不忍睹的现场引发的愤怒，使他疯了一般扑倒那男子，从腰间抽出手铐说了声："警察，别动!"接着他把手铐铐在了那男子的左手腕上。

"警察"的字眼对那男子没起到震慑作用，他没等庞学智把手铐铐到他的右手腕上，他拼命反抗，站起来转身，右手持把明晃晃的匕首向庞学智刺来。庞学智左肩挨了一刀。

当第二刀刺过来时，庞学智情急之下双手死死地抓住了匕首的刃部，夺下了匕首。那男子没了凶器，一只手戴着手铐仓皇逃走……

案发这一天，是1993年8月3日凌晨。该案被命名为“8·3”案。

四

庞学智受伤住院治疗，他不仅左肩部刀伤深至三厘米，双手还因接触匕首刀刃，不同程度地致血管和肌腱多根断裂。他虽没抓获嫌疑人，可在他夺下的匕首手柄上成功提取了两枚清晰的指纹。庞学智所提供的线索是：嫌疑人身高一米八左右，椭圆脸，短发，身材健壮，膂力过人，年龄在三十岁左右。作案时，嫌疑人内穿浅色T恤，外罩深色夹克。

经过对案发现场勘查，被害女子身着白衬衣绿裙子，脖颈处有四处表皮刀伤。致死原因为扼死，阴部被烧焦是用汽油引燃所致。被害人是否被强奸，已无法鉴定。被害人拎包在其身边，拎包内有一个装有四十余元钱的钱夹。

经调查，被害女子叫方静，年方三十，红旗化工厂职工；身材高挑，容貌标致。案发当天夜晚，方静下中班，十二时二十分在西海林街与兴平路路口下了通勤车，往家走的途中被害，被害时间为十二时三十二分左右。通勤车站点与方静的家距离仅三百米，平时其上下夜班都是丈夫范建军接送。而案发当晚，范建军说跟朋友晚间喝酒喝多了没能醒来接妻子。

案件性质恶劣，吕昌湛指示刑警大队，半个月内破获此案。

案件现场有一个曾装过汽油的空酒瓶，空酒瓶被擦拭过，定是嫌疑人怕留下指纹而故意为之。经过一个星期的排查，案件的侦破仍没进展。案件的侦破过了黄金期，对嫌疑人的排查只得扩大范围，案发现场方圆五公里内，凡是年龄在二十岁至四十岁间的男子，均被列入排查范围。嫌疑人没落网前，为防止再发生类似案件，爱民分局加强夜间巡逻防控力度，各科所队晚间都参与巡逻。

在杨桂林的提议下，分局配给巡警大队三支“五四”式手枪，被杨桂林安排为中队长的孟鹏飞分得一支手枪。孟鹏飞将手枪别在腰际，脑海中再次浮现出夏林成的影子。

这天晚间，孟鹏飞值班。杨桂林带领队里的人巡逻至半夜也没回家。孟鹏飞泡碗方便面端到杨桂林办公室。

杨桂林接过方便面说：“我还真的有点饿了。”

孟鹏飞说：“杨大队，‘8・3’案，从嫌疑人刺被害人多刀和用汽油烧被害人阴部来看，我看仇杀的可能性比较大。”

“刑警大队搞的这个案子，就是往仇杀上靠的；不过这都几天了，还没线索。”杨桂林吃着方便面说，“这起案子若是仇杀的话，也是因情而引发的；我觉得这起案子还没把嫌疑人纳入排查范围，我说的没把嫌疑人纳入排查范围是指跟被害者方静有利害关系的人，不是说现在大范围排查而没有排查到的人。”

孟鹏飞说：“那我们可以从刑警大队那里了解下这起案子的详细情况，把你说的那个跟方静有利害关系的人找到。”

杨桂林思忖着说：“这样也可以，我明天到刑警大队了解下这起案子的排查情况，我领你们搞这起案子。”

孟鹏飞说：“咱队里新入警的人都没搞过刑事案件，大家都跃跃欲试。说不定这起案子就能在咱们手里破获呢。”

"在没搞过刑事案件的巡警当中，你就是主力了，到时候你可别嫌累。"杨桂林把吃过的方便面碗扔进垃圾桶里说，"我得回去休息了，你也睡吧，明天还得工作。"

孟鹏飞回到值班室躺在床上，虽感到身体乏累，可却没有睡意。

孟鹏飞有些兴奋，兴奋的缘由在于杨桂林答应带大家搞杀人案。他对杨桂林很是感恩戴德，他所遭遇的父亲被害和庞学智受伤而引发的内心恐惧，而后枪支走火伤到嫌疑人李春浩，还有因搜查夏林成家违纪而被蒋斌打压耍弄，他觉得自己遭遇的这些事，若没有杨桂林对自己的关爱开导和对事态的平息，以及现在对自己的看重，那么自己真不知又是怎样的状况？他觉得报答杨桂林的关爱，让他欣慰最好的表达，就是在工作上干出成绩。

五

杨桂林到了刑警大队，问张凯方静被害案侦破的进展情况。张凯说方静曾经恋爱的对象，单位的男同事，包括其丈夫都查了，连条像样的线索都没有。杨桂林说我寻思领巡警协助你们搞搞这起案子。张凯说那好啊，我让白莉莉把线索摸排登记表给你复印一份，上面还有方静的同学和一些朋友没排查呢。他说着出门喊内勤白莉莉。

杨桂林把从刑警大队拿的材料给了孟鹏飞，他让孟鹏飞领着自己中队的人搞案件，另外两个中队照常巡逻。

孟鹏飞翻看着材料，看着上面还有上百名没排查的名单，有种无从下手的感觉。杨桂林说该查的刑警大队都查了，剩下的名单他们认为意义不大。他给孟鹏飞指了个方向，你查方静的同学，特别是高中同学。

孟鹏飞跟付跃东和祁铁平一个中队，付跃东和祁铁平虽因生活困难背着孟鹏飞把没收的赌博款私分过，两人为此挨了记过处分，不过两人的过错没影响和孟鹏飞的关系。杨桂林再次主持工作后，在孟鹏飞的提议下，三人又聚在了一起。

“8·3”杀人案还没破，8 月 21 日凌晨又发生一起类似的案件。凌晨零时四十分一男子在爱民区粮道街持刀从一穿红衣的女孩身上抢走六十元钱，后将其逼到墙角猥亵。一对年轻夫妻经过，女孩呼救，男子持刀刺穿女孩手掌后逃逸。

女孩提供的嫌疑人的体貌特征，与庞学智所描摹的不但一致，而且还提供了面部的特征——地包天下巴。

女孩被劫后，一个谣言在丹江鹊起：一个变态杀人狂在爱民区昼伏夜出，寻找穿红衣服、留长发的女性，杀人劫财劫色。一时间，一些家庭晚间禁止女孩外出，一些女孩为此不敢穿红衣，还剪掉了长发。

该案件发生后，杨桂林第一感觉是 8 月 3 日发生的案件侦查方向错了，方静的被害不是仇杀，有可能是变态男子所为。他虽然这么感觉，不过内心仍打个问号，既然不是仇杀，那嫌疑人为何带着汽油烧被害者的阴部呢？难道那瓶汽油不是嫌疑人所带，而是嫌疑人就地取材，临时起意？他通过庞学智打听到在铁路机务段工作的叫朱琪的原房主。他到铁路机务段找到了朱琪，问他搬家时，楼下的仓房遗落什么东西没有。朱琪说没有。杨桂林说你好好想想，比如说汽油。朱琪嘴里叨念着汽油，双手猛地拍了下说对了，是有一瓶汽油，那是我准备搬新家调油漆刷碗架柜用的，好像在墙角，搬家时忘拿了。杨桂林问汽油是用什么瓶子装的？朱琪说应当是用方瓶的绵竹大曲空酒瓶装的，因为我常年喝绵竹大曲，家里只有这么一种空瓶。杨桂林点头说对，是方瓶的绵竹大曲酒瓶装的汽油。

杨桂林回到单位，召集孟鹏飞等人开会。他说：“如果‘8·3’案和‘8·21’案并案侦查的话，那么‘8·3’案件的侦查方向弄错了。嫌疑人对被害者方静并非仇杀，那瓶汽油不是嫌疑人所带，而是案发现场仓房原房主遗落的。嫌疑人之所以对方静刺了多刀和用汽油烧阴部，这里面或许有两个原因，一个是方静激烈反抗所致；再一个是嫌疑人生理有缺陷，可能是性无能，导致其心理变态，仇视异性。并非如外界所传，对某种类型的异性情有独钟，而是案犯无固定目标，发现目标即跟踪，伺机下手。”

孟鹏飞问：“那对这样的嫌疑人，我们该从哪儿查起呢？”

杨桂林思虑了会儿，说：“从两类人查起，一类是从刑满释放人员查起，说不定嫌疑人从小就蹲少管所；另一类是从性格内向，受到情感打击的人查起……”

正在警方高压态势全力侦破案件的时候，又发生了两起针对女性的抢劫和猥亵案件，好在这两起案件因受害者没反抗，故没被凶器伤害。

六

黄昏，在立新小学门口，两个少年打着羽毛球，刚子哈哈笑着帮两个少年捡着出界球。

立新小学在孟鹏飞家小区附近，孟鹏飞晚饭后从小区出来，便一眼望见了两个少年和刚子。他常见到刚子，不过并不熟悉刚子，刚子的名字是他从别人口中听到的；从面容上看，刚子有三十岁左右，身材魁梧，智力有些问题。

按往常，孟鹏飞会熟视无睹地从三人跟前走过，可今天他忽然有了新发现，刚子的椭圆脸下竟然有些地包天。“8·21”案的嫌疑人的明显特征不就是地包天吗？他对自己的新发现激动不已。他不再往前溜达，而是坐在花池围栏上，从侧面观察着刚子。

刚子不经意间转身看到了侧后身的孟鹏飞，看到对方正注视着自己，顿觉有些不自然，转身走了。其中一个少年问刚子干啥去？刚子说回家吃饭。

孟鹏飞想知道刚子的住址，他起身远远地跟着刚子。刚子一路向北，走过新立街、长安街、牡丹街，进了祥和小区的院内。他进小区时还向后望了眼。孟鹏飞觉得不对，刚子家不会住在祥和小区，这个小区离立新小学有三公里，他日常活动区域怎可能到三公里之外？

孟鹏飞进了祥和小区，刚子没了踪影。他清楚，刚子是从小区别的门出去了。他心想，对刚子做个指纹采集，一切都清楚了。

孟鹏飞记得在立新小学门口开文具店的中年女老板跟刚子唠过嗑，我明天何不通过文具店的女老板了解下刚子的情况？他想到这儿，返身出了祥和小区。

第二天上午，孟鹏飞和付跃东进了立新小学门口的文具店。

女老板看了孟鹏飞的工作证和听了他的问话，就说你说的刚子是谭刚，十多年前是我家邻居，那时我们住在平安街西六条路铁路住宅的平房。他十七八岁那年，因耍流氓被抓了起来，据说是判刑了。一晃十多年再也没见到他，去年我看到了他，我问他干啥呢？他说啥也没干，就是溜达着玩。孟鹏飞问及谭刚的住址和家人。中年女子说不知道他住在哪儿，他没兄弟，就他老哥一个，父母早过世了。

孟鹏飞通过对谭刚一番调查得知，他十七岁因强奸被判入少管所三年。出所后二十岁，又因抢劫被判刑五年。他性格内向，没有特点，没有爱好，没有恋爱过，但有酗酒、嫖娼、赌博等恶习。他出狱后在父母留下的房子住了两年多，半年前将房子卖掉，不知住在哪儿。

当把谭刚身份证照片拿给庞学智和受害的女子看时，几个人断定，谭刚就是嫌疑人。

案件搞到柳暗花明，不仅孟鹏飞兴奋，杨桂林也激动不已。

已是半夜十一点，可爱民分局巡警大队灯火通明。

杨桂林给大家布置任务说：“近期发生的系列抢劫杀人案件，我们经过排查，已经得知了案犯的准确信息，这名案犯叫谭刚，三十一岁；其体貌特征与当初的画像一致，我们下一步的工作任务是要将其抓获。”他鼓舞着大家的干劲儿说，“你们虽是参加公安工作的新兵，但我们必须用努力证明，我们是一支能打硬仗的队伍，是能侦破系列恶性刑事案件的队伍，大家有没有这个信心？”

众人齐声：“有这个信心！”

杨桂林让孟鹏飞把谭刚的照片发了下去。

杨桂林再次对嫌疑人描摹说：“嫌疑人作案时身穿深色上衣，脚穿布鞋或胶鞋；持手电筒和单刃凶器，身上有异味。他昼伏夜出，在暗处蹲坑守候，发现目标尾随，乘被害人进入门洞、院墙、单元门等黑暗处之机，采取左手扼颈、捂嘴，右手持刀威逼抢劫财物和猥亵。他的落脚点可能有血衣、女士提包、金项链等物品。”

会后，巡警走入夜幕中。

七

因巡警大队近期夜间工作，这天付跃东晚间八点从家骑着自行车去往单位的途中，发现一男子尾随一女子，男子的外在特征符合嫌疑人的画像。

难道此男子就是大家为之辛苦寻觅的嫌疑人？付跃东这么想着，把自己的自行车靠在一棵树上，从腰间掏出手铐跟在男子身后。

跟踪几十米，付跃东从男子鬼鬼祟祟地跟前面女子保持若即若离的距离判定，男子应当就是嫌疑人，他在找机会下手。那女子穿戴性感，天气已有些凉意，可那女子仍穿着超短裙，长发披肩，走路形态婀娜，高跟鞋有节奏地敲打着路面。

在一个没有路灯的僻静路段，男子紧走几步似乎要下手。

可恰巧这时，身后有两道光柱照来，一辆出租车驶来。女子看到了车灯，伸手拦下出租车上去了。

男子止步，看着出租车驶去。

出租车没驶多远，在一公里外的一个灯火璀璨处停下，可隐约看到女子下车。

男子来了劲头，向那灯火璀璨处奔去。付跃东紧随其后。

灯火璀璨处是爆棚歌厅。这家歌厅便是蒋斌把文化局招待所租了下来，装修后新开业的歌厅。

付跃东见男子进了歌厅，他知道这歌厅是蒋斌开的，他没有贸然跟进去，而是在一旁的电话亭给孟鹏飞打了传呼。不一会儿，孟鹏飞回话听了情况，告诉他在歌厅外守候。

付跃东跟踪的男子就是嫌疑人谭刚。此时他坐在歌厅一个包房里，跟身后的服务生说给我找几个小姐来。

谭刚是两天前凌晨一点左右，在井冈山小学附近看到的今天跟踪的女子的。当时他被女子的美貌吸引，平时即使想跟女人亲热却很少有反应的下身，竟有了反应。可让他遗憾的是，他仅差两步被女子挡在了单元防盗门外。他今晚出来，目的性很强地又来到了井冈山小学附近。他见到了那女子，路上没寻到机会下手，他就跟进了歌厅。

五分钟后，五六个小姐进了包房，服务生指着小姐们对谭刚说，先生请选。谭刚发现了超短裙，眼睛一亮，他冲超短裙招了下手。

超短裙留下，服务生跟谭刚说了句祝您玩得开心就领着其他小姐走了。

这个超短裙便是夏林成嫖过的小翠，爆棚歌厅开业后，夏林成就把她找来了。

在谭刚眼里，小翠不仅貌美，还矜持、温柔。他暗自想，多亏在歌厅找到这女子，若是在室外对她下手，岂不暴殄天物，感悟不到她的甜蜜温柔？在镭射灯的闪耀下，他痴呆地望着小翠。

小翠说："大哥要怎么玩？唱歌吗？"

谭刚咽口唾液，有些语无伦次："你、你能出台吗？"

小翠靠近谭刚说："当然可以出台，不过价钱要高些。"

谭刚从兜里掏出一沓钱来……

在爆棚歌厅门前，付跃东焦急地来回踱步的时候，一声急刹车在旁边响起。他扭头见孟鹏飞和祁铁平骑着挎斗摩托车到了。

孟鹏飞下了摩托车，问：“人还没出来吧?”

“没有。”付跃东问，“怎么就你俩来了?”

“杨大队没联系上。”孟鹏飞安排着任务，“付跃东，你在门口把守，我和祁铁平到里边搜。”

付跃东点下头。

意外的是，孟鹏飞和祁铁平进歌厅遇阻。在门口的夏林成看到孟鹏飞穿着警服，便说你们来搅和事来了？孟鹏飞说我们是抓杀人犯来了，怎么是搅和事来了呢？夏林成和两个服务生挡在他俩跟前说，我这昨天刚营业，你说你们穿着警服这么一进去，我们日后的生意怎么做？他又说你知不知道这歌厅是谁开的?

孟鹏飞当然知道是蒋斌开的歌厅，不过夏林成拿蒋斌压自己，使他心中不禁充溢着怒气说：“你再挡在前面，我就给你押起来……”

正争执间，门外的付跃东喊了声：“孟鹏飞，他出来了。”

孟鹏飞循声望去，一个刚跟自己擦肩而过的背影，走到了门外。他心里确定：没错，就是谭刚。他和祁铁平冲出门外。

在门口，付跃东扑向谭刚。

孟鹏飞掏出枪喊：“小付躲开，他有刀。”

谭刚果真亮出匕首，向付跃东刺去。付跃东躲到孟鹏飞的身旁。

谭刚看到黑洞洞的枪口非但没止步，竟拿着匕首明晃晃地刺向孟鹏飞。

孟鹏飞拿枪的手有些抖，但他还是果敢地扣动了扳机。随着“砰、砰”两声震耳的枪响，谭刚倒在地上。

八

孟鹏飞击发的两枪，其中一枪击中了谭刚胸部。

谭刚没有被打死，他被送到丹江市209医院切除了左肺上叶后苏醒过来。他断断续续地交代了自己的罪行。

谭刚因抢劫入狱五年被释放后，曾找了个年长他十多岁的寡妇生活了一段时间，他纵欲过度和每天酗酒，致使他阳痿，于是寡妇离他而去。他性格孤僻、阴暗，没能力又不愿吃苦，离开寡妇便没了生存的条件。他只得将父母留给他的房子卖掉，租了个小房，以抢劫兼带猥亵满足生活和生理所需。“8・3”杀人案，正如警方推理，是被害者方静拼命反抗和呼救而激怒了他，促使他杀死方静后又就地取材用汽油焚烧其阴部。谭刚共作案六起，杀死一人（方静），重伤两人（含庞学智），抢得现金、首饰等财物两千余元。在他的住处搜出了部分赃物。

孟鹏飞破获了大案，丹江市公安局给他向东林省公安厅报请个人二等功，省公安厅随即给予批复。付跃东、祁铁平和庞学智荣立个人三等功。

丹江市公安局举行表彰大会，市公安局局长李晨给四个立功人员戴上了奖章。

立功的四人，每个人的心情都不平静。

孟鹏飞因执拗调查夏林成，致使对象崔颖离开了他。搜查夏林成的家，跟蒋斌关系恶化，使他挨了处分和受到打压。破了大案，特别是战胜了以往面对凶犯的恐惧，能勇敢开枪击伤嫌疑人将其抓获，这让他一扫过去心中的怯懦和不悦，有种扬眉吐气的感觉。付跃东和祁铁平因私分赌资，被蒋斌查出，两人挨了记过处分；他俩都有搞个漂亮案子，扭转被动局面的想法。荣立个人三等功，对于他俩无疑是个激励。

庞学智则不同于另外三人，他内心思绪纷繁，枪支被抢的屈辱一直在他心中如影随形。近一年多，他经过苦练擒拿格斗，觉得自己身手长进了不少。可他面对嫌疑人却没有将其抓获，感到再次出了丑；好在他抢夺过来嫌疑人的匕首上检验出了指纹，为破案提供了直接证据，使他心里有了些许安慰。

庞学智右手的伤没好，还没有出院。他出现在表彰大会上，不仅是分局通知他到场，更主要的是，他要在全分局的民警面前证明自己，自己虽然在收发室分发报纸，没在执法岗位上，可自己不是个废物，仍旧一往无前！

庞学智的确证明了自己，当他缓缓地抬起打着夹板缠满纱布的右手敬礼时，满场响起了热烈的掌声。

李晨讲话说："同志们，今天我们在这里举行表彰大会，奖励侦破'8·3'系列抢劫案件的有功人员。在此，我代表市公安局党委，向受到表彰奖励的有功人员，表示热烈的祝贺和崇高的敬意；向爱民分局全体参战民警，表示衷心的感谢和亲切的慰问……"作为市公安局局长的李晨，不忘那把被抢的"五四"式手枪，他语重心长地说，"爱民分局是个能打硬仗、敢打硬仗的队伍，虽然破获系列恶性案件可喜可贺，但在我的心中，还有一起案件沉甸甸地压着，去年 7 月 5 日，爱民分局刑警被打成重伤，枪支被抢案件，已过了一年多，现在仍无实质性进展。同志们啊！被抢的枪支说不准哪一天就会打响，我们对这起案件不能因时间的推移而削弱了在心中的分量……"

当李晨提到“7·5”案件时，坐在台下身为爱民分局局长的吕昌湛，颇感肩上的压力沉重，有种受到批评后不免面露窘态的神情。对于庞学智来讲，李晨的话像一只无形的手，揭开了他心上的别人在他面前顾忌而自己又敏感的那块疤，而后这只手又给他指引了前进的方向，使他萌生昂扬的斗志。他双目充盈着泪水，不过他没显出激动的样子，面色透露出冷峻。他纹丝不动地坐着，显现着一种决绝和刚毅。

与吕昌湛和庞学智不同的是，孟鹏飞听到李晨的话，内心热血偾张，脑海中浮现出夏林成的影子。他对脑海中的影子说：有我在，岂能让你逍遥法外？

第十四章 认清品性

一

孟鹏飞在爆棚歌厅门口开枪将谭刚击倒擒获后，夏林成见嫌疑人真的是从歌厅出去的，就在歌厅里了解了下情况。

当他得知嫌疑人在包房里跟小翠亲昵过，心里不免有些忐忑地问蒋斌，小翠陪过在歌厅门口被开枪打倒的人，孟鹏飞他们了解了咱歌厅有小姐，会不会来查咱们？蒋斌说分局科所队长都知道歌厅是我开的，孟鹏飞想查歌厅的话，杨桂林也不会同意的。再则，他们审嫌疑人是冲着杀人案去的，不会对嫖娼的小案子深究的。蒋斌考虑到自己和夏林成已跟孟鹏飞有了过节，不由得叮嘱说我话是这么说，不过孟鹏飞这小子你还真得注意点。

爆棚歌厅门口的枪声，没有影响到其生意，生意比以前还要火爆，每天两层楼十四个包房都是满员。爆棚歌厅之所以生意好，在于蒋斌让下属对爱民区其他娱乐场所进行经常性的清查打压。还有就是爆棚歌厅小姐靓丽且随意玩还安全，这对常逛夜场有条件玩乐的人无疑是个吸引。

夏林成过上了他自认为人生最惬意的生活，他原打算每年能挣个万八千的就可以了，而现在他每个月都能在蒋斌手里拿到两千元钱，这样一年就能挣两万多元钱，这已超出了他的预期。不过他觉得自己也付出了辛苦，晚间歌厅上客，他就开始协调、平息服务生和小姐跟客人间的矛盾。到深夜或凌晨没了客人，他不回家当起了更夫。更夫没当几天，就跟同样不回家的小姐睡在了一起；那些陪他睡觉的小姐，也得到了好处，每当客人要小姐时，他便告诉服务生让陪他睡觉的小姐先出台。

夏林成很少回家，方淑芬虽不悦，可看到他每月都能拿回家不少钱，要比她起早贪黑地干小卖店每月挣那二三百元强多了，也就对他不计较了。可她没想到的是，丈夫竟把性病传给了她。

方淑芬下身不适几天后，她到第一医院内科找到了崔颖。崔颖说表婶您怎么来了？方淑芬说我可能得了妇科病，觉得下身不适。崔颖领方淑芬到了妇产科。妇产科大夫让方淑芬躺在检查床上只看了一眼，就面带一丝厌恶地跟崔颖说到皮肤科检查去吧。

妇产科大夫的神情和让方淑芬到皮肤科检查的话，让崔颖的脸瞬间就红了，她已明白无误地认定方淑芬得了性病。看病之前，崔颖跟妇产科大夫介绍方淑芬说她是自己的表婶，而表婶检查出性病，无疑使她脸面无光甚感难堪。

在去往皮肤科的路上，崔颖不禁看着方淑芬，心里自问着到底是谁传给她性病的呢？方淑芬被她看得有些不自在，就问崔颖你这么看我干什么？崔颖说我怀疑您到浴池跟不洁的人在一起洗浴造成下身不适。方淑芬说我除了过年到浴池洗澡，平常都在家里洗。崔颖不由得想到夏林成，她问我表叔最近忙什么呢？方淑芬说跟别人开歌厅呢，白天晚间地忙活，好几天才回家一次。

崔颖听了方淑芬的话，心里咯噔一下，她听说过歌厅有卖淫的小姐，故而她揣测出了答案。

到了皮肤科，大夫检查了下说是尖锐湿疣。

方淑芬提上裤子愣怔了下，问："大夫你是说我得了性病？"

大夫点下头说："尖锐湿疣属于常见的性传播疾病之一。"

方淑芬很憋屈的样子说："我大门不出，二门不迈的，怎么会得这种病？"

大夫是跟方淑芬年龄相仿的女性，她看出对方是个有些木讷的家庭妇女，她委婉地说："除了性接触以外，还有别的传播方式……"

开了一些药，崔颖把方淑芬送到医院门外。她看着满脸沉郁的表婶离去，耳边不由得响起孟鹏飞的话："我要抓你表叔，因为他不是个好人！"

难道我表叔夏林成真的不是好人吗？

二

孟鹏飞骑着挎斗摩托车载着付跃东和祁铁平到海林市办案，在返回的一段坡道上，一个孕妇在前面很是吃力地推着倒骑驴，蓝色外衣的背部满是汗渍。孟鹏飞看女子背影眼熟，没等他认清是谁，付跃东说停车。

孟鹏飞停下挎斗摩托车，付跃东出了挎斗上前帮女子推倒骑驴。

孟鹏飞这才认清那是付跃东的妻子艾芳，他对身后的祁铁平说推倒骑驴的是付跃东的妻子。祁铁平说付跃东媳妇都大肚子了，怎么推上倒骑驴了？祁铁平说着下车也上前帮忙。

孟鹏飞把挎斗摩托车加了把油，追上了几个人。他见倒骑驴里装了几箱鸡蛋，知道这是艾芳从海林趸货到丹江去卖。

从海林回来后，付跃东大半天闷闷不乐神态尴尬，似乎因同事看到了妻子推倒骑驴干如此重体力的活儿，从而发现了他生活的窘迫使他难堪。

孟鹏飞他们下班时处置了一起打架的，当把打架的两伙四个人送到辖区派出所后，已是晚上七点了。孟鹏飞说别回家吃了，我请客。祁铁平瞪大眼睛说好啊。不过他又改口说不行，我今晚八点还得接个站。孟鹏飞说那咱们改天。付跃东说孟哥别改天，今晚咱俩先吃着。

孟鹏飞和付跃东进了一家冷面馆，两个人要了几个菜便吃了起来。

吃了一阵后，孟鹏飞看了一眼付跃东，见付跃东情绪不高，便问：“你结婚时不是让你媳妇在自家的棚子里开台球厅吗？怎么不干了？”

付跃东没立刻回答孟鹏飞的话，他让服务员拿盒红塔山烟和火柴，他点燃一支烟，低沉地说：“前段时间遇到社会人酒后打台球，少给钱还把台球案子给砸了。”

“还有这事？”孟鹏飞惊诧地问，“咱哥们儿是个警察啊，是谁这么大胆？”

付跃东深吸一口烟说：“马良和一个叫小五的去打的台球，小五砸的台球案子，马良帮着给平的事。”

听到是马良，孟鹏飞一时沉默。他清楚，马良在丹江市是个有一号的社会人，多次被公安机关打击处理过；而今仍旧恶习难改，放贷、吸毒、伤害他人是其职业。

付跃东接着说：“我让派出所处理这事，祥伦派出所裘所长明显偏袒马良。我那花两千元钱买的台球案子，马良只给了五百元钱。”

“马良欺人太甚。”孟鹏飞说，“过后咱们中队琢磨琢磨他，把他押起来。”

付跃东说：“马良结识一些老警察和有钱人，一般小事是扳不倒他的。”

“有杨大队给咱们撑腰，扳倒他不成问题。”孟鹏飞信心满满。

“真把马良这样的社会人扳倒，咱们巡警也能威风一下。一些社会人看咱们没落实编制，是合同制警察，就没把咱们看上眼。”

孟鹏飞同情地看着付跃东说：“给你媳妇找个别的活儿吧，到海林趸鸡蛋到丹江卖，太辛苦了。”

“上哪儿找活儿去呀？这趸鸡蛋卖，一天还能挣个十块八块的，一个月下来，比我一百元钱工资多。”付跃东重重地叹了口气说，“我媳妇嫁给我算是遭罪了，寻思摆个台球案子能挣点钱，没想到钱没挣到，还让人欺负的赔了钱，她是不得已才干这么重的体力活。”

孟鹏飞听了付跃东的话，心里很不是滋味。他站起来，拍了拍付跃东的肩膀说：“慢慢来，日后会好的。”

三

孟鹏飞上警校学习半个月。杨桂林对付跃东和祁铁平说，这半个月，你俩到新华市场抓小偷吧，最近新华市场每天都有报案被偷的。他又想起什么似的补充一句说，你俩别再占小便宜啊。杨桂林的这句话，付跃东和祁铁平心知肚明，就是两个人抓赌后私分赌资挨处分的事。他俩很是不好意思地说杨大队您放心吧，我俩不会再犯傻了。

两人把挎斗摩托车放在了新华市场入口处，就进了市场。付跃东说咱俩得打个翻身仗，要不有种一朝犯错终身受辱的感觉。祁铁平说可不是，你说我还没对象呢，这要是处个对象让人知道以前的过错，那还有个好啊！他又说，你说咱俩挨过处分，影不影响日后落实编制？付跃东摇下头说不会，挨处分时我问过郭志强政委了。

两人正唠着嗑，抬头见一个光头贼明目张胆地用镊子掏一个买菜的老太太裤兜。祁铁平要抓那贼，被付跃东拽住说他掏出钱来再下手。

没等光头贼把钱掏出来，老太太拎着买的芹菜扭身走了。

光头贼把目光转向在馒头摊站立、将钱夹放在挎包里的一个黄衣女孩，他往她挎包里窥探着。

祁铁平眼睛一亮，前面的情形倒不是说光头贼要下手引起他关注，而是黄衣女孩的漂亮。

付跃东见了祁铁平的眼神，会意地说这个女孩很漂亮，给你一个机会，待会儿光头贼下手你自己冲上去。祁铁平对付跃东双手抱拳说谢了付哥！

祁铁平脑中想着刚入警时学的擒敌拳的招式，正跃跃欲试展示下身手时黄衣女孩把挎包挪到胸前，使光头贼没了下手的机会。

黄衣女孩手拎装馒头的塑料袋走了，光头贼在身后跟随。

从身后看，祁铁平觉得黄衣女孩不仅五官精致，还身材曼妙。那一翘一翘的马尾辫，使她穿着的高跟鞋像踩着弹簧。他看得两眼越发呆直，心里也跟着着急地骂着光头贼：你这笨贼赶快下手呀。

不承想在路口，光头贼回头望了眼，像发现他俩似的张开嘴笑了笑，闯过红灯到了街对面。

付跃东说：“被他发现了，不跟了，回去。”他转过了身。

祁铁平正遗憾黄衣女孩从自己的视线中消失，他扭身不由得慢了些，可就在他扭过身时，忽地觉得随人流穿行马路的黄衣女孩一下消失了。他意识到黄衣女孩出现了意外，他再度回身，见没了人流的街面上黄衣女孩蹲在地上。

祁铁平让付跃东把挎斗摩托车骑来，而后他向黄衣女孩跑去。

付跃东看明白了眼前的情形，笑了笑取挎斗摩托车去了。

祁铁平到黄衣女孩跟前，脸一热，脚步慢下来。

黄衣女孩面露痛苦，蹲了半天没起来。路人好奇地看着她，但没有人相助。

祁铁平问：“你怎么了？”

黄衣女孩眼中噙泪：“脚崴了。”

祁铁平伸出手：“我帮你。”

黄衣女孩迟疑下，才伸出了手。

黄衣女孩的手柔软而温暖，祁铁平心怦怦地跳着扶着女孩坐在路边的花坛边上。

付跃东骑来了挎斗摩托车，他下车把钥匙扔给祁铁平，暗自向祁铁平竖起大拇指，转身走了。

祁铁平把黄衣女孩送到医院，他见黄衣女孩在医院填病例时写下肖青的名字。处理完脚伤，他把她送回家，并留下了传呼号。祁铁平之后几天度日如年等着肖青的传呼。

一个星期后，肖青养好脚伤，给祁铁平打了传呼，约他见了面送他一本《千江有水千江月》的小说以示感谢。祁铁平问她是做什么的？肖青说在新华小学当老师。祁铁平腼腆地对她说可以做个朋友吗？肖青羞涩地点下头。

四

崔颖听到敲门声，她打开门，见方淑芬站立在门口。她将方淑芬迎了进来。

方淑芬问：“你爸在家吗？”

“在。”崔颖给方淑芬拿双拖鞋放在她脚下。

崔父崔母听到门口的声音，从卧室里走了出来，把方淑芬让坐到客厅的沙发上。

方淑芬平时在家看小卖店是很少出来的，她即使出来走亲戚，也是丈夫夏林成陪着，单独出来上丈夫的表哥家这还是第一次。

崔母端杯水递给了方淑芬。

崔父诧异地问：“今天怎么得空到这儿来？”

方淑芬挤了一丝笑意说：“我就是出来散散心。”她的这句话，让旁人一听就言不由衷。

崔颖推测表婶到自己家来，或许跟她患了性病产生家庭矛盾有关系。她不想掺和长辈们的家长里短，再则，她是晚间夜班，便回自己的卧室收拾东西去了。

崔颖前脚离开，方淑芬忽地咧嘴哭了起来：“我不想活了，我丢死人了！”

崔母忙挨着方淑芬身旁坐下，伸手拉着方淑芬的手问：“淑芬，你咋的了？”

崔父也狐疑地看着表兄弟媳妇。

方淑芬止住哭说:“我得了脏病,这辈子算完了。”

崔母问:“什么脏病?”

方淑芬说:“尖锐湿疣。”

崔母听了方淑芬的话,吓了一跳,抽回了拉着方淑芬的双手,并挪动了下身体跟方淑芬拉开了距离。

崔父不满地看了眼妻子,眼神蕴含着话语:至于这样吗?他又把目光落在方淑芬的身上问:“那你到医院治治啊!”

方淑芬说:“我一个星期前到崔颖所在的医院看了,我今天又到医院,听医生说我免疫力低下,得慢慢调养。我真的不知道该怎么办了。”

崔母问:“你的病是怎么得的?”

“那还用说吗,是夏林成传染的。”方淑芬说,“夏林成跟蒋斌开个歌厅,就此闻到腥味了,把歌厅当家了几乎不着家,回了几趟家还把这脏病传给了我……”

崔父跟夏林成的感情还可以,他不愿把表弟往坏处想,他挥下手:“打住,你这个病吧,说不定是其他途径传染的……”

“大哥,我也以为是其他途径传染的,可我昨天下半夜到歌厅找夏林成,砸门时我通过门缝,看见夏林成从一个包房里出来开门。我闯进去,进了夏林成出来的包房,见里面有个光腚的小姐……”方淑芬争辩完,又撸起袖子,指着胳膊上青紫的伤痕说,“我说了他几句,他竟然打我。”

崔母唏嘘说:“夏林成怎么会这样?”

方淑芬的哭诉打动了崔父,他先是跟方淑芬说我知道咋回事了,这事我得跟林成好好说道说道。他接着叫崔颖:“小颖,你给你表叔打传呼，让他到咱家来。”

客厅里长辈们说话，崔颖在屋内大都听到了，她见父亲让自己给表叔打电话，因她不愿参与长辈间的事，便推开卧室门推托说：“爸，电话你打吧，我该上班去了。”

崔父只得问方淑芬夏林成的传呼号，进卧室打电话去了。

崔颖在上班的途中，脑子很乱，她脑海中回响着方淑芬的哭泣声。她对作为表叔的夏林成是尊重的，为此她不惜跟孟鹏飞断绝恋爱关系！可现实却把她对表叔的良好形象击得粉粹。表婶那哭泣的神态也让她心痛。她意识到，一个道貌岸然，内心充满邪念的丈夫，对妻子的伤害和造成的痛苦，抑或长久难以消融。

刚进第一医院大门，崔颖身后涌进一帮人抬着担架，叫着前面的人让路。崔颖侧身，那个担架在她眼前掠过，她见到了担架上的警服和警服上的血。她猛然紧张起来：受伤的是警察，不会是孟鹏飞吧？

崔颖疾走几步，看到了担架上的人，是个二十多岁、面色苍白眼睛微闭的年轻人，但不是孟鹏飞。她停下脚步，舒了一口气，可那流血的年轻警察仍让她感到揪心。

五

送到第一医院受伤的警察是祁铁平，他是被马良用匕首捅伤的。

自从孟鹏飞跟付跃东在饭馆吃饭，付跃东说媳妇在家里摆的台球案子被马良和小五打过台球不给够钱，还给砸了后，孟鹏飞便开始琢磨起马良来。

事也凑巧，马良得罪了付跃东，又得罪了祁铁平。一天，祁铁平去浴池洗澡，见到了在新华市场开蔬菜店的姐夫。他发现姐夫身上青一块紫一块的，就问怎么弄的？姐夫说无意中碰的。他说不可能，你骗鬼呢！姐夫说你别问了。

祁铁平看出来姐夫是受了别人的欺负，他心里很不得劲。他去了新华市场的蔬菜店，才从姐姐的嘴里问出了缘由。

原来两天前姐夫和姐姐去红牡丹电影院看电影，这时来了一个小子，姐夫知道他是小混混儿，叫小五。小五竟然当着姐夫的面调戏姐姐且要姐姐跟他跳舞去。姐夫满是怒气地站起来，挥动了下拳头。小五退后一步说我大哥你知道是谁吗？是马良。姐夫当然知道马良是不好惹的社会人，他曾在新华市场见到马良毫无畏惧地持刀捅伤他人，不慌不忙地离去。他不想惹麻烦，就说即使马良是你大哥，那他也应该讲理吧？小五见姐夫强硬，就说了句走着瞧，悻悻地走了。

姐夫以为此事就这么过去了，不承想看完电影在回家的路上，看到小五领着一帮人，歪着脑袋耸着肩直视着姐姐和姐夫。姐夫知道他们是特意等着他的。

马良从人群后走了出来，满是横肉的脸上冷若冰霜，身着跨栏背心露出文着龙的壮实的胳膊。他手里拿着一把手枪，边走边玩着枪；走到姐夫面前，用枪对着姐夫的头问你叫什么名字？姐夫说出了名字。马良说你挺牛呀，小五提我了你还想打他，蹲下！姐夫没有蹲下，刚想和他说说事情的经过，可是枪响了，子弹虽没伤到姐夫，可他觉得眼睛火辣辣地疼，眼泪止不住地往下流。姐夫双手捂着眼睛时，被他们打倒在地，一直打了十多分钟。姐姐哀求，却没人理会她。马良临走时还对姐夫说以后别让我看到你，看到你一次打一次。

姐姐含泪说完姐夫遭遇的无妄之灾，祁铁平愤怒地说得把马良抓起来劳动教养。姐姐说你一个合同制巡警哪能管得了马良这样的社会无赖啊？这时姐夫上菜回来，祁铁平说姐夫，你的事姐姐都跟我说了，你明天到我们巡警大队做个笔录。姐夫说算了。祁铁平说这事不能算，就是你想算，马良他们还不能算呢，必须得有个了结。姐夫一听也是，过后就到巡警大队做了笔录。

祁铁平和孟鹏飞把事情跟杨桂林做了汇报，杨桂林说把马良按寻衅滋事罪立案调查。

红牡丹舞厅和电影院是马良耀武扬威的场所，孟鹏飞领人先是暗中进行了调查，得知这两个场所隔三岔五发生的治安案件，都是马良领着一群狐朋狗友所为。他们找到六个被马良团伙无端殴打的人。

通常情况下，马良等人都是晚间到舞厅，而这天是星期天，他下午到了舞厅。舞厅的保卫给孟鹏飞打传呼报了信儿。孟鹏飞请示杨桂林，杨桂林说全体行动到红牡丹舞厅。

一辆吉普车三辆挎斗摩托车，载着十多名腰扎武装带的巡警，很有声势地在红牡丹舞厅门口停下。

舞厅里面的小混混儿一看来了这么多警察，一下子乱了，纷纷往外奔。孟鹏飞掌握的小五等四个小混混儿出门便被抓了。

巡警在舞厅里没见到马良。孟鹏飞出了舞厅门喃喃自语：“马良这小子怎么跑了？”

祁铁平指着从一堵墙上的小窗户刚跨出身子的一男子问：“那是不是马良？”

付跃东说：“他就是马良。”

几人向马良奔去。马良从两米的高处纵身跳下撒腿就跑。

祁铁平心怀怒火，不顾危险第一个冲到马良跟前将其扑倒。马良掏枪被祁铁平打掉，没想到他又亮出匕首来，将祁铁平捅伤挣脱束缚跑了。

杨桂林忙将祁铁平送到医院救治，孟鹏飞继续追捕马良。

六

抓捕马良至半夜未果，孟鹏飞打电话把情况汇报给了杨桂林。杨桂林说你们都回队休息吧，明天再摸排线索。孟鹏飞问祁铁平伤势怎样？杨桂林说算是幸运，他只是被刺穿腹部，伤及盲肠表层，算是轻伤。孟鹏飞听了杨桂林的话，心里的担心得以释然。

孟鹏飞回到巡警大队，负责审讯的巡警正要把小五等人送到收审站去。孟鹏飞问小五马良有可能跑到哪儿去？小五说了几个地方。孟鹏飞说都去过没有。小五说那我就不知道了。孟鹏飞严厉地说，你都被收审了，不争取好点态度早点出去呀？小五寻思了下说马良有可能跑到他姑家，横道镇胜利村……

孟鹏飞和付跃东觉也没睡，骑着挎斗摩托车去了八十公里外的横道镇胜利村。

到了胜利村村口，挎斗摩托车的引擎声引来几声狗吠。孟鹏飞熄了引擎，两人静坐着过了几分钟，村子又恢复了沉寂。

付跃东说："就咱俩，能把人带回去吗？听小五说他姑是算命的，在这个村是一呼百应。"

孟鹏飞说："马良的姑家是村西边一个带院子的房子，咱俩待这家人早起开门，速战速决抓了马良就走，他姑反应过来叫人也不赶趟。”

“好嘞。”付跃东竖起了大拇指。

村西边带院的房子有几户，在一个写有对联的大门跟前，孟鹏飞借着拂晓的光亮轻声念着：“批阴阳断五行，看掌中日月；测风水勘六合，拿袖中乾坤。济世神仙。”看了这副对联，孟鹏飞对付跃东说，“就是这家。”

这时院内响起狗的低吼声，两人赶紧闭上嘴，离开门口。

两人围着这户人家转了一圈，见房子后侧和左右的窗户都有铁栅栏，唯一的出口就是前面的两扇铁门。通过铁门的缝隙发现院内停有一辆铃木125摩托车，揣测是马良骑来的。

两人蹲在不远处的苞米地里，盯着那两扇铁门。

付跃东从兜里掏出盒中华烟抽出两支递给孟鹏飞一支。孟鹏飞平时不抽烟，不过困倦使他没有拒绝递上来的烟，他接过烟说：“哪儿来的中华？”

付跃东给孟鹏飞点着火说：“半夜回队里时，看桌子上有，就揣兜里了。肯定是抓了马良一伙，队里人搜身搜出来的。”

孟鹏飞想起马良砸付跃东家台球案子的事，他说：“抓住马良，让他包赔你家台球案子钱。”

付跃东眼睛亮了起来：“那敢情好，那台球案子被砸后就不能用了，他损坏公私财物应当包赔。”

孟鹏飞说：“不是损坏公私财物的事了，这是寻衅滋事。把马良的事拢一拢，劳动教养都是轻的，弄不好得判他刑……”

随着公鸡“喔喔喔”的报晓声，天已大亮。村子里有几户人家已升起了炊烟。

疑似马良姑家的铁门从里面传出开门的动静，接着大门洞开，一个满头白发，佝偻着腰的中年男子拎着尿桶走出来，身后跟着一只双耳直立的狼狗。狼狗冲孟鹏飞和付跃东的方向吠了两声，好在男子没往狼狗吠的方向瞧，他在门口道边倒了尿桶，就和狼狗折回了院里，把大门关上了。

“倒尿桶的应是马良的姑父。”付跃东露着胆怯说，“这狗是个问题。”

通过办案的磨砺，特别是上次开枪击伤嫌疑人谭刚，孟鹏飞已没有了以往的那种恐惧，他冷峻地掏出手枪拉动枪栓说：“不行就把狗干掉。”

两人正起身想往大门前靠近时，大门又开了，马良出来了，手里拿着卫生纸钻进对面苞米地蹲下大便，那只狼狗像是警卫似的跟着。

正是好时机，孟鹏飞说：“上，我对付狗，你把马良扑倒。”

两人忽地从苞米地蹿出，狼狗狂吠着向两人扑来。

孟鹏飞手中的枪响起“砰砰……”连续四声震耳的枪响，狼狗倒地而亡。

扑倒马良的付跃东，拿手铐只铐上马良一只手，便被马良挣脱。付跃东再次扑倒马良。孟鹏飞上前，拿枪顶着马良脑袋喝令：“再不老实，我就让你跟那只狗一样的下场。”

趁马良愣神的工夫，付跃东把马良的双手铐到身后，两人拖着马良往挎斗摩托车的方向奔。

这时，马良的姑姑和姑父奔出院门，其姑姑一副尖嘴猴腮的模样，头戴圆帽，身着大褂，一看就是乡间装神弄鬼骗人的角色；其姑父手里拎着把铁锹。

姑姑看到狼狗被打死，大哭着说：“我的哮天犬啊。”她神道道地和丈夫边追着前面的人边咒骂着，“你们把二郎神的哮天犬开枪打死，将来你们也得死在枪口下。”

孟鹏飞听到咒骂，不知怎么脊背顿感一阵透骨的凉意。他愤怒地转身，对着后边追赶的两人的脚下就是两枪。子弹打在地上的泥土迸溅在马良姑姑和姑父的身上，两人吓得连忙后退。

七

马良被抓回巡警大队，杨桂林身上的传呼和办公桌上的电话，接连不断地响起，他接了几个电话和回了几个传呼，无一例外地都是给马良讲情的。巡警大队小院里也站满了给马良讲情的人。

杨桂林对孟鹏飞说，讲情的人太多，我得避开。他临出门又吩咐说对马良的审讯，一定要审透，还要不出现什么问题。孟鹏飞说您放心吧杨大队，我一定拿下他的口供，肯定不会出现问题的。在巡警大队的小院，他对围拢过来给马良讲情的人敷衍说，我到前楼开个会，待会儿回来。

孟鹏飞给分局门卫打电话说，一律不得再放生人进来。他吩咐付跃东把屋内和院里的人请出去，再把小院的门锁上。

付跃东刚把屋里的人请到外边，祥伦派出所裘所长挤了进来。

付跃东对马良和小五砸了自己家的台球案子，而裘所长没有秉公处理一事耿耿于怀，他叫住裘所长，犹如不认识般地说：“你挤进来干什么？找谁?”

裘所长认出了付跃东，他此时面带微笑：“是小付啊，刚才没认出来。我找你们杨大队。”

付跃东说：“杨大队没在。”

裘所长指着杨桂林办公室虚掩的门说："那我进去等他一会儿。"

付跃东冷若冰霜地说："不行，出去。"

裘所长以为付跃东不会把他怎么样，他没理会付跃东，径直往杨桂林办公室走。付跃东心生怒意，近前撕扯着把他推到房门外。

裘所长没料到付跃东竟这样对他，居然口出不逊地说："你们都是合同制警察，一群临时工竟敢对我正科级干部这样。"

审讯马良的孟鹏飞听了裘所长的话，不由得想到蒋斌居高临下整自己时的表情，就对旁边的熊大为和陈连宇说，帮付跃东把人都清出去。两人出屋，二话不说跟付跃东把裘所长推出院门外，其他人看巡警连老警察面子都不给，也都听话地跟着退了出来。付跃东用把大锁头把院门锁上了。

马良知道落在巡警手里没有好果子吃，不过他被铐在椅子上仍旧摆出社会大哥的派头说："咱们是一回生二回熟，我求你们放过我等于难为你们。我不求你们放过我，给我拘留个十天八天的没问题。日后咱们可以做个朋友，我马良是个什么样的人，你们可以打听下，我为人处世绝对仗义……"

孟鹏飞冷笑着说："你想美事呢？你还以为你在别的办案单位，花点钱前门进去后门出去，或者对你从轻处罚。现在，我可以明确地告诉你，今天抓你来，是新账、老账一起算，从今往后你会在社会上消失几年；几年的牢狱生活，会给你一个该有的记性。"

孟鹏飞的话，竟让马良脸上流露出不屑的表情，像是小寐般闭上了眼睛。

孟鹏飞说你睁开眼睛，咱们唠唠。马良睁开了眼睛说有啥可唠的，我啥事也没干。孟鹏飞把办公桌上的卷宗拿起在马良跟前晃了下说，你不说，并不意味着别人不说，你觉得你能逃脱干系吗……

对马良的审讯，一个白天的时间过去了，他只交代了一些小事，连用匕首捅伤祁铁平的事都不承认。

太阳西斜，孟鹏飞几个人不禁有些焦躁。

熊大为拍打着马良的面颊说：“别心存幻想，痛快地交代。”

“你别打我。”马良威胁说，“你若对我这样的话，你离挨揍的日子就不远了。”

面对马良的挑衅，熊大为被气诈了，就要动粗。孟朋飞拦下了熊大为。

孟朋飞对马良冷笑了一下，说：“你不要嚣张，我相信你最终会交代的。但主动交代和被动坦白结果是不一样的。你不说，不等于你的那些兄弟不说，到那时，你要多被动有多被动，你可要想好了。”

经过连续10个小时的审讯，马良最终坚持不住了，对孟朋飞说：“你们赢了，我说，我全说。”

孟朋飞说：“这就对了，顽抗是不会有好结果的。”

第十五章　和好如初

一

杨桂林带人对马良团伙的违法犯罪进行了深挖，破获二十余起案件。案件涉及殴打他人、强奸、抢劫、倒卖毒品、非法持有枪支。与此同时，新闻媒体对案件也进行了全方位的报道，将马良等人称为流氓犯罪团伙。通过新闻媒体的报道，爱民分局巡警大队报纸上有名，收音机里有声，电视上有影，名噪一时。

祁铁平因伤住院原跟几个人一间病房，自电视台采访后，医院关照给他安排单独病房。孟鹏飞来看祁铁平。祁铁平说再待两天就出院了，你就不用老来陪我了。孟鹏飞扬了扬手里装有熟食的塑料袋说，今天我给你带来好吃的了。

孟鹏飞把熟食摆在方桌上，两人边吃边聊了起来。

祁铁平啃口猪手说："把马良他们这伙人抓进去，真解气。"

孟鹏飞说："那是，马良在社会上混这么久，什么事都能摆平，这回遇到杨大队长，彻底栽了。"

"咱们调查期间，马良找杨大队走过后门吗？"

“他通过蒋斌找过杨大队。”

马良团伙被打掉，源于祁铁平的姐夫挨欺负，祁铁平想知道杨桂林是怎么拒绝蒋斌的，他问：“蒋斌怎么替马良说的情？杨大队当场就拒绝蒋斌了吗？”

“咱们调查马良期间，那天下午我在单位，从杨大队办公室虚掩的门看到蒋斌找杨大队说，听说你们查马良呢？杨大队说是。蒋斌说因为啥？杨大队说马良有点作死，他连我们巡警大队的兄弟都敢欺负。蒋斌说这没多大事，我日后让马良注意点就是了。蒋斌当场给杨大队拿了一万元钱。杨大队说啥没要，杨大队说我可以给你蒋局长面子从轻处理他，你让他来把事情谈清楚。结果马良过后也没来，咱们就把他给抓了。”

对于每月仅有一百元钱工资的祁铁平来说，一万元钱是笔巨款，他感喟地说：“杨大队这人真高尚，为了给弟兄们出气，到手的那么多钱都不要，还得罪了身为副局长的蒋斌。”

杨桂林是孟鹏飞敬仰的人，他说：“杨大队这人正直大半生，若不是太过耿直，不会快退休了还没熬上副局长。他为了这帮兄弟工资的事，不仅找分局领导，还每月想办法凑钱给你们补助。”

祁铁平差点因犯错被蒋斌开除，他颇有同感地说：“同是在巡警大队工作过的领导，杨大队跟蒋斌的人品真是一个天上一个地下，蒋斌为了搂钱，他可不管这帮人死活！他在巡警大队干半年多没少划拉钱。”

“蒋斌那还叫人啊！他做什么事都是无利不起早。”孟鹏飞说，“他现在开的爆棚歌厅，有很多小姐。他认识的人也都是垃圾，帮他开歌厅的夏林成，还有咱们抓起来的马良等人，他们都勾搭连环，称兄道弟的……”

孟鹏飞离开祁铁平的病房，已是晚间八点。他下了两层楼，看到楼梯口写有“三楼内科”的标牌和二十米开外挂有门牌的“处置室”，他心里怦然一动，又变得有些酸楚，他心里不由得说：那不是崔颖工作的地方吗？不知她在没在？他又自问：在不在跟自己有什么关系呢？

虽然孟鹏飞自问着自己和否定着自己和崔颖的关系，可双脚却情不自禁地向处置室迈去。

走到处置室门口，孟鹏飞没有勇气推门而进。踟蹰片刻，他的耳际又响起崔颖冷淡的话语：“往后也不要再提咱俩的关系，我和你已没有任何关系。我表叔不走正道，听说你搜查了他的家，还要把他押起来。我有这样的表叔，我高攀不上你。”

孟鹏飞怅然若失，欲转身离去时，身后却响起开门声。他知道处置室有人出来了，他想该不是崔颖吧？

“是鹏飞吗？”身后传来让孟鹏飞倍觉意外和亲切的声音，他回过身来。

崔颖站立在门口，眉目传情，面带微笑。

崔颖的神态，让孟鹏飞大喜过望。

崔颖把门推开说：“进来吧。”

孟鹏飞默然地走进了处置室。崔颖让他坐在椅子上，他没坐。

崔颖歪下头，调皮地问：“你还生我气吗？”

孟鹏飞内心的思念顷刻爆发，他说了句：“你说呢？”然后就把崔颖拥在怀里……

二

崔颖对孟鹏飞情感的转变，源于夏林成自在爆棚歌厅工作后，将性病传给妻子方淑芬，在崔父对夏林成这个表弟批评开导后，夏林成竟说方淑芬在亲戚面前败坏他名誉，把她打伤。夏林成显露出来的卑劣人品，让崔父很是失望，崔颖更是对其厌恶，由此她对孟鹏飞当初的误解，萌生愧意。

孟鹏飞和崔颖的感情升温很快，半个月后两家家长见了面，订下两人1994年元旦结婚。

十一这天，热恋中的两人奔向了麻花沟打靶场。本想满足崔颖打枪愿望的孟鹏飞，在打靶场外就听见打靶场有枪声。孟鹏飞断定，适逢国庆假期，不会有哪个单位来组织人打靶，一定是个人行为。

孟鹏飞把挎斗摩托车开上了半山腰的打靶场，他见一辆212吉普车旁一个壮实的男子正拿着一把"五四"式手枪瞄准十米开外摆着的一溜各样瓶子射击。

孟鹏飞和崔颖下了挎斗摩托车，孟鹏飞习惯性地瞟了眼吉普车车号和打枪的男子，对崔颖说咱俩先逛逛五花山，待会儿再过来。崔颖说好啊，便手挽着孟鹏飞向山上走去。

两人沿着林中的小路向山中走去，正是秋色璀璨的时节，山上满眼金黄，遍野染红。

崔颖看着眼前的斑斓色彩，不由得说真美，要是拿个照相机就好了。孟鹏飞说你喜欢这景色，那这几天咱俩把结婚照拍了，让摄影师把咱俩融入这秋色中。崔颖欢愉地摘片树叶，透过薄薄的树叶仰望着阳光说好啊。

孟鹏飞看着崔颖光洁如玉的脸庞，红若樱桃的小嘴，不由得涌起想吻她的冲动。他嬉戏地指着天空说：“快看，那只鸟真漂亮。”

崔颖扔掉树叶，忙转头去看，她右找没找到，左找扭过头时嘴巴贴在了孟鹏飞等在那里的嘴巴上。两人热吻起来。

两人缠绵了良久，待打靶场的枪声消失。孟鹏飞说走，咱俩打靶去。

两人进了打靶场，孟鹏飞见打靶男子弯下腰将弹壳捡进手中的塑料袋，上了212吉普车离去。

孟鹏飞心里犯疑：没有人打完靶会捡弹壳，他为什么要捡？难道是怕人发现什么？他脑海中想起抢劫庞学智枪支的嫌疑人特征，圆脸，身材魁梧，年龄在二十五至四十岁间，身高一米七至一米八之间。而打枪的男子就是这个特征。他心里一动。

崔颖推了下孟鹏飞：“想啥呢？”

孟鹏飞回过神来：“没想什么，得找个东西当靶子，看看你打靶的准头。”

崔颖嘻笑着说：“我打靶肯定准。”

孟鹏飞捡起一个破盆，立在山脚下说：“那就用这个当靶子吧。”

孟鹏飞掏出手枪，教崔颖打枪。崔颖在十米开外打了五枪，再近前看靶子，破盆上有五个弹眼。崔颖说怎么样？我说我打枪准吧。孟鹏飞收回手枪顺应着说比我打的准。

崔颖想起孟鹏飞得过恐惧症：“去年你得了恐惧症，你是怎么好的？”

孟鹏飞说：“工作上遇到了害怕的情形，在感情上又没人安慰。本以为这辈子算毁了，不承想工作中的磨砺，让我坚强了起来。”

孟鹏飞的话带有对崔颖的责备，崔颖嗔怪地说：“你这个没良心的，大清早跑到我单位，我是不是找专家给你看过。”

“你是给我找专家看了，不过看过后，你就跟我渐渐疏远了。”

“谁让你嘴上老说起我表叔。”提到夏林成，崔颖刨根问底地问，“你为什么对我表叔那么反感，而且说日后会抓他？”

孟鹏飞始终怀疑夏林成是杀害他父亲和“7·5”案的嫌疑人，不过他的这种怀疑是不可能说给崔颖的，他沉吟下说：“通过他跟蒋斌在巡警大队沆瀣一气地对卖淫嫖娼和赌博等违法人员的勒索，我看这人就不地道。由此我才对你说那些话，其实我说日后抓他，那只是随口说的气话。”

“你说的可不是气话，你的确把我表叔给抓了。”

崔颖的话让孟鹏飞想起以夏林成在家赌博为由搜查他家，以期能搜出庞学智被抢的那把枪，结果枪没搜出来，还因没有搜查证搜查夏林成家而挨了警告处分，并从铁北派出所调回巡警大队工作。他苦笑了下说：“那只是偶然，那天我值班，举报人说夏林成不但赌博还持有毒品，我就这么搜查的他家。”

“我表叔过后给我打了电话，说你神经病似的抓他赌博搜查他家。”崔颖仍不解地问，“正因为你抓他赌博和搜查他家，你才挨了处分从派出所调回巡警大队，你图啥呀？”

“也是，图啥呀？”孟鹏飞难以说出真实的答案，他抬头望着明晃晃的阳光，微闭着眼睛自问着。

“日后你不能再任性而为了，我们不仅要为自己着想，更应为我们共同的家着想。”崔颖爱抚地摸着孟鹏飞的下巴说。

孟鹏飞的内心虽被柔情所笼罩，但内心的信念使他昂扬地说：“我要为我的荣耀而想，我期望能把杀害我父亲和抢走我同事枪支的案件破获，铲除这个城市的重大隐患。”

崔颖望着即将成为自己丈夫的孟鹏飞，她看到孟鹏飞的神情由以往的懵懂与怯懦，已变为睿智与刚毅。

三

付跃东上班冒着小雨走到单位，发觉脚底湿漉漉的，他脱下鞋一看，原来是皮鞋鞋掌断开。脚上的皮鞋已穿了两年破得不成样子，没法修复。他寻思只能买双新鞋了。

付跃东问孟鹏飞上午没事吧？孟鹏飞说没事。他说把车钥匙给我，我到街上买双鞋去。孟鹏飞把车钥匙给了他。

付跃东喜欢骑挎斗摩托车，那种风驰电掣的感觉让他很惬意。他唯一的缺憾是腰间缺把“五四”式手枪。他觉得孟鹏飞很风光，当了中队长腰间有枪，还把持着挎斗摩托车。他心想：我要是能当上中队长该有多好！随即他心里更正着自己的想法，有枪有摩托车倒是次要的，主要是每月能正常开上四五百元钱的工资，维持日常生活，省得妻子整日为生活所累。

若是换作别人，到附近百货商店买双鞋也就完了，可付跃东却骑行半个小时到东三条路东安市场去买批发的鞋，他跑远道是因为兜里只有五十元钱。

付跃东在东安市场，买了双标价四十二元讲价到四十元的运动鞋，还花七元钱买了一件处理衬衫。

回到单位，孟鹏飞说刚才接到一个举报电话，说有人聚众赌博，咱们抓赌去。祁铁平从抽屉里拿出两把手铐递给付跃东一把。三人出门，上了队里的212吉普车。

赌博的窝点是一家贸易公司，从窗帘的缝隙看里面有四个男子打扑克，每人跟前都有一沓百元钞票，一看就是大赌。轻推门发现里面暗锁锁着。

穿便装的付跃东以收水费为名敲开了门。孟鹏飞进屋喝令四人把所有的东西都掏出来放在桌上。四人表面上倒也听话，把钱夹、香烟打火机等掏了出来，放在了桌上的扑克和赌资中。

孟鹏飞站立在门口。祁铁平拿手铐把两个赌博的人各铐一只手。可就在付跃东拿手铐要铐人时，一秃顶男子猛然间用力推了付跃东一下，而后跳窗逃走了。付跃东随之追了出去。

秃顶速度可以，付跃东追的也不逊色，两人相距二十米左右距离既没拉开也没缩短。百米之外是江堤，江堤上行人稀少。秃顶跑上了江堤，扭下头对付跃东吼着别追了，我给你钱。说罢，从后裤兜里掏出对折的一沓钱扔在地上。

付跃东捡起对方扔的钱，脚步慢了些，一个念头在脑海中闪现：把钱自己揣着不追了，就说没追上，也不会有人说什么。可随即他又告诫自己：你付跃东别没救啊，你曾私分赌资差点儿被开除！他拍了下额头，明智地定下心来，追，一定把对方追上，他或许是个逃犯。

付跃东加快了脚步，他感觉到气喘吁吁。秃顶步态踉跄地又从另一个后裤兜掏出对折的一沓钱扔在了地上说别追了，我身上的钱都给你了。

付跃东弯腰捡起第二沓钱再脚底加速时，心脏似乎就要跳出来了。他见脚边有一块木板，捡起来奋力扔向了秃顶。木板砸在了秃顶的背上，秃顶趴了下来。

就在秃顶缓慢地爬起来时，付跃东近前将他扑倒，用手铐铐住了他的双手。

押着秃顶往回走时，付跃东发现右脚新买的运动鞋鞋面不知怎么刮个大口子，他抬手照着秃顶的头就是一巴掌说："你跑啥？为了追你，我新买的运动鞋刮个口子。"

秃顶鸡叨米似的说："我赔，我赔。"

秃顶的身份验证了付跃东的怀疑，秃顶的身份证显示其是吉林省公主岭市人。当付跃东将电话打到公主岭市公安机关，说出秃顶身份证上的姓名时，对方说他是特大盗窃案的逃犯。

抓赌博没想到还协助外地警方破获一起特大盗窃案，杨桂林拍着付跃东的肩膀说："好样的，给你报个嘉奖。"

付跃东说："谢谢杨大队。"他接着说，"能发一把枪就更好了。"

杨桂林一高兴说："好，我跟分局领导请示下。"

付跃东喜出望外，他给杨桂林打了个敬礼说："谢谢杨大队！"

把秃顶送到看守所羁押，提审民警让秃顶脱下皮鞋将其押进监室。

提审民警返回，付跃东指着地上秃顶脱下的皮鞋说："这鞋你们给嫌疑人留着吗？"

"仓库鞋有的是，谁放了，随便找一双穿就行。"提审民警说，"你喜欢你就穿着吧。"

付跃东脱掉刮个口子的运动鞋，换上秃顶的皮鞋，跺跺脚说："不错，大小合适，还是名牌老人头的。"

孟鹏飞调侃付跃东：“还是头一次穿老人头吧?”

付跃东嘻嘻笑着说：“真是头一次，活这么大没穿过上百元钱的鞋。”

四

杨桂林从治安科领回两把“五四”式手枪，他把孟鹏飞中队的人叫到了办公室。

杨桂林把手中的档案袋放在办公桌上，他坐在椅子上也让三人坐下，面带严峻地说：“现在刑事案件高发，咱们丹江市内加上辖区六个市县二百八十万人口，今年大半年的时间，发生杀人案件九十三起，这还不包括三道关村系列抢劫杀人案；至于抢劫案件、强奸案件、盗窃案件更是屡见不鲜。自巡警大队成立以来，你们中队特别是近期，工作成绩是有目共睹的，破获谭刚杀人案，打掉了马良流氓犯罪团伙等；这些成绩的取得分局领导很欣慰。几天前，付跃东协助外地警方破获特大盗窃案，我说给他嘉奖，他说发把枪更好。”

付跃东有些不好意思地说：“杨大队，那是我说着玩的。”

“其实我了解你们的心思，你也别不好意思。当外勤警察没枪，确实缺少点什么。”杨桂林说着打开档案袋，把两把“五四”式手枪和一张稿纸放在办公桌上。

付跃东和祁铁平看着黝黑的手枪，眼睛睁得大大的。

付跃东不敢相信地问：“杨大队，这两把枪是配发给我俩的?”

“对，稿纸上有你俩的名字和所佩枪支的枪号。枪套你俩自己解决。”

付跃东和祁铁平同声说："谢谢杨大队。"两人各自拿起枪揣在衣兜里。

杨桂林从办公桌抽屉里拿出一盒"五四"式手枪子弹说："你们到麻花沟打靶场练练枪。"

孟鹏飞把子弹拿在手里。

杨桂林说了些使用枪支注意事项后，对三人说："我给你们三人都配发了枪支，我的打算是让你们摸排案件线索搞刑事案件。咱们巡警大队虽然主要工作是巡逻，但刑事案件也得搞，否则难以出成绩；再则，不搞刑事案件，你们也学不到刑事侦查的技能。我把你们定位为巡警大队中的刑警中队，希望你们能多破大案。"

付跃东挺直腰板说："杨大队您放心，您指向哪儿，我们就打向哪儿。"

祁铁平右手隔着裤兜摸着枪附和说："杨大队，跟着您我们上刀山下火海都不在话下。"

杨桂林笑笑说："谈不上上刀山下火海，只要把工作干好就行。"他说，"你俩先回办公室，我和小孟谈下工作。"

付跃东和祁铁平推门出去了。

杨桂林对孟鹏飞说："你们三人中，你从警的时间长，还有些刑侦工作经验，在为人上和工作上要做好表率。"

"杨大队，您放心，我一定做好表率！"孟鹏飞说，"杨大队，刚才您提到去麻花沟打靶场练枪，让我想起一件事……"他把和崔颖在麻花沟打靶场见到的捡弹壳的打靶人说了。

杨桂林思忖着说："这人的确有些可疑，容貌特征也符合'7·5'案嫌疑人的特征。你们可以查查这个打靶人，先从他开的吉普车车牌号查起……"

对于孟鹏飞来讲，心中对杀害父亲匡国章和“7·5”案嫌疑人的认定，更趋向于夏林成，可他对其他有可疑倾向的人也不能不查。他没想到，对那个在麻花沟打靶场偶遇的打靶人的调查，使他失去了一个战友。

经调查，那辆出现在麻花沟打靶场的 212 吉普车是工商银行的公车。在工商银行，他们在人事部门查到了那个打靶人，是工商银行办公室副主任兼保卫干事卢学成；卢学成是部队营级干部转业，特种兵出身。为了慎重起见，他们没有跟卢学成直接接触。

出了工商银行，三人坐在挎斗摩托车上，付跃东说：“没戏了，人家是保卫干事，能接触到枪支，拿枪去打个靶也属正常。”

孟鹏飞说：“你说得也对，的确拿单位的枪打个靶也属正常，但他为什么打靶后要捡弹壳呢?”

祁铁平揣度着说：“那是不是工商银行规定不准把枪支拿出来？他捡了弹壳便没有了他打靶的证据。”

孟鹏飞说：“这个说法难以成立，谁会捡了他的枪打出的弹壳，再到公安局呈请检验，而后指证他违规把单位的枪拿出来打靶?”

两人看着孟鹏飞，祁铁平问：“那你说他为什么捡弹壳?”

“有可能是他打靶的枪不是好道来的，是抢的公安干警的枪。”孟鹏飞说，“我们下一步的工作就是跟踪调查。”

五

孟鹏飞调查卢学成有了意外发现。

早晨八点三人开着吉普车，就跟着骑南方 125 摩托车的卢学成到了单位，而后在工商银行门口守候。

上午九点，卢学成骑着南方125摩托车从工商银行出来，他身上背个包。他骑行三十公里到海林市路边的一个金铺逗留十多分钟，而后骑着摩托车返回丹江。

孟鹏飞领人随即到了那个路边的金铺。面对警察的盘问，金铺的人承认卢学成是到这儿来卖金饰品的，并把卢学成卖出的两个金手镯拿了出来。当问及是否有发票时，金铺的人说卖金子的人说他是在金矿买的，没有发票；他只是卖得便宜些，我才收下了。

孟鹏飞通过电话请示杨桂林。杨桂林说卢学成卖的金饰品肯定有问题，否则的话，他不可能舍近求远到海林市去卖；即使他说是在金矿买的，那也构成倒卖黄金罪，对他卖出的金饰品暂予扣押。在当地警方的协助下，孟鹏飞将两个金手镯扣押。

下午，孟鹏飞通过工商银行门卫把卢学成叫到门外。孟鹏飞拿着传唤证出示给卢学成看时，卢学成一脸茫然地问，你们找我什么事？孟鹏飞说至于找你什么事，我们回分局再说。卢学成只得上了吉普车。

卢学成的嘴很硬，对他的讯问很不顺利。他不承认十一开着单位的吉普车，拿“五四”式手枪在麻花沟打靶场打靶的事。他说我们单位管理车辆很严，我平时难以接触到单位的车，十一假日期间更是不可能公车私用。我虽然在单位能接触到枪支，可手枪是值班或押款后就交回的，平时不能外出佩戴的。

“如此的话，那我遇到鬼了？你知道我们是怎么查到你的吗？”孟鹏飞说，“正因为你开着单位的车在麻花沟打靶场打靶，我们才捋着车牌号查到了你。”

卢学成冷笑说：“你们怎么查到的我，我哪儿知道？反正我没开公车，也没拿枪打靶。”

杨桂林进了办公室，他见卢学成没交代问题，就冷峻地对孟鹏飞说：“你们是不是对他太仁慈了，给他把手铐铐上，脚镣戴上。”

待卢学成被戴上了戒具，杨桂林指着卢学成说：“不坦白交代问题，你的公职难保，还得进看守所。若是态度好，我们可以给你机会。”

卢学成面沉似水地说：“你说我有问题，那得拿出证据来。”

“证据肯定有。”杨桂林说，“鹏飞你出来下。”

孟鹏飞到了杨桂林的办公室。孟鹏飞说卢学成不交代开车到麻花沟打靶的问题，我怀疑他的枪来路不明。杨桂林沉吟着说你说的情形我考虑过，若真是这样的话，他越不开口就越说明他有问题；不过话又说回来，我们也不能排除他打靶用枪有可能是单位的，因他私自拿枪打靶违规，他便过于谨慎地把弹壳捡了。孟鹏飞问枪的事他不谈，我们该怎么办？杨桂林说卢学成不交代枪的事，那就先问他黄金的事，以他倒卖黄金为把柄，今晚对卢学成家进行搜查。

当孟鹏飞拿出证据，问及卢学成在海林所卖黄金的来路时，卢学成不得不说是两年前在四百公里外的穆棱金矿低价买的。问他买谁的？他说不认识。

对卢学成家进行搜查，没有搜查出有涉嫌私藏的枪支和涉案的黄金。

搜查后返回分局已是晚间八点多。卢学成故作无奈地笑笑对孟鹏飞说：“我对你们说的都是实话，我就倒卖两个金手镯也构不成什么大事，我认罚。罚多少钱你们说个数，把我放了得了，我明天还得上班。”

孟鹏飞说：“还有枪的事呢?”

卢学成忽然变得爽快起来，他说：“我拿单位的值班枪出来打靶，顶多算我违纪，也不至于你们公安机关处理我吧?”

以目前掌握的情况，孟鹏飞只能信了卢学成的话，对他的处理，就如他所说的也就是处以治安罚款或拘留。他说：“我请示下领导。”

杨桂林对孟鹏飞说卢学成先不能放，明天搜查完他办公室再说。孟鹏飞回复卢学成说，领导回家了，放你的事明天再说。

六

早上杨桂林没到单位，直接到市公安局开会去了。孟鹏飞没再向杨桂林请示，他和队里两个同事，押着卢学成到工商银行去搜查。

卢学成近一宿的唉声叹气表现出的无辜和悔恨，使孟鹏飞在心里已排除了卢学成是罪犯的嫌疑，他认为对卢学成单位的搜查不会有什么收获。他压根儿没有想到，卢学成是善于伪装的，他表面上装作清白，说自己不知买了别人的黄金饰品卖出就违法；他实则是干着杀人越货勾当的亡命之徒，他所卖的黄金就是持枪杀人抢劫而来的，他持枪杀人所用的枪支也是抢警察的。孟鹏飞对卢学成的疏忽给他造成了终生的自责和懊悔。

八年前，卢学成从部队转业到地方，他买房结婚借了六万元钱。钱好借，可还起来却难了，他和当小学教师的妻子每月收入八百元，有了孩子除去每月花销就近乎攒不下钱，他整天踅摸着多挣钱。一次，他早上骑着自行车带着老婆和孩子被交警抓住扣车，他解释说老婆的自行车丢了，他送老婆上班送孩子上托儿所自己还要上班。可交警不讲情面，让两个小时交通高峰过后过来交罚款取车。他情绪激动地跟交警动起手来，结果被拘留十五天。就这样，他对扣车高姓交警产生憎恨。一天黑夜，他跟踪高姓交警用棍子将其头部打伤，他看见昏迷的高姓交警腰间的“五四”式手枪，便顺手牵羊抢下。有了枪，引发了他搞钱的犯罪欲望。两年前，他在省城东林市抢劫金店开枪打死一对夫妻，抢得十多万元的金饰品。而今，他自觉风平浪静就想出手金饰品，压根儿没料到却因拿抢来的枪到麻花沟打靶，被爱民分局巡警盯上了发现他卖金饰品。

卢学成的神情充满了沮丧，仅一夜间，他干净的面颊上就长出了一层密密的胡碴儿。他的身心处在一种极度的恐慌状态，这个从来没有进过公安机关的人，在他的双腿迈入公安机关大门的那一刻，他便觉得自己迈入了万劫不复的深渊，虽然巡警认同了他持有的黄金是倒卖，但他没有被从轻处理走出巡警大队大门。他期待翌日能放他，可巡警给他吃过早餐要拉他到单位搜查。他感到了末日的到来，只要巡警搜查自己的办公室，将自己所谓倒卖而实则抢劫而来的金饰品和手枪起出，那么自己所有的罪恶便会一览无余地暴露出来。

卢学成在巡警大队时就考虑如何脱逃，只是没有机会。此时，他准备利用巡警押解他到单位搜查时脱逃，他微闭着眼睛静静地想着脱逃的每一个环节，首先要说服巡警把自己的手铐打开，自己先打开办公桌的两边抽屉，趁侦查员们搜查时，再打开中间抽屉，而后拿出文件柜的钥匙，打开文件柜，取出文件柜里那把抢来的“五四”式手枪……

吉普车在工商银行的大门口停下，孟鹏飞问卢学成你的办公室在几楼？卢学成说我的办公室在三楼。在下车的时候，卢学成提出要求让孟鹏飞把自己的手铐打开。孟鹏飞琢磨卢学成也跑不了，就把他手上的铐子给打开了。

卢学成摸了摸被手铐铐痛的手腕处，随着孟鹏飞他们走进了工商银行的大门。

在三楼的楼梯口，孟鹏飞把卢学成的钥匙还给了他。

卢学成自己一间办公室，他打开办公室，将办公桌两边抽屉的暗锁打开，并把抽屉抽出放在了桌上，对孟鹏飞说：“查吧。”

祁铁平说：“把所有的抽屉都打开。”

孟鹏飞腰间的传呼机响了起来，他见是杨桂林打来的传呼，他拿起卢学成办公桌上的电话回电话说，喂，杨大队，我们已到了工商银行……杨桂林说一定要把卢学成盯紧，不要打开他的手铐……

杨桂林的话已经晚了，就在他和孟鹏飞通话的瞬间，已有两个巡警倒在血泊中。

卢学成把右手上的钥匙放在左手上，在裤腿上擦了擦右手掌心上的汗，而后右手又重新握着钥匙打开了中间的抽屉。他把中间的抽屉急切地抽出放在办公桌上，拿出抽屉里的一把钥匙，向靠墙的文件柜奔去。

祁铁平发现了卢学成举动的不正常，问：“你要干什么？”

卢学成把钥匙插入文件柜的锁眼上，头也不回地说：“我这还有个文件柜，我打开让你们看看。”

卢学成打开文件柜，祁铁平发现了文件柜里的手枪。

祁铁平猛地扑向了卢学成，但为时已晚，卢学成已把手枪握在手中，就在祁铁平从后边抱住他的同时，卢学成枪管冲后，照着祁铁平的腹部开了一枪，祁铁平顿时瘫倒在地。

付跃东站在卢学成的侧面，卢学成的动作，付跃东看得很清楚，当他条件反射地把枪从腰间掏出时，卢学成抬枪朝着付跃东又开火了，子弹击中了付跃东的左胸，付跃东仰身向后倒去。

两声清脆的枪响，使正在打电话的孟鹏飞大脑猛地出现了一片空白，他扔下电话侧过身时，见两位同事已倒在了地上，卢学成背对着他正端着枪。

发蒙的孟鹏飞没来得及掏枪，而是急切中操起跟前的一个打气管子，就在卢学成欲转身向他开枪时，孟鹏飞手中的气管子重重地落在了卢学成的头上……

第十六章　爆棚歌厅被查封

一

付跃东和祁铁平被送到第一医院急救。付跃东还没推进手术室，就没了呼吸。祁铁平经过手术，脱离了生命危险。

付跃东遗体告别仪式在丹江市殡仪馆举行，丹江市公安局局长李晨主持仪式和致悼词，一千余名民警送别付跃东最后一程。

付跃东的母亲听到儿子牺牲的噩耗，昏厥过去住进了医院，没能参加儿子的遗体告别仪式。付跃东的妻子艾芳挺着大肚子哭天抢地说你走了，我和肚子里的孩子该怎么办啊？遗体告别仪式后，她抱着付跃东的棺椁不让推走。几个亲属劝慰她才松开了手。

付跃东的牺牲和接后的几天忙碌，使孟鹏飞身体疲乏，内心痛苦，思维茫然！

身为巡警大队长的杨桂林，更是承受着犹如失去孩子般白发人送黑发人的悲伤，以及属下出现伤亡而萌生的沉重自责！本已戒了一年烟的他，近几日复吸，比以往抽得更凶。

中午从饭店里走出，孟鹏飞对陪同付跃东家人没吃饭的杨桂林说，杨大队，找个肃静地方唠会儿嗑。杨桂林说到我家附近，那里有个新开的狗肉馆还可以。

孟鹏飞将吉普车停在杨桂林家的小区内，他和杨桂林进了小区门口的君来狗肉馆，要了个雅间。

杨桂林点了四个菜说：“这一个多星期熬得够呛，后事可算处理完了。”

孟鹏飞看着杨桂林猩红的双眼，脑海中浮现出杨桂林几天来忙碌的身影和付跃东的音容笑貌，眼泪控制不住地涌了出来。

杨桂林点燃一支烟，看似平淡地说：“警察的活儿，就是迎险恶，除罪孽，保安宁。咱们这活儿难免有牺牲，有的人走了，活着的人，还得好好活下去，把牺牲的人未竟的事业干下去。”

“付跃东说，他没穿过百元以上的皮鞋，他穿的衬衣都是几元钱买的。”孟鹏飞拿餐巾纸擦了下眼泪，想起付跃东家的境况说，“他太年轻了，刚二十五岁，还没落实编制，从警两年来没能享有规范的待遇。他妻子没工作，孩子也快生了。他生前生存得多么艰难啊！他走了，他家日后该怎么办呀？”

杨桂林吃了口菜说：“付跃东家的情形，分局是了解的。昨天市局和分局，还有爱民区政府，开了个联席会议，研究付跃东善后需解决的问题。联席会议形成的共识是，区里给付跃东遗属解决住房，市局协调相关部门解决付跃东妻子的工作，并按照程序给付跃东申报烈士称号。”

孟鹏飞问：“能给付跃东妻子解决什么工作？”

“接丈夫的班，当警察。”

孟鹏飞感喟地说：“付跃东若地下有知可以瞑目了。”

“付跃东善后的事处理完了，分局该把你的事议议了。”

孟鹏飞不解：“议我的事？”他随即又明了地说，“我甘愿接受组织任何处分，我若不疏忽大意，付跃东也不会……”

杨桂林打断孟鹏飞的话说：“不是议给你处分的事。鹏飞，我刚才说过，咱们这活儿难免有牺牲，有的人走了，活着的人，还得好好活下去，把牺牲的人未竟的事业干下去。有些事我们是难以把控的，我们可以在过错中吸取教训，没必要给自己增添过多的负担。”

“那议我什么事?”

“给你奖励，不只给你，还有祁铁平。”杨桂林说，“你们中队破获了袭警抢劫枪支和特大杀死两人的金店抢劫案，应当给予重奖。办公室的人写事迹材料，会找你了解情况的。”

“付跃东为搞这起案件牺牲了。”孟鹏飞说，“我不要奖励，我觉得于心有愧。”

“你老放不下内心的负担。”杨桂林说，“若说内心的负担，我比你要重得多。这两年我感悟到，一个人若卸不下内心的负担，既于事无补，又对自己的身心不利，也难以把精力投入到新的工作中去。”

不常吸烟的孟鹏飞，点燃一支烟说：“我真的不要奖励。要是授奖，我觉得是付跃东的牺牲，换得了我的荣誉。”

杨桂林有些生气，不过他对义气十足的孟鹏飞有了更多的赏识。

杨桂林说：“授奖的事不是说你想要不想要的事，也就是说，不是你个人的事。中了一枪躺在医院的祁铁平要有说道，付跃东的烈士称号得申请下来。那个叫卢学成的嫌疑人，更要受到法律的严惩……”

孟鹏飞茅塞顿开：“杨大队，我听您的……”

二

祁铁平再次负伤，肖青跟他断绝了关系。

祁铁平被马良捅伤的时候，肖青到了医院见到他的刀伤，顿时花容失色，双眼垂泪。他住院期间，肖青忙前忙后地照料，还时常带来营养的饭菜。他见到她温情地围绕在自己身边，他觉得是这个世界上最幸福的人！

而这次祁铁平负了枪伤，肖青倒是也来医院看了他。不过仅来了一次，且表情沉重，眼神中更有一种难以言说的恐惧。她恍恍惚惚地陪祁铁平唠了会儿嗑，就说学校有事得回学校了。走时深叹一口气，很决然的样子。

肖青接连几日不来，祁铁平给她打传呼，她没回。祁铁平感到不妙，他不解，肖青为何忽地对自己冷落了呢？

祁母每天都到医院，她见儿子闷闷不乐的样子，就揣测是肖青不着面的原因。她问儿子：“肖青没来，难道她嫌你没落实编制工资开得少，想要离开你？”她叹口气接着说，“也不怪肖青，谁让咱家条件不好呢？我和你父亲都在电冰箱厂下岗，你父亲打更，我打扫卫生，一个月也挣不了多少钱……”

祁铁平说：“妈，那照您这么说，我只能打光棍了？”

“我倒不是说你打光棍。”祁母说，“肖青太漂亮了，职业又好，肯定有比你条件好的人追求她。”

“所以说，您认为她嫌贫爱富。”祁铁平说：“这种事或许会发生在别人身上，不会发生在肖青的身上，她不是那种功利的人。”

祁铁平认定肖青不是功利的人，是两人相处而得到的答案。

就在两人相处不久，肖青曾问祁铁平，我送你的那本《千江有水千江月》，你看了吗？祁铁平说看了一半，这部小说是写爱情的。肖青说这部小说是写贞观和大信之间古典含蓄，深刻而又遗憾的爱情；宁静悠远，朴实自然。小说中的爱情没有功利和市侩，有的只是单纯的情。一进入故事的世界，便觉得这个大家庭真好，一大家子能坐在一起看日出日落，一辈子虽然每日重复着看似单调的生活，但是家庭的和睦与融洽闪烁着平凡生活的感动……当初看着肖青动情地说着小说的读后感，祁铁平内心对她有一种融入敬意的欢喜，这样纯净的女孩不就是自己梦寐以求的吗？

正如祁铁平所认定的，肖青真的不是功利的人，可她是个祈求平稳生活的人。一个星期后，祁铁平接到了肖青通过汉显传呼机给他的留言：

> 铁平，原谅我，咱俩就此了结吧。其实跟你相处近半年来，是我人生中最美好的时光。我也想跟你组成家庭，携手到老。可现实是残酷的，你是警察，你头一次负伤，我不会考虑太多。可你这次负的是枪伤，我真的吓破了胆，我不想日后跟着你提心吊胆地过日子。对不起，忘了我吧！

肖青的留言对祁铁平着实是个打击，本应手术后卧床静养的他，时不时地起身到走廊磁卡电话前给肖青打传呼。他打过传呼便守在电话旁，一等就是半个多小时，直到伤口隐约作痛，他才扶着墙回到病房。即使在病房，他的耳朵也支棱着听着走廊的电话铃声，可每次电话铃声响起，没有一次有人问谁打传呼了。

祁铁平无奈地断定，肖青是不给他机会了。那么怎样来挽回肖青的感情呢？难道不干警察辞职吗？可他把这个问题提出自问时，心中又断然否定说：自己所中意的不就是这身警服吗？再则，当警察可以除暴安良，匡扶正义，自己的姐夫被马良等人欺负，不正是通过自己将马良等人绳之以法的吗？况且，自己仅是高中毕业，不干警察再难找到好的工作，岂不是自毁前程？

祁铁平痛苦失落之时，他耳边响起肖青朗诵的题目为《过去的不要再想》一首诗：既然过去，又何必再想，既然镜中留不住形象，那失去了又何必悲伤；是爱而不能长久，那又何必如此担忧，既然枝头不能长留花香，那又何必为失去而惆怅。

肖青曾朗诵的诗歌，宛如在冥冥之中就是送给他的。

三

离1994年元旦越发近了，孟鹏飞和崔颖在婚前的半个月，去爱民区民政局领取了结婚证。

从民政局出来坐上吉普车，孟鹏飞没有即刻打火，而是愣神地在想着什么。崔颖问你想什么呢？孟鹏飞说我想起了我父亲，我有了媳妇，得告诉他一声。崔颖说那我俩现在就去殡仪馆。

在市殡仪馆怀念堂，孟鹏飞把父亲的骨灰盒摆放在祭祀台上，崔颖将骨灰盒上的浮尘擦去，细擦了下那张只有一寸的黑白照片。

孟鹏飞将三炷香插在香炉上点燃，悲喜交集地说：“爸爸，我来看您来了。我今天还领来了您的儿媳崔颖，我俩准备明年元旦结婚。”他侧脸看了眼崔颖，又对父亲说，“您的儿媳是个护士，性格开朗，漂亮贤淑。我俩结婚后，她定会和我孝敬双方长辈，把家庭建设得幸福美满。”

崔颖说：“爸爸，我是您的儿媳。今天我是头一次见您，听鹏飞说您生前吸烟，那我就给您敬一支烟吧。”她说着从衣兜里掏出一盒中华烟和打火机，点燃一支烟放在骨灰盒前。

孟鹏飞的神情变得凝重，他凝视着父亲的照片说：“爸爸，您被害已有五年了。这五年来，我没忘记给您复仇，现在我终于发现了嫌疑人……”他把发现夏林成的经过说了出来，但没说出名字。

当孟鹏飞小心翼翼地攀爬着梯子，将父亲的骨灰盒放在十多层的存放架上下来后，崔颖问：“怎么不入土为安买个公墓？”

孟鹏飞边往外走着边说：“父亲被害后，因案件没破获，便犹如一个人自然生老病死般没个说法。但我始终认定，父亲的被害是因公殉职，我要把父亲的被害案破获后，有了说法再将其安葬。”

“刚才你跟父亲说去年在巡警大队发现了嫌疑人，你为了调查这个嫌疑人，你还遭遇了领导的打压。”崔颖问，“听你说话的意思，我觉得你说的这个嫌疑人就是我表叔，对吗？”

两人上了吉普车，孟鹏飞拉过崔颖的手，侧脸深情地看着她说：“你如今是我的妻子了，我就对你不隐瞒什么了。你说得对，这个人就是你表叔夏林成。”

崔颖虽有预感，但仍不免面露愕然。

孟鹏飞说：“1988 年 7 月 20 日傍晚，我放暑假回来，父亲到火车站接我。在回家的路上，我到一家商店买东西，出来时见父亲被一男子用刀刺倒……今年端午节清晨，你父亲借单位的车去火车站接你姑奶，途中遇到我们检查，因司机没带驾驶证被蒋斌扣车。我讲情给司机放行，被蒋斌拒绝。夏林成为此事去巡警大队通融，蒋斌返还被扣留的车辆。当时在巡警大队院内见到夏林成时，我觉得在哪儿见过他。后来我想起来，他很像杀害我父亲的凶手。于是，我把夏林成认定为杀害我父亲的重点嫌疑人。”

崔颖问：“他为什么杀害你父亲呢?”

“我自从对夏林成产生了怀疑，就开始对他调查。”孟鹏飞说，“他之所以杀害我父亲，或许是我父亲挡住了他当兵的路。他从小对枪痴迷，在上中学的时候，用火药枪将同学打伤被学校开除。痴迷枪的人大都期盼当兵和当警察，可就在他报名当兵政审过程中，我父亲把他的违法前科抖落出来，他当兵的愿望从此破灭。”

崔颖不解：“我表叔今年四十四岁，他想当兵时也就二十岁左右。你父亲被害是在五年前，难道他将没当上兵的仇恨记恨二十年后才报复?”

“据我推测，他杀害我父亲，一方面是记恨，另一方面是他要从我父亲的身上抢枪。在我父亲倒地时，他有对我父亲搜身的举动。只不过，我父亲那天没有带枪。”

崔颖摇着头说：“怎么看也看不出我表叔会是个杀人犯呀?”

孟鹏飞说：“如果最后的结果证实，你表叔就是个杀人犯，那你必须得接受这个现实；不能因这个现实而造成你我之间的隔阂。”

崔颖虽然面色沉重，但却很开明地点头说：“这我明白，你放心。”

孟鹏飞像了却一桩心事般吁了一口气，启动了吉普车。

四

夏林成因跟歌厅小姐乱搞，把性病传染给方淑芬，并让方淑芬抓了个跟小姐睡在一起的现行。他跟妻子闹翻后，索性更不回家了。他在歌厅惬意地享受着花天酒地。

正当夏林成忘乎所以的时候，祸事悄然而至。

这天晚上，夏林成和蒋斌喝酒，蒋斌在酒桌上告诫他，不要跟小姐太近，否则不好管理，容易出问题。夏林成面上应着说我听你的。他想起自己的旧房子因房改要折价买下，而自己手里却没那么多钱，就说蒋斌，你能不能借我些钱。蒋斌说我工资每月才开四百多元钱，我每月给你开两千元钱还少吗？你怎么还借钱？

夏林成平时自认为收入还可以，不过他此时听了蒋斌的话，心里却很是不满地说，我的工资怎么能跟你的工资比，我给你经营的是你的买卖，我每月都给你挣个一万两万元的，你给我开两千元还恩赐一般。他的这个想法露在面容上就变成了不悦，他喝口闷酒，没再提借钱的事。

蒋斌当然能揣测出夏林成的想法，他说："我说表姐夫，有些话我想跟你唠个明白。"

夏林成冷漠地点下头。

"我觉得咱俩这么多年接触，你对我不错，平时常找我喝个酒吃个饭；你家嫂子还把表妹介绍给了我，使咱俩成了连襟。"蒋斌冷笑着不得不点破地说，"不过我对你也可以，没开歌厅前，你很穷，你不是跟我合作才收入高些的吗？在歌厅的生意上，你不要以为我挣得多，你挣得少而心里不平衡。你也不想想，没有我，你上哪儿挣两千元钱去？你更要记着，歌厅只有我是老板才能挣着钱，因为我是警察，我是爱民分局副局长，而你只是个打工的。咱俩关系好，我才给你工资高；换作别人，我不但不会给高工资，在经营方面肯定也不会比你差。”

蒋斌的一番话，说得夏林成脸上酒后的红晕变成青紫，他尴尬地说：“看、看你说的，咱俩是连襟，是一家人；我给你管着买卖，肯定要比别人诚心……”

蒋斌不愿再跟夏林成计较，他问：“你借钱干什么？”

夏林成说：“买房子。”

蒋斌脸色平和了些：“买房子是正事，要借多少钱？”

“借两万元。”

蒋斌答应得爽快：“好说，我这正好有两万元。”他从拎包里掏出两捆百元钞票，扔给了夏林成。

两人从饭店出来分手。

夏林成回到歌厅，便拉小翠进了包房。应当说，夏林成和小翠已成为朋友，他看过她的身份证，知道她叫辛翠，他直呼其名地说辛翠，你今晚陪我睡。辛翠说夏经理，我不是跟你说过嘛，平时你应该叫我小翠。夏林成说现在也没外人，他说着把辛翠拥到沙发上……

辛翠在夏林成睡熟后离开包房时，见他脱下的外衣里兜露出两沓钞票，她起了贪意，从中抽出几张揣在自己兜里。

夏林成第二天上午到林业局房产处交房款，发现借蒋斌的两万元钱竟然少了七张。他自然怀疑是辛翠偷了他的钱，他返回歌厅拽起还没睡醒的辛翠，要回了被偷的钱，并毫不留情地给了她几个大嘴巴。

辛翠被打觉得很冤，她心说你夏林成常让我陪你睡，你付嫖资的话，也得超过多少七百元了？你要回了钱竟然还打我？你还有人情味吗？她咽不下这口气，萌生报复之意。她想告夏林成强奸，可又意识到证据不足。她思来想去觉得只能以夏林成容留妇女卖淫为罪名举报了。

辛翠为使自己举报成功，她跟门卫说报案就进了爱民分局，敲开了分局长吕昌湛的办公室……

五

在孟鹏飞婚前的两天，杨桂林和妻子张妍、儿子杨晓冬走进了孟鹏飞的家。孟鹏飞没在家。孟秀媛说儿子和儿媳妇去街里买东西去了。

杨桂林到婚房看了眼回到客厅，对孟秀媛说："老嫂子，这婚房收拾得不错，冰箱、彩电、收录机、洗衣机也都全了，就等儿媳妇进门过日子了。"

张妍说："嫂子以后的日子，就等着抱孙子了。"

匡国章被害后，孟秀媛难以忘却与丈夫的情感，始终没有再婚，内心正如张妍所说的，最大的愿望就是儿子结婚后抱孙子。她面露欣慰地说："是啊，就等着抱孙子了。儿子结婚我也了却了一桩心事。"

正说着，孟鹏飞和崔颖拎着大包小裹进了屋。寒暄后，孟鹏飞拍下杨晓冬的肩说，咱俩单独唠唠。两人进了婚房。

孟鹏飞知道杨晓冬研究生毕业，在景福派出所当片儿警，他问："片儿警当得怎么样了？"

杨晓冬说：“片儿警当得不错，我愿意跟老百姓打交道。”

孟鹏飞对杨晓冬的选择有些惋惜：“你一个堂堂的中国人民公安大学研究生毕业的高才生，怎么回丹江工作了？还到派出所当片儿警？留在北京，或者去别的大城市多好。”

“我回来这几个月，也没跟你详谈。”杨晓冬说，“我和你家的情形一样，都是一个孩子。你说我要是到了外地，父母都没人照顾。到派出所当片儿警也是暂时的。市局给的条件是，工作满一年，到刑警支队任副大队长。”

孟鹏飞满是羡慕：“这条件相当可以，有多少民警工作一辈子都没能提到副科级。”

“研究生毕业的，在丹江市公安局就我一个，所以给我的条件好一些。”

“那我往后工作中有业务上的问题，还得多请教你。”

“请教可不敢当。”杨晓冬说，“我虽然学历高点，但实际经验少，所以我是主动要求到基层锻炼的。”

“那你到基层当片儿警，能沉下心吗？”

杨晓冬说当然能沉下心，他接着讲了一个故事。他说我辖区绿苑小区有个住户叫吴老二，脑梗、言语不清。病人往往孤独，吴老二身边的小狗是他的伴儿。小狗被娇惯得见到外人就吠，引得邻居不满。因为狗的事，邻居说吴老二，吴老二装聋作哑。我当了片儿警，常与一句话说半天的吴老二唠嗑，吴老二犹如遇到知己般兴奋得不得了。我劝吴老二管好狗，吴老二心悦诚服。小狗由此变得不再乱吠。前几天全国人大到丹江市考察，并到绿苑小区进行调研，我随行其后。当时，吴老二家的小狗跑了过来。考察人员当即询问狗是谁家的？我立即说出狗是吴老二的。考察人员到吴老二家核实后，与我所说的情况完全一致。负责考察的领导竖起大拇指称赞我工作做得细致入微。

孟鹏飞听杨晓冬的讲述，看到了他如他父亲般扎实的个性。

杨桂林的声音传了过来，晓冬，我单位有事，咱们走吧。杨晓冬应了声，塞到孟鹏飞衣兜里一个红包说一点心意。孟鹏飞说谢谢！杨晓冬说咱哥们儿谢啥。

杨桂林一家三人坐到吉普车上。杨晓冬问爸啥事呀着急走？杨桂林说是分局长吕昌湛给我打传呼，让我回分局一趟。杨晓冬有些调皮地说那领导找肯定是重要的事，得赶紧走。他说着启动了吉普车。

吕昌湛找杨桂林就是辛翠举报夏林成在爆棚歌厅组织小姐卖淫的事。吕昌湛把辛翠的询问笔录递给了杨桂林说，这份材料你看看。

待杨桂林看过询问笔录，吕昌湛说没想到爱民区还有这么一个卖淫的窝点。这个案子交给你，你要好好查查，把这个淫窝给我彻底端掉。

杨桂林早就知道爆棚歌厅烂糟糟的事情，他疾恶如仇的个性，一直想找个机会把爆棚歌厅端了。他此时想把蒋斌是爆棚歌厅幕后老板的情况说出来，但一想，蒋斌从没跟自己说过爆棚歌厅是他开的，自己不说装糊涂就得了。况且蒋斌毕竟是爱民分局副局长，我若说了不仅给领导出了难题，也不利于自己对案件的调查。

杨桂林说保证完成任务。

六

孟鹏飞和崔颖婚后三天回门，崔颖的父母备了丰盛的宴席。

崔父拿瓶茅台酒给孟鹏飞斟着说：“我这茅台放了十多年了，就准备今天这日子喝的。”

崔母夹了个螃蟹给孟鹏飞。

孟鹏飞内心洋溢着幸福，端起酒杯给两位老人敬酒说：“爸爸妈妈，谢谢！”说着喝了一大口。

崔颖和崔母喝了口啤酒，崔颖说：“知道你想表示下诚意，但你得慢点喝。”

崔父放下酒杯，哈哈笑着说：“你真得慢点喝，茅台没你这么个喝法。”

孟鹏飞嘴中回味着酒的酱香，听着岳父的话，不由得腼腆地点头：“好，爸，我慢点喝。”

崔父对女儿说：“结婚了，做人对事得有大变化，要做个贤妻良母。”

崔颖瞟了眼孟鹏飞，直言快语地说：“我要做个贤妻，那就要看他日后的表现了；他若惹我生气，我岂能做个贤妻？待有了孩子，良母我肯定能做到。”

孟鹏飞打着哈哈：“我岂能惹你生气，只要你不欺负我，就可以了。”

崔父指着女儿说：“你的小性子要改改。”这位中学语文教员接着说，“你们夫妻俩要举案齐眉，相互尊重，由此人生才能顺达。古语说修身齐家治国平天下，从现代意义讲，修身就是提高自己的素养，行为要有规范；齐家就是家庭和睦，成为街坊邻居的典范；治国是说一个人要在事业上有所建树，也就是通常所说的能当个领导，把自己的团队带领好……”

崔父正对小两口推心置腹交谈时，忽地传来急促的敲门声。崔母走向门口问谁呀？门外的人回答说是我，方淑芬。崔母打开门，见门口只有方淑芬一个人，就问林成怎么没跟你一起来？

方淑芬没有回答丈夫没跟自己一起来的原因，而是神情焦虑地问：“你家女婿回来了吗？”

崔母说：“回来了。”

方淑芬推开崔母，带着哭腔喊了声鹏飞，连鞋都没脱，拐进厨房跪在孟鹏飞跟前说：“你救救我这一家人吧！”

孟鹏飞手足无措地站了起来：“表婶，你这是干什么？”

别人也愣怔住了，崔母搀扶起方淑芬说：“你这是唱的哪一出？”

崔父没了刚才的高兴劲儿，皱着眉头：“有什么事，坐着说话。”

方淑芬坐在椅子上，抹了把泪冲着崔父说：“我家邻居师忠厚是报社记者，他今早告诉我，你家夏林成昨晚被抓走了。他说昨晚爱民分局巡警大队把爆棚歌厅给端了，抓获不少卖淫嫖娼人员。他事先得到通知，昨晚跟随采访。我听了他的话，还有些不相信，可我到了爆棚歌厅，见歌厅门上贴着封条……我给林成打传呼不回，给蒋斌打传呼也不回，看来林成真的被抓了。”她把目光转向了孟鹏飞，“我没辙了，只能求鹏飞帮忙了。”

表弟媳妇在新女婿面前自曝家丑，且让新女婿帮表弟开脱罪责，崔父觉得颜面扫地。他气愤地拍下桌子说：“林成自作自受，这违法犯罪的事，鹏飞能帮你什么忙?”

“大哥，你可是林成的表哥呀，你怎么说也得帮帮我家呀。”方淑芬说，“林成是有不对的地方，可他毕竟跟我过了二十多年了，家里的生活开销大都是他挣钱支出；你说他要是被判刑，我家的日子咋过呀？女儿明年高考，她学习也会受影响啊……”

崔母劝着崔父说：“事已经出了，你生气也没用。让鹏飞先问问怎么个情况吧。”

孟鹏飞见岳母如此说，就说：“那好，我先问问情况。”他出了厨房，到里屋打电话去了。

孟鹏飞打过电话返回说：“我给我们杨大队打了电话，他说昨晚针对爆棚歌厅的扫黄行动，是分局领导亲自部署的，新闻媒体的记者也进行了采访报道。从目前的情形看，昨晚抓获卖淫嫖娼人员十余人，这些人都给予了治安拘留。夏林成，不，是我表叔，他交代了他是歌厅经理，我表叔他已被刑拘。”

崔父问：“刑拘是什么意思?”

“就是对嫌疑人刑事拘留，接下来证据属实后对嫌疑人逮捕，开庭判刑。”孟鹏飞嗫嚅着对崔父说，“爸，像、像这样的大案，我是帮不上表叔什么忙的。”

崔父点下头：“知道，压根儿没指望你帮什么忙。”

这时崔颖说话了：“歌厅的老板是蒋斌，蒋斌找的我表叔到歌厅帮忙。蒋斌是爱民分局副局长，他肯定能帮上我表叔的忙。再则，我表叔都替他把责任揽了，他不帮忙他是人吗?”

崔颖的话点醒了方淑芬，她说：“对，我还得找蒋斌，他不回我传呼，我找我表妹去。我若不给蒋斌介绍我表妹，他不仗着我姨夫当市人大主任，他岂能当上官?”

崔父有些不耐烦："这事，你就得找蒋斌。况且你娘家有当大官的，还找鹏飞帮什么忙？"

方淑芬二话没说，谢绝了崔母让她吃过饭再走的挽留，出了厨房推门而去。

七

夏林成被刑拘没几日，蒋斌来到看守所通过关系见到了他。

夏林成抓耳挠腮地让蒋斌无论如何这几天赶紧把他办出去。蒋斌说几天内我肯定给你办不出去，怎么说也得过些日子。

蒋斌给夏林成点支烟说："消停地在看守所待些日子吧，记住无论谁提你，你都得说歌厅是你的。小姐卖淫，你不知情。"

夏林成点下头，说了句我知道。他深吸一口烟，将烟匆匆地吐出又提着自己的要求说："蒋斌你不知道，我出去真的有急事啊。"

蒋斌苦着脸："有急事我也没辙呀。"他不解地看着夏林成说，"你也不是没在看守所待过，你就在里面将就十天半个月的能怎的？"

其实夏林成被抓的那天，他猛然想起家里藏在炕沿下的那把"五四"式手枪；还有一次到铁北派出所找蒋斌，趁人不备偷拿的、回家藏在炕柜底下的一盒子弹。现在冰天雪地，若是火炕不热乎妻子找人修炕，"五四"式手枪和子弹要是被人发现那就糟了。他着急尽快出去就是想消弭此隐患。他摇下头："不是说将不将就的事，我担心家里……"他说了开头，又没法再说下去。

蒋斌揣摩着夏林成要表达的意思："你是说让你家嫂子对你的

事不要着急上火，在家安心地照料孩子学习?”

夏林成点头：“是这个意思。”他问，“你手机带了没?”

“带了。”

“给我用下。”

蒋斌看了眼门外的走廊，又把虚掩的门关严，从拎包里拿出手机递给了夏林成。

夏林成给家里打了电话，真如蒋斌所说的，他告诉方淑芬不要着急上火，他说用不了几天自己就能回家。他让方淑芬告诉姑娘，就说他到外地打工去了。方淑芬在电话里说孩子早知道咋回事了，电视、报纸把你的丑事全都抖落出来了。夏林成叹口气说怎么会是这样。他接着问姑娘最近怎么样?方淑芬说还能怎样?见到邻居低头而过，在班级里也抬不起头来。

夏林成说了句：“都是我连累了姑娘。”他沉默了下，接着说到了关键处，“媳妇，天冷了，小卖店的炕热乎吗?”

方淑芬说：“还行，挺热乎的。”

夏林成的心放了下来，炕热乎，不用修炕，藏在炕沿下的“五四”式手枪就不会暴露。他松了一口气说：“好了媳妇，照顾好姑娘，我过几天就回家。”

方淑芬还想说什么，夏林成却挂断了电话，把手机还给了蒋斌。

“你说你的事一出，还给姑娘造成了影响。”蒋斌说，“我再三告诉你别跟小姐勾三搭四的，你不听，结果惹了这么大的祸。歌厅封了肯定是不能再干了，最主要的是断了你我的财路啊。这做工作捞你，还得搭人情花钱。”

夏林成急赤白脸地说：“警察抓小姐，查封歌厅，跟我有什么关系？主要是分局各部门你没协调好，他们没把你这个分局副局长看在眼里。”

蒋斌盯着夏林成说：“分局巡警为何对爆棚歌厅动手？难道你不知道?”

夏林成想不出所以然来，摇摇头。

“我这么点你，你做的好事你都没想出来。”蒋斌对案情了解得很清楚，他说，“事情起因是，那个叫辛翠的小姐陪你睡后，拿了你七百元钱，你把她打了，她就到爱民分局找局长吕昌湛把你举报了。”

“原来问题出在她身上。”夏林成咬牙切齿地说，“这个婊子，我出去了一定整死她。”

“这个小姐只是个起因，真正可恶的是杨桂林。”蒋斌说，“辛翠举报时，吕局长让刑警大队做的询问笔录，他当时要把这个案子交给刑警大队长张凯，张凯以搞系列盗窃案为由推托了。没想到这个案子到了杨桂林的手里，他不但把人抓了，还让新闻媒体参与报道，弄了个满城风雨。”

夏林成说：“这个杨桂林，我也不能放过他。”

“表姐夫，你不放过这个不放过那个的，你能把人家怎么样?还是想着多挣点钱吧。”蒋斌拍了下夏林成的肩膀，安抚地说，“待出了看守所，有机会咱俩还一块儿发财。”

夏林成阴沉地笑了下。

第十七章　弹壳

一

孟鹏飞在年前去付跃东家看望，他骑着挎斗摩托车载着崔颖拐进狭窄的胡同。胡同两侧是冰冻的脏水和散乱的垃圾，风不时刮着灰尘和塑料袋迎面扑来。

崔颖把围脖围在脸上说：“付跃东家怎么住在这么个地方？”

“他父亲原是红旗化工厂的工人，这是工厂的家属区；红旗化工厂黄了，这家属区也就没人管了。”

“他父母现在干什么呢？”

“他父亲去世早，他母亲疾病缠身没工作。”

崔颖看着两侧院内不大的房子问：“他家的房子是跟这院内的房子一样的吗？”

“一样的。”孟鹏飞说，“他家的房子就一厨一室，付跃东结婚在院内又盖了间小房。”

“付跃东牺牲被评为烈士，不是有待遇吗？应当给遗属家解决住房问题。”

“说是给解决住房问题，不知为何现在还住在这儿。”

在付跃东家门口，孟鹏飞停下摩托车熄火，和崔颖拎着大米及豆油推开了有些倾斜且里面没有上锁的院门。

付跃东曾经小家的门口有积雪，门窗上防寒的塑料布被朔风吹破，在破口处有几根刮进的枯草，显然这个小家近段时间没人进去过。小家的对门付母的住所，门没关严有个缝隙。

孟鹏飞抬手敲了几下门，没人回应。他和崔颖推门而进，见厨房里柴火烧煤凌乱堆积在地上，没收拾的锅瓦瓢盆摆在灶台上。从厨房进里屋的门没关，付母仰在被垛上闭着眼睛。

孟鹏飞把手里的米袋放在炕上，崔颖放下豆油。

付母醒了过来，没认出孟鹏飞，诧异地看着对面的两个人。

孟鹏飞说："付大娘，我是付跃东单位的同事孟鹏飞，快过年了，我和妻子来看看您。"

"孟鹏飞？"付母想了会儿，神经质般愤怒起来，指着孟鹏飞说，"你小兔崽子黄鼠狼给鸡拜年没安好心，我用你来看，你给我走。"她说着从身旁拿起笤帚打向孟鹏飞。

崔颖惊诧地说："付大娘，您糊涂了吗？孟鹏飞来看您，你怎么还打他呀？"她边说边拉孟鹏飞往一旁躲。

孟鹏飞没有动，他对崔颖说："你什么都别说，付大娘有她的苦处，让她打两下无妨。"

付母打了孟鹏飞几下，又变副面孔，扔下手中的笤帚，上前极亲切和疼爱地搂着孟鹏飞哭着说："儿子，你可回来了，你到哪儿去了？怎么这么长时间没回家呀？"

孟鹏飞心里酸酸的，眼睛湿润着，迎合付母安慰地说："付大娘，日后我就是您的儿子！我会常来看您的……"

待付母的情绪稳定下来，崔颖看着病怏怏的付母不免担忧地问：“就你自己在家吗？”

“儿媳妇回娘家了，她一个孕妇需要照顾。她跟我在这穷家，还得照顾我。”付母说，“我一天两天地死不了，自己还能照顾自己。”

孟鹏飞从付母嘴中得知，付跃东的妻子艾芳的工作得明年才能落实。孟鹏飞问不是说给你们解决住房问题吗？怎么还住在这儿？付母说给的房子还是平房，只不过面积大一些。我这辈子就想住个暖气楼，平房我肯定不去。难道我儿子用命换不来一间房子吗？孟鹏飞说我会跟杨大队反映您说的住房问题，杨大队会跟爱民区政府沟通的。

孟鹏飞和崔颖帮付母收拾完家务离开时，付母说小孟，你答应我家房子的事你得当回事。崔颖替孟鹏飞答复说付大娘，您就放心吧。鹏飞肯定把您的问题反映给领导。

在春节的前四天，付母盼望的两室一厅的暖气楼终于得以落实。

二

夏林成没被判刑，而是被劳动教养二年，送到劳教所。

大年三十这天下午，蒋斌把夏林成从劳教所接了出来。

夏林成上了吉普车问：“我的事算完事了？”

“完事了。”蒋斌开动了吉普车说，“劳教所的部分警察没编制，工资发不出来。我给你办的所外执行，劳教所所长说所外执行你得拿钱，一年三千元钱。我拿六千元钱交到劳教所，你就自由了。”

夏林成惦记着歌厅："歌厅还封着吗?"

"解封了。不过歌厅让我兑出去了。"

夏林成很是惋惜："真的不干了?"

"不干了。"蒋斌说，"把你抓起来后，有人写信给市局纪检委，说我是歌厅幕后老板。市局纪检委拉着架势要查我，我老岳父出面才摆平了这事，你说这歌厅我还能干吗?"

夏林成回味着在歌厅有钱花有女人陪睡的日子，不免失落地说："寻思在你歌厅干，能把女儿上大学的钱挣出来呢。这下可好，失业了。"

蒋斌显得很仗义地说："表姐夫，你帮我开歌厅，我也挣了些钱；你还替我顶包遭了些罪。这样吧，过完年我给你拿三万元钱，你借我那两万元钱我也不要了；这五万元钱供你女儿念大学足够了。"

蒋斌的话，出乎夏林成的意料，他感激地说："多谢！你的这五万元钱，彻底解决了我的后顾之忧。"

"客气啥，咱俩不是亲戚吗？别忘了，你女儿还管我叫姨夫呢。"蒋斌把车停在一个澡堂门前说，"先洗个澡换身衣服再回家吧，衣服我给你准备好了。"他说着从后排座上拿起两个大塑料袋递给了夏林成。

夏林成敲开家门，方淑芬在门口端详了下丈夫，转身哽咽地说回来就好。女儿夏琴从厨房出来亲热地说爸爸，我和我妈等您有一会儿了，菜都快凉了。

厨房的桌上已摆好了酒菜，眼睛湿润的方淑芬似乎再没话可说；刚才对父亲亲切的夏琴，也变得沉默起来。

夏林成像跋涉归来的人，对这个家感到有些陌生，又倍感温暖。面对妻子和女儿的神情，他内心不免掠过些许愧疚。他举起酒杯说：“新的一年到了！祝老婆身体健康，天天有好心情；祝女儿好好学习，今年能考上好大学。”

夏琴端起饮料杯跟父亲酒杯碰了下说：“谢谢爸爸。”她又对无动于衷的母亲说，“妈，端杯呀。”

方淑芬端起酒杯，没跟丈夫碰，直接把半杯白酒喝下，咳嗽了两声说：“身体健康，有好心情，那都是假话。你能够好好过日子，对得起我，我就算烧高香了。”

夏林成喝了口酒，对方淑芬说我怎么对不起你了？我无非就是想多挣点钱，帮别人看个歌厅，歌厅小姐在包房里做乱七八糟的事，我哪儿知道。他又对夏琴说，姑娘，别听别人嚼舌根，你爸啥事都没有。

方淑芬在女儿面前不好说别的。夏琴说别人传的闲话我都不信，我相信我爸爸不是坏人。

女儿虽说父亲不是坏人，可夏林成从女儿沉郁的表情中，看出女儿说的很是勉强。夏林成为了使自己在妻子和女儿面前有些面子，更为了表白自己所为都是为了这个家和女儿，他对女儿说：“爸爸把你上大学的费用都攒好了，你只管好好学吧。”

夏林成的话确实引起了妻女的关注，方淑芬有些不相信地看着他。

夏琴多年来看着父亲游手好闲和母亲为了维持生计而辛苦地开着小卖店，她心里不由得对父亲萌生不满和为母亲抱不平；而此时父亲说的话，让她有种对父亲从没有过的钦敬，她脸上放着光彩问：“您说的是真的?”

夏林成说那还有假。他又侧脸对妻子说：“蒋斌把歌厅兑出去了，他给我分些钱，够女儿上大学的了。”

始终沉着脸的方淑芬，听了丈夫的话，也变得笑逐颜开，拿起白酒瓶，把自己的酒杯斟满，举杯说：“新年快乐……”

三

吃过饭，夏林成说有点困，到小卖店睡会儿去。他下楼进了小卖店，把门锁上，窗帘拉上，用螺丝刀把炕沿下的一块砖撬开，从里面拿出了用塑料袋包裹的“五四”式手枪。

夏林成从塑料袋里取出沉甸甸的手枪，他目光炯炯地看着手中的枪，手枪在昏暗的灯光下泛着光。他把手枪翻滚于指尖，手枪上的光便也忽而明亮，忽而暗淡。

夏林成对手中的枪爱不释手，他心中不由得萌生了一个念头：我喜欢枪这么多年，打枪的准头也是可以的，可我从来没像电视剧演的那样拆解组装过枪支。我何不也试着照量下，把枪拆解再组装上？

夏林成在林业局木材加工厂当工人时，每逢单位组织民兵打靶，他是最兴奋的，他不仅打枪，还帮林业局保卫处拆解擦拭枪支，他只是没擦拭过手枪。他今天要试一下。

夏林成在炕沿拿起抹布撕了一长条，转身从缝纫机抽屉里找出一小盒机油，抬手从旁边碗架柜上挂着的筷笼子里拿根筷子。他把准备的东西摆在炕上，动手拆解手枪。他一开始将手枪分成两个部分，弹夹和枪身；他接着好不容易把枪身拆开，分成了四个部分，弹夹、枪管、套筒、卡榫；直至分成八个部分一一码放在炕上。他将每个部件仔细擦拭完，便笨手笨脚地组装，直至凌晨辞旧迎新的鞭炮声响起，八个部件才变成一把枪。他扣动了扳机，咔嗒一声，完成了一个没有装弹的击发。

夏林成把食指伸进手枪扳机的护圈里，自得地摇动着手腕转动着手枪。他看着组装好的手枪，未免又有些疑虑，自己若是没组装好，要是打不响怎么办？他们都说枪支辟邪，今夜鞭炮齐鸣，我何不打些子弹就当放鞭炮了，除去被抓后的晦气，给新年带来好的兆头？

夏林成从炕柜底下摸出一盒子弹，他随即卸下弹夹压满八发子弹，把弹夹复位拉动枪栓将子弹上膛，把枪别在腰间。他穿上大衣，戴上毡帽，又把那盒子弹揣进大衣兜，出了小卖店的门。

夏林成向北山方向走去，街面空旷，少有车辆和行人。半个小时后，他爬上了北山顶。四周虽黑漆漆的很是静谧，不过北山下的城市，仍处在一年中最热闹的时候，灯火辉煌，礼花绽放，鞭炮声不时地从远处传来。

夏林成拔出手枪，扣动了扳机，“砰砰……”枪响虽在空旷地儿中有些震耳，可他却兴致盎然。他打了十多发子弹，欢快地又蹦又跳地大喊了一阵儿，待城市沉寂，他才下山。

夏林成在道路的转弯处，看见一辆摩托车疾驶而来，险些撞着他。他急退两步避开，随口骂出：“你瞎呀？”

岂料骑摩托车的男子不是个善茬儿，他竟掉转车头返回，摘下头盔罩挂在车把上，问：“你骂谁呢？你找揍啊？”

夏林成见对方是个年轻人，他身上有枪，胆气十足地说：“我骂你怎的？”

“骂我不行呗。”对方面露凶相，下了摩托车变戏法似的手里多了把军刺。

夏林成手握枪从大衣兜里掏出："别动。"

对方犹豫了下，似乎想透过夏林成从头到脸蒙着的毡帽辨识出他的身份。他只斟酌了几秒，便挥动军刺说："还想拿把假枪冒充警察啊。"

夏林成持枪的手轻抬扣动了扳机，"砰"的一声，手枪吐着火舌，子弹贴着对方的额头掠过，对方的额头顿时有道血痕。

对方用手抹了下额头，看了眼手上真的有血，立马没了刚才的张狂。他扔下手里的军刺，跪下磕头说："饶命。"

夏林成吐出一个字："滚。"

对方起身骑着摩托车疾驰而去。

夏林成四周望了望，周边没有一人一车，万籁俱寂。他将军刺踢向路边，弯腰在路灯下找了会儿，捡起了弹壳。他心里没有险些杀人的紧张，却萌发出邪恶的畅快和满足。

四

三月初，养好伤的祁铁平上班。因付跃东的牺牲，杨桂林让内勤陈连宇跟孟鹏飞和祁铁平一起工作。

杨桂林肺癌手术后需到天津肿瘤医院复查，他临走时跟队里人说，经与分局领导商议，让孟鹏飞暂时负责巡警大队工作。他让大家在这段时间，除了正常巡逻外，可以摸排线索，但不要去侦查，以免出现什么差池。他叮嘱孟鹏飞说你们中队三个人，还有另外两个中队长都佩戴枪支，你们一定要保证枪支不出现任何问题。孟鹏飞说您就放心吧。

冰雪融化，春天归来，北山的游人逐渐多了起来。孟鹏飞领着中队的人近乎每天都到北山巡逻。

这天下午，一个烫卷发的十七八岁的小混混儿，抢了一个同龄人打了气枪掏钱结账后手中剩下的十几元钱。陈连宇想把小混混儿拿下，可他刚拍下小混混儿的肩膀问声你干什么呢？小混混儿情知不妙，头也不回撒腿往北山跑去。

陈连宇去追，孟鹏飞紧随陈连宇其后。

追小混混儿到北山顶，才将他抓住。陈连宇押着小混混儿往山下走时，孟鹏飞偶然看到脚下有几个弹壳。他脑中打个问号，这山顶少有人来，谁会到这来打枪？应当不会是警察，那么……他这么一思忖，不由得想起了“7·5”案，精神顿时抖擞了起来，弯腰把看到的三枚弹壳捡了起来。

孟鹏飞直接到了市公安局刑警支队技术科实验室，找到了沈和平科长。他掏出弹壳说这是我刚从北山捡到的，麻烦你检验下是不是“7·5”案庞学智被抢的枪支击发的。

正值下班时间，沈和平边脱白大褂边指着试验台的台面说：“你把弹壳放在那儿吧，我明天检验。”

孟鹏飞看试验台的台面上零散地放着不少东西，他觉得把弹壳放在台面上，说不定明天沈和平忘了就当垃圾给扔了。他掏出事先买好的烟递给沈和平说：“沈科长，抽支烟。”

沈和平烟瘾大，且看烟是红塔山牌的，便把白大褂搭在椅子上，接过了烟。

孟鹏飞拿打火机给沈和平将烟点燃说：“沈科长，检验个弹壳耽误不了你多长时间，麻烦你今天就把这弹壳检验了吧。”

沈和平开着玩笑说：“抽你一支烟，还得加会儿班。”他大吸了几口烟，将烟蒂摁灭在烟灰缸里，拿起三枚弹壳，走到显微镜前。

十多分钟后，沈和平既面色严峻，又满是赞许地拍着孟鹏飞的肩膀说：“小伙子真有你的，这几枚弹壳就是庞学智被抢的枪支击发的。”

“真的?”半小时前对自己检验弹壳，还认为自己是主观臆断，或许会被别人嘲笑的孟鹏飞，此时睁大了眼睛问。

“那还有假。”沈和平说，“嫌疑人所处的位置，应当就在北山附近……”

“7 · 5”案嫌疑人消失近两年后的再度出现，引发了丹江市公安局领导的高度重视，不过这次没再发动大规模的全警参战，而是以刑侦部门为主，内紧外松地进行摸排。

五

对“7 · 5”案嫌疑人的摸排，孟鹏飞仍然觉得夏林成可疑，可是他一番调查，得知夏林成因爆棚歌厅涉及卖淫嫖娼一事被抓后，年三十的下午被蒋斌办了出来；他在家过完春节，初五就到外地的亲戚家，至今未回。

孟鹏飞带着中队的人常在北山便装巡逻，以期能发现嫌疑人的影子。

这天快下班时，孟鹏飞的对讲机传来蒋斌的声音：“市局指挥中心派警，在北山西侧有人结伙斗殴。谁在北山附近，马上过去处置。”

孟鹏飞回了话：“蒋局长，我是孟鹏飞。我们中队在北山附近，我们马上过去。”

几分钟后，孟鹏飞的摩托车停在了六个小混混儿跟前，六个小混混儿言语冲突后正要开打，五个见来了警察就作鸟兽散了。一个头上染着黄毛的小子没把警察当回事，他手拎斧子，追着前面的人心有不甘地说你有本事别跑。

陈连宇听到黄毛的话，为制止黄毛行凶，他在后追着黄毛，并鸣了一枪喝令：“站住！”

枪响和喝令后，黄毛不仅站住了，而且趴在了地上，扔掉了手里的斧子。

陈连宇顿时呆在原地，他开枪时看到子弹打在道旁垃圾箱边框上擦出了火星，莫非跳弹打到了黄毛的身上？

孟鹏飞和祁铁平近前，见黄毛右肩胛夹克衫上有一破口，破口处洇出了血。显然，黄毛受了枪伤。

好在黄毛动了动身子站了起来，他见身旁有警察还想跑。祁铁平拽住了他。孟鹏飞说你受伤了，我们领你到医院去。

孟鹏飞对走过来惊慌失措的陈连宇低声说：“不要紧的，这小子看样只是皮外伤。”

陈连宇擦下额头上的汗说：“能不能别让分局知道？”

孟鹏飞说：“给他处理完伤口，吓唬他几句，别让他外传就是了。”

这时蒋斌在对讲机里问话：“孟鹏飞，你们那边情况怎么样？”

孟鹏飞避开黄毛回答说：“结伙斗殴的人，见到我们都跑了。”

蒋斌说：“那好，你们下班吧。”

孟鹏飞对搀扶黄毛的祁铁平挥手说：“上摩托车。”

事情并非孟鹏飞说得那么简单，到医院拍了片，大夫说得住院做手术。住院做手术，那就得通知家人了，孟鹏飞给黄毛的父亲打了传呼。谁知黄毛的父母不是省油的灯，两人见到儿子负伤，跟孟鹏飞等人大发雷霆，其父亲还给了陈连宇两拳，其母亲大吵着说我明天就找市公安局局长，扒你们身上的这层皮。

事情的变故，已使孟鹏飞难以左右，他只得打电话向蒋斌汇报……

陈连宇不该开的一枪，致使他包赔黄毛医药费三千元。

枪支出事，蒋斌紧急用对讲机把孟鹏飞中队的人员和另外两个中队的中队长召集到分局。他把孟鹏飞中队的三把手枪和另外两个中队中队长配发的手枪，共五把手枪全部收缴上来。

六

陈连宇的父母都是残疾人，一个患有小儿麻痹症，一个是聋哑人。父亲每天拖着跛脚在街边修自行车，收入也就将够一家人生活的。包赔黄毛医药费三千元钱，是孟鹏飞把当天刚从分局财会取回来，还没来得及发的巡警大队每人每月二百元钱，共计两千四百元钱的补助垫付其中，不够的六百元钱他是从家里拿的。

陈连宇清楚，若不把黄毛的医药费及时包赔，黄毛的父母定会不依不饶地给自己带来更大的麻烦，他对孟鹏飞很是感激。他对孟鹏飞说我会及早把钱还上。孟鹏飞面露难色说，我垫付的六百元钱不用着急，给大家的补助钱，你要争取快点还上。陈连宇点下头，心里想着该怎样筹齐三千元钱。

处理完黄毛的事，陈连宇回家已是半夜。灶台上锅里有两个馒头和半盘炒土豆片，陈连宇狼吞虎咽地吃下了锅里的食物。

或许吃得急，陈连宇在灶台旁边的水池上洗漱时打起了饱嗝。

响亮的饱嗝扰醒了小屋里的父亲，陈父说儿子回来了。陈连宇端着牙缸喝下几大口水，压下饱嗝说回来了。陈父说明天你给你妈抓药去。陈连宇洗着脸没听清。

陈连宇洗漱完，推开小屋门问：“爸，你刚才跟我说什么？”

陈父打开昏暗的小灯说：“我说你明天给你妈抓药去，还到同济大药房。”他说着把一沓钱和药方递给陈连宇。

陈母患有风湿病，每当严重时便抓中药吃一阶段。陈连宇看了眼母亲，母亲愁眉不展地熟睡着。

陈连宇接过钱和药方说：“我明天上午巡逻，得下午买药。”他看着一百多元钱里还有五角和一角的毛票，心里不由得酸楚起来，刚才回来在路上冒出的让父亲拿个千八百元钱的想法，只能就此打住了。

陈父说：“不着急，下班把药拿回来就行。”

陈连宇回屋躺在床上，想睡却又因三千元钱的事辗转难眠，直到凌晨才迷糊一会儿。

陈连宇从同济大药房抓药出来，看到了街对面的滚石歌厅，他心里说三千元钱有着落了。滚石歌厅的老板毕昌文是陈连宇父亲的同学，陈连宇当了巡警后，巡逻和出警在街面上见过几回毕昌文，毕昌文曾赏识地对他说好孩子好好干，你父母日后的好日子就靠你了。他回答毕昌文说您放心吧毕叔，我一定会好好干的。他想跟毕昌文借三千元钱应当没问题。

下午的时间，有几个包房里传出声嘶力竭的各色歌声。问过服务生，上了歌厅二楼敲开毕昌文的办公室，毕昌文热情地起身说来连宇，你真是稀客，怎么想起到我这儿来了？陈连宇把手里的药包提一下说，我给母亲到同济大药房抓药，就顺便过来看看毕叔。

陈连宇坐在沙发上，毕昌文给他倒了杯茶水问：“工作不忙了?”

陈连宇说：“我们巡警没什么硬性任务，平时不忙。”

毕昌文坐回椅子上问：“你母亲有什么病?”

“风湿病。”陈连宇说，“每年得犯几回，吃点中药能好一些。”

“你父亲还行吧?”

“还行。”陈连宇问，“毕叔，你这生意还挺好的?”

毕昌文打着哈哈说：“马马虎虎。”他问，“你上我这儿来有事吧?”

陈连宇很是勉强地张口说：“不好意思毕叔，我想管你借点钱。”

“借钱?”毕昌文问，“借钱干什么用?”

“我工作中枪出事了……”陈连宇把为何借钱说了出来。

半个小时前蒋斌领着几个人来唱歌，又单独到毕昌文办公室坐了一会儿，张口以赞助铁北派出所办案经费为由索要五千元钱。他说我手里没那么多钱，便拿出两千元钱给了蒋斌。他对蒋斌的弄权勒索和陈连宇遇到难处的无助，不由得感叹地摇下头说：“你们没落实编制，工资那么低，你出的事还是因为工作，其实这个钱你们领导应当帮你想办法解决。”

“我们领导是不会帮我的。出事那天，分局副局长蒋斌把我好一顿臭骂，并指着我说，赶紧把医药费给对方，对方要告状的话就立马把你开除。”陈连宇以为毕昌文摇头是不愿借钱给他，他垂头丧气地说：“毕叔，如果你手里不宽裕，我再想别的办法。”

“别，我这就借给你。”毕昌文拿起电话打给前台，让拿三千元钱来。

陈连宇借到钱千恩万谢地走出毕昌文办公室。他往外走时，从一包房虚掩着门缝看到蒋斌坐在沙发上左右各搂一个女人嬉笑。

蒋斌虽在巡警当中印象不太好，别人还以他的容貌给他起了个“沙皮狗”的绰号。不过他毕竟是副局长，日常一副道貌岸然的样子。

而此时，陈连宇见蒋斌竟如此花天酒地，心里不由得暗自吃惊。

第十八章 牺牲

一

过年期间，蒋斌出于歌厅出事后对夏林成的补偿，他拿给夏林成三万元钱，还有一部他搞案件没收的手机。

夏林成接过钱和手机，仍不免回味以往的日子说，你说咱俩开歌厅时大把的钱赚着，现在闲下来觉得干什么都没意思。蒋斌说可你也不能老这么待着啊？还是找点事干吧。夏林成问你说我兑辆出租车行不行？蒋斌说出租车有正当手续的得十多万元呢，你能拿得出这么多钱吗？夏林成说买辆没营运手续的车自己偷着干呗，只要你给我罩着就行。蒋斌琢磨着说我给你罩着也没多大事，那你就买吧。就这样，夏林成拿着蒋斌给的三万元钱，过完年就出门到外地买车去了。方淑芬跟别人说丈夫到外地亲戚家去了。

夏林成也真是到了外地亲戚家，他去了天津的舅家，恰巧他舅有病卧床，他便帮着照顾一个月。而后在表弟的帮助下，他买了辆夏利二手车，三月中旬开回了丹江。

夏林成把车装扮成出租车，开始了营运。他早出晚归，每天都能挣个百八十元钱，这让他很是兴奋，预想着一年时间就能把车钱挣回来。可他乐极生悲，他手法不是很娴熟，一次送人到郊区返回的途中在一个急转弯处，他的车拐下了路基撞在了大树上。他被撞晕了过去，醒来感觉没啥事。不过他费力地打开车门下了车后，却见夏利车前脸撞得变了形，发动机滴淌着机油。他清楚，自己的三万元钱打了水漂。

夏利车报废了，当初不同意买车的方淑芬不免跟丈夫一顿吵。

夏林成每天晚间都喝点，这天他喝了一杯白酒后，起身到啤酒箱拿啤酒时遭到方淑芬阻拦：“这啤酒四毛八一瓶，你损失了几万元钱，你不会省点呀？”

夏林成不满地骂着说：“你眼里就看到一瓶啤酒的钱，你忘了我挣钱给你的时候了？”他拿起外衣出了门。

夏林成酒瘾没得到满足，心想找个地方再喝点。他一摸兜里还有一百元钱，就给蒋斌打电话说喝点呀？蒋斌说不行啊，今天值班搞案子呢。夏林成说那好改天，他朝地明街走去，那里有羊肉串店。

二

天逐渐暖了起来，街上行人的穿戴厚薄不一。那些爱美的年轻女人，迫不及待地穿上紧身裤，罩上了裙装。几个在街旁的小混混儿边闲聊着边嬉皮笑脸地挑逗着过往的漂亮女孩。

眼前的情景，让夏林成心里活泛起来，这天暖和了，发骚发情的人也多了，我何不隔三岔五重操旧业，到北山寻找目标，好赚点零花钱？

就在夏林成往羊肉串店走着这么想着的时候，一辆出租车从他眼前驶过，副驾驶上坐着的女人让他怒目而视。他扔下手里的烟蒂，忙挥手拦下随后驶来的出租车，上车对司机说跟上前面的出租车。

前面出租车里坐着的不是别人，是辛翠。当初爆棚歌厅被查封，夏林成被抓，是辛翠举报的结果。辛翠在夏林成眼里，是断了他财路给他送进看守所，又造成钱财损失的罪魁祸首，他岂能轻易放过她？

辛翠坐的出租车在滚石歌厅门口停下，她拎个包下了车，踏着高跟鞋的脆响，袅袅婷婷地顺着台阶拾级而上。她压根儿没有想到，身后跟着个对她切齿痛恨的人。

晚间六点多钟不是歌厅上人的时候，夏林成进了一个包房，跟随后进来的服务生点过果盘和啤酒说，给我找个好看的小姐来。他进而像是忽然想起来似的说刚才进来的那个小姐挺不错，你给我找来。服务生说先生您稍等，便退出了包房。

果盘和啤酒送了进来，不一会儿辛翠面带微笑拎着小包也走进包房。她已将衣裤换成了红裙，贴身的红裙包裹着凹凸有致的身材，开叉到腿部末端的裙摆里，不时地露出白皙的大腿。但待她走近，在昏暗的灯光下认出夏林成后，随即冷下脸来转身就走。

夏林成拽住辛翠扔到沙发上，低吼着：“你往哪儿走?”他接着把门从里面锁上了。

辛翠毕竟是在风月场上行走的人，她看着满脸怒气的夏林成，立马变了态度。她捋了下裙摆，坐正了身子说：“这不是夏老板吗？刚才没认出来。”

“我以为咱俩结下仇怨，你不理我了呢?”夏林成也改变了面容，似笑非笑地把茶几上的两个杯斟上啤酒说。

“看您说的，咱俩能有什么仇怨呀？”辛翠端起酒杯说，“我敬夏老板一杯，今天的消费我请。”

“心意领了，你请客就不必了。”夏林成跟辛翠碰杯喝下杯中的酒说，“点首《相思风雨中》，这首歌咱俩原先经常唱。”

辛翠离开沙发点了几首歌，她拿着两个麦克风返回跟夏林成亲热地唱了起来。

边喝边唱，两人都有了些醉意。夏林成的手抚摩着辛翠的背，进而将辛翠拥在了沙发上。

刚进门时夏林成凶神恶煞的样子，使辛翠意识到反抗或许会给自己带来更大的伤害，她没有反抗，任由夏林成肆虐。

夏林成发泄完，再次变脸给辛翠几个嘴巴，骂了声你妈的，开始算账：“在爆棚歌厅时，我照顾你那么多活儿。我玩你一把，你竟敢偷我钱，我打你几下你居然还举报我……”

辛翠畏缩地说：“夏老板，我错了，你饶了我吧。”

“饶你可以，你给我拿五万元钱来。”夏林成指着辛翠鼻子质问，“没有你的举报，我能进局子吗？没有你的举报，我能买车撞报废损失几万元钱吗？”

“您就是把我卖了，我也凑不够五万元钱啊！”辛翠掉下了眼泪，“我妈有病，我在家待了段日子伺候我妈，钱都花我妈身上了。我是昨天刚回到丹江，今天头一天到歌厅干活。”

“你骗老子呢？”夏林成右手卡住了辛翠的脖子。

辛翠有些喘不过气来，她挣扎着用双手掰开夏林成的右手，向门口奔去。

夏林成追上抓住了辛翠的臂膀。

辛翠急了，扭身狠狠地咬了下他的手，她借夏林成捂着右手龇牙咧嘴时，打开了包房门。可她身子刚出去，又被夏林成拽了回来。

夏林成把辛翠按在沙发上，双手紧紧地掐住她的脖子，直到她没了呼吸。他摇晃辛翠半天，见真的没有任何反应了，他心里慌了阵，又忽地感到了复仇后的释然和畅快。

夏林成骂了声“臭婊子”，便镇定地从茶几上拿过餐巾纸，把辛翠嘴边的血迹擦掉。

尸体怎么办？夏林成犯起了寻思，银屏上的毛宁正唱着《弯弯的月亮》，他听罢这首歌，心里酝酿出了抛尸计划。

夏林成给蒋斌打电话，说我跟朋友在滚石歌厅唱歌，朋友喝多了，你开车来一趟。蒋斌说你打出租车呗。他说朋友家远，你就帮忙送一趟吧。蒋斌说你二十分钟后在滚石歌厅门口等我。

夏林成把尸体在沙发上摆正，拿过麦克风塞进尸体的手里。辛翠像是喝多了，手持麦克风放在腹部睡着了。

夏林成出门埋单说这小姐是我朋友，她喝多了不唱了，我得送她回家。服务生进包房看了眼，直至他把尸体背出歌厅，竟没有起疑。

当夏林成把尸体搬进蒋斌吉普车的后座时，蒋斌扭头看了眼说在哪里泡个妞？夏林成说她就是辛翠。蒋斌边开车边说这个婊子养的，她可把咱俩害苦了。夏林成说我把她弄死了，到我家拿把铁锹，到北山把她埋了。

蒋斌大惊失色，来个急刹车。他盯了会儿辛翠，在确认对方已死亡后，他以惯有的面对罪犯的思维，从腰间拔枪上膛顶在了夏林成的头部：“我现在就抓你。”

“有种。”夏林成冷笑下，“你若抓我，我就说你在车里杀死了辛翠。因为跟辛翠真正有仇的是你，她阻断了你开歌厅的来钱道，为此你还遭到了市公安局纪检委的调查。”

蒋斌思量了会儿，缓缓地放下了手枪……

三

孟鹏飞驾驶着挎斗摩托车载着祁铁平和陈连宇，一个伫立在道边十四五岁的少年向他们招手。

孟鹏飞没注意少年的招手。坐在挎斗里的祁铁平指着少年的方向说：“孟哥，那个小子在招呼咱们呢。”

孟鹏飞将挎斗摩托停在了少年跟前问：“你有事？”

少年一看就是农村来的，一身洗得发白的劳动布工作服，脚上穿着解放胶鞋，白净清秀的脸上满是拘谨。他说：“警察叔叔，我、我报案，我姐姐找不到了。”

孟鹏飞问：“你是哪儿的？你姐姐是干什么的？你是怎么找不到她的？”

“我家是宁安县农村的，我叫辛强……”辛强不是别人，就是辛翠的弟弟。辛强说姐姐一个星期前到了丹江，第二天晚间，因母亲病危，他给姐姐打传呼，姐姐没回话。母亲当晚去世，在亲友的帮助下，料理完母亲的后事，他便到丹江找姐姐。可连找了两天，只找到了姐姐的出租屋。租给她房子的大婶说从他姐姐回来第二天晚间开始，就再没见到他姐姐。

辛强说着流下了眼泪：“我父亲去世得早，这些年就依靠我姐姐在外打工供我上学和给妈妈治病。我姐姐怎么就找不着了呢？”

孟鹏飞说："这样吧，你跟我们到分局做个笔录，我们请示下领导，看看怎么帮你找到你姐姐。"

祁铁平起身对辛强说："上来吧。"他让辛强挤进了挎斗里。

到了分局，他们见杨桂林打扫着办公室。三人高兴地说杨大队回来了，又问复查的怎么样？杨桂林说复查没什么问题。他看了眼辛强问你们搞什么案子呢？孟鹏飞说他叫辛强，他在街边见到我们报案说他姐姐失踪了，我们带他回来了解下情况。

孟鹏飞让祁铁平和陈连宇给辛强做笔录，他要过杨桂林手里的抹布，帮着打扫起办公室。

杨桂林坐在椅子上问："我到天津复查这段时间，队里一切都挺好吧？"

"出了件事……"孟鹏飞把陈连宇开枪误伤黄毛的事说了。

"我不在家，就担心你们枪支出事，结果还是出了事。"杨桂林叹口气说，"事情虽然处理完了，可那包赔的三千元钱对每月开一百元钱的陈连宇来讲，岂不是个很大的负担？"

"都怪我没能及时阻止陈连宇开枪。"其实孟鹏飞的这句话，不是指在经济上给陈连宇造成的拮据，而是事情发生后，陈连宇唯恐被开除和判刑那种懊悔和担忧，让他记忆犹新。

杨桂林叹了口气，转个话题问："近期你们摸排到什么案件线索了？"

孟鹏飞想起在北山发现的"7·5"案被抢枪支弹壳的事："杨大队，你走后，我们在北山发现了几个弹壳……"

孟鹏飞正说着，陈连宇走了进来，他把材料递给了杨桂林："杨大队，这是我们给辛强做的笔录。"

杨桂林接过笔录，看过后说："这个失踪的辛翠怎么这么耳熟，这人或许我认识。辛强有辛翠的照片吗?”

陈连宇说我问问辛强。他出了办公室又返回，手里多了张照片。

杨桂林手拿着照片说：“这人我真的认识。”他脑海中浮现出接受吕昌湛调查爆棚歌厅涉黄任务后，再次找辛翠了解相关情况时的情景。

孟鹏飞问：“辛翠是干什么的?”

杨桂林说：“是歌厅小姐。”

“辛翠我见过。”陈连宇说，“去年几月份我忘了，蒋斌在这里主持工作时，领我们在林业招待所抓过她卖淫现行。”

杨桂林拿起办公桌上的车钥匙说：“我们到辛翠住的地方去看看。”

辛翠的住处散乱，符合其晚出早归养成的慵懒个性，且3月31日白天交了4月份的房租，不像不辞而别的样子。对门的房东胖女人说，辛翠交完房租的当晚六点左右出去，就再没回来过。

杨桂林揣测着，今天是4月8日，辛翠失踪已一个星期，她定是凶多吉少。难道嫌疑人是他？他脑海中浮现出蒋斌的影子，他随即因蒋斌是警察的身份又将其否了。可当想起查封爆棚歌厅另外牵扯到案件中的人夏林成时，他觉得夏林成具有重大嫌疑。

四

夏林成正踅摸到北山作案，路过北山派出所，无意间见垃圾桶里一塑封的丹江市公安局工作证。他捡出来看，见工作证的人名叫肖铁军，工作单位是丹江市公安局爱民分局刑警大队。

夏林成拿手机拨通了蒋斌的电话打听肖铁军这个人。蒋斌说这人原先是刑警大队的，后调到北山派出所，一个月前出车祸去世了。你怎么想起问这么个人？夏林成编着谎话说，刚才我在北山听个小子吹牛说他姐夫是爱民刑警大队的叫肖铁军，怎么怎么厉害。我就给你打电话问下。蒋斌说肖铁军没小舅子，就挂断了电话。

夏林成早就期盼有个警察工作证，好便于他冒充警察敲诈勒索作案。他把手里的工作证在裤腿上正反面都擦了擦，揣进裤兜里。

攀上北山顶上的摘星亭，夏林成掏出烟和打火机要点时，发现亭下的一棵树在晃动。他弯腰观察树下的情况，见一对男女以树为依托站立着正做苟且之事。

夏林成悄然到了那对男女跟前，厉声问："干什么呢？"

那对男女惊慌地停止了动作，继而男的忙提裤子，女的松开抱树的双手往下捋着毛裙。

夏林成打量了下眼前的男女，见男的四十岁左右，穿戴讲究；女的三十多岁，不仅穿戴时尚，长得也可以。

夏林成亮出刚捡的工作证说："我是警察，你俩大白天的就在这儿……"

男的没等夏林成说完，就过来打着哈哈说："啊，是警察同志呀，我跟你单独说两句吧。"

男的说他跟女的是对象关系，两人今天到北山游玩，按捺不住便做了不该在外边做的事。夏林成煞有介事地管男的要身份证，男的推托说没带。夏林成说那就只好麻烦你俩跟我到分局走一趟了，以便查证你俩是否存在卖淫嫖娼行为。

男的见难以脱身，又解释说我俩不存在卖淫嫖娼的事，我俩是海林市医院的大夫，到丹江医学院进修……他说着从钱包里掏出两千元钱递给夏林成让他通融。

夏林成见到钱眼睛都直了，他接过钱说：“今天便宜你俩了，赶快走吧。”

那对男女走了，夏林成靠在树上抽了两支烟，他想到今天是妻子的生日，便打算找妻子和女儿到饭店吃饭。他此时有种对妻子和女儿的愧疚，方淑芬跟他生活二十多年，她工作过的市色织厂黄了，自己因盗窃被工厂开除也失去了生活来源，她便开始开小卖店勉强度日，且为自己担惊受怕，还遭自己的打骂；夏琴今年即将高考，在她成长的十九年岁月里，自己不仅没给过她什么父爱，还因有自己这样的父亲在邻里和学校抬不起头来……

夏林成想到这里，眼睛有些湿润。他深知，这愧疚在日后的时光里，定是难以偿还；自己已背负四条人命，岂能逃脱法律的制裁？自己只能在能过一天是一天的时日里，对妻子和女儿尽可能好些。

夏林成给妻子准备了生日礼物，一条金项链。这条金项链并非他买，而是辛翠身上的。掩埋辛翠前，蒋斌告诫他，死者身上的东西什么都不能要。可他着实舍不得把死者身上的一个银手镯和一条金项链埋掉，且金项链是死者新买的，拎包里有装金项链的盒子，盒子里还有发票。

当夏林成在饭店的餐桌上，把金项链戴到方淑芬的脖子上时，方淑芬看着发票上三千元钱的价码和一个星期前的日期，真的以为丈夫提前给她准备好了生日礼物，竟感动得热泪盈眶，说谢谢老公！

五

蒋斌近期焦灼不安，他深知自己办了件无法挽回的错事，那就是当夏林成把辛翠的尸体搬到车上时，顾忌夏林成嫁祸于人，没能将其缉拿归案，而是协助夏林成将尸体运至北山东麓掩埋。他明了若是夏林成东窗事发，自己难脱干系。

蒋斌期望辛翠家无人来找，他心里更是拜佛般地祈祷夏林成不再犯有其他违法犯罪的事情。然而事与愿违，让他担心的事还是发生了。

蒋斌虽然身为分局副局长，可他还兼任铁北派出所所长，他平时在派出所办公的时间多些，这天下午，所里民警在滚石歌厅抓来一对卖淫嫖娼的，段春生找他批治安处罚材料时问："所长，有个命案线索，咱们搞不搞？"

蒋斌问："什么命案线索？"

"滚石歌厅有个服务生是我的线人，他跟我说半个月前有个小姐让人杀了……"段春生说，"当时服务生认为新来的小姐跟客人认识，喝多了让客人背走了。可那小姐放在休息室的衣物始终没回来取，再则，三日前有警察拿着那个小姐的照片，到歌厅问小姐和服务生们是否认识照片上的人，服务生问了句这人咋的了？警察说失踪了。服务生即刻意识到那个客人跟新来的小姐失踪有关联……"

蒋斌当然清楚出现在滚石歌厅里的那个客人是夏林成，那个小姐是辛翠。他问："是哪里的警察拿着小姐的照片了解情况？服务生说认识这个小姐了吗？"

“服务生不知道是哪儿的警察，对方穿着便衣只晃了下工作证。他跟警察说照片上的小姐不认识。”段春生说，“你说咱们能不能把这案子接过来搞?”

蒋斌淡然一笑说：“这不就是一个失踪案件吗？你怎么还整出个命案出来?”

“小姐为啥失踪？那十有八九是让人害死的。找到那个客人，岂不就有可能破起命案?”

“服务生能认出那个客人吗?”

“他说差不多。”

蒋斌心里想，这个服务生不应再在滚石歌厅干下去了，他问：“提供线索的服务生叫什么名字?”

“叫大四。”

蒋斌点下头，做样子思考了会儿，最终说：“没人上咱们这儿报案，咱们不知道失踪者是谁。调查小姐失踪的警察，咱也不知道是哪个部门的。算了，这案子没法接手。”

“那好，听蒋局长的。”段春生点下头，悻悻离去。

蒋斌内心骇然地拿起一支烟点燃，他拿烟的手有些发抖。他不知道怎么帮夏林成化解目前的危机，如果任由这么查下去，夏林成暴露是迟早的事。

一支烟吸完，蒋斌情绪稳定了些，他拿起电话打给分局法制科，问了下近期立、破案情况。法制科说了几起立、破案的情况，其中说到巡警大队说要立一起失踪案，不过还没过来审批。他撂下电话，心里骂着：“你杨桂林怎么什么案件都掺和呢？一个失踪人口你不推到属地派出所，你竟然还接了手。”

蒋斌处于恼怒和无奈的状态，但他又感到这事他不能坐视不管。他拿起了电话，拨通了夏林成的手机，约定了跟夏林成见面的地点。

在一家狗肉馆雅间，蒋斌把段春生说给他的话告诉了夏林成。

夏林成说："查就查吧，查到我，我就说那天去唱歌遇见了辛翠，结果她喝多了；我给你打电话，你帮忙把她送到了北安街或什么地方，然后咱俩就走了。至于她过后怎么了，咱俩就不知道了。"

蒋斌郁闷地喝下一大口白酒说："你把杨桂林当成傻子了，他能信你我说的话吗？"

夏林成说："你不是分局副局长吗？他难道能不信你的话？"

蒋斌挥了下手说："别说没用的，你必须马上躲出去……"

如果说半个月前，夏林成把尸体搬到蒋斌的车上，蒋斌曾懊悔没将夏林成绳之以法，那时他还没有完全丧失警察的职业操守；而此时，他则迈出了危险一步，成了夏林成彻头彻尾的帮凶。

第二天晚上，蒋斌给夏林成送车票，夏林成留他喝酒，两人在小卖店里又喝开了。

方淑芬和夏琴吃过饭，上楼休息和学习去了。蒋斌把火车票放在酒桌上说，帮你买张卧铺票不容易，明天拾掇拾掇晚间走吧。夏林成把车票揣进衬衣兜说谢谢。

蒋斌走后，夏林成带着"五四"式手枪，出门向北山方向走去。他想再弄点钱。

六

快下班的时候，孟鹏飞给杨桂林汇报说："我们今天拿着辛翠的照片到几个歌厅又走了走，陈连宇认识滚石歌厅的毕老板，毕老板找来收银员让好好回忆回忆。收银员想了半天说上个月月末她好像在歌厅见过辛翠。收银员的话，让我忽然想起来上次在滚石歌厅让服生辨认是否见过辛翠时，服务生支吾说没见过，我揣测服务生说谎。今天服务生没在歌厅，待我明天上歌厅再了解下情况。”

“这起案子要有所突破的话，就必须找到最后跟辛翠接触的人。辛翠的传呼机已经查过，没发现可疑的关系人。”杨桂林说，“辛翠的失踪，或许跟爆棚歌厅被查封有关系。”

孟鹏飞不免惊讶：“你是说蒋斌？他可是警察呀？”

“我是说夏林成。”

提到夏林成，孟鹏飞不无激动地说：“极有可能跟他有关系。我还怀疑他跟我父亲的被害，庞学智的枪支被抢都有关系，我在派出所工作期间，我曾以他涉嫌私藏毒品为由搜查过他家，只是没找到证据。”

“你想的，跟我不谋而合。我住院蒋斌主持巡警大队工作期间，夏林成在巡警大队帮过忙，他那时就有冒充警察勒索的行为。我听说这小子现在还时常神出鬼没地单独外出，他外出干吗？他外出无非是旧病复发冒充警察勒索搞不正当男女关系的人，或者是抢劫。”杨桂林问，“你们中队今天晚间值班吧？”

“今天是我们的班。”

“那我下班就不走了，咱们巡逻去。”杨桂林说，“说不定今晚就能抓到夏林成敲诈勒索或抢劫的现行。只要抓住他的把柄，辛翠的失踪案或许就能见亮。”

以往，孟鹏飞是以一己之力调查夏林成，现在夏林成因辛翠失踪案的嫌疑进入了杨桂林的视线，对他来讲无疑是件高兴的事，他笑逐颜开地说："跟着杨大队，一定能破大案，把我们锁定的嫌疑目标抓获。"

晚饭后，杨桂林开吉普车拉着几个人到了北山。

杨桂林把吉普车停在了北山宾馆的东大门、几个人下车走到北山公园大门，见摆地摊的一女子对喝得满头大汗、挽着衣袖露着胳膊上文身的男子怯怯地说，你都欠我二百多块钱了，这次你怎么说也得给我点吧？文身男喝下半杯白酒，顿了下杯子说给你××，说着起身要走。

孟鹏飞按住了文身男说喝酒不给钱你这不是无赖吗？文身男没起身，仰头看着穿便装的孟鹏飞问你算老几，管得着吗？杨桂林拍了下文身男的头说我们是警察，能不能管得着？文身男认识杨桂林，忙不迭起身点头哈腰地叫着杨大队，立马掏出钱结账跑了。

杨桂林对属下说，巡逻像遇到这样的事情我们就得管。陈连宇因开枪打伤黄毛包赔三千元钱一事，心里由此对工作有畏难情绪，他说杨大队像刚才顾客和商家欠钱这样的事，如果我们管了对方不听怎么办？杨桂林说我们要管的是那些看着不像好人的小混混儿，他们敢不听？不听的话，按照治安管理处罚条例，把对方的事拢一拢给予拘留。陈连宇听了杨桂林的话，厘清了自己所问的情形哪种该管或不该管，他点头说我明白了杨大队。

几个人爬上了山顶，在发现"7·5"案被抢的枪支所击发的弹壳位置，孟鹏飞跟杨桂林说："这地方便是我发现弹壳的位置。"

杨桂林环视了下地势说："这地方隐蔽，还能看到山下的城市；案犯在这儿开枪出于什么动机呢？这脚下就是陡坡，显然不是练习打靶。再一个，在这儿打枪，也会引起游人的注意啊，说不定会有人报警……”

祁铁平插话说：“若是大年夜在这儿放枪，就不会有人注意了。”

祁铁平的话让孟鹏飞豁然意识到了什么，他对杨桂林说：“发现弹壳后，我首先想到的这极有可能是夏林成打枪留下的弹壳，可是经过一番调查，得知他因爆棚歌厅涉及卖淫嫖娼一事被抓后，年三十下午被蒋斌办了出来。他在家过完春节，初五就到外地的亲戚家去了。如此，我便把夏林成的嫌疑排除掉。祁铁平的话提示了我，他年三十晚间到这放枪岂不时间上相吻合？”

杨桂林思量下说：“既然两起案件的嫌疑都指向了夏林成，那明天我们就动手抓他。”

几个人下山走到吉普车前要回单位，杨桂林望着东侧一道之隔灯光暗淡的北山体育场说：“我们到体育场转转。”

刚进北山体育场，在树林旁一个一会儿弯腰，一会儿直立行走的鬼祟身影，引起了杨桂林的注意，他悄声说：“分散包围前面的人。”

几个人分散开来。

孟鹏飞想要观察个明白，他猫腰登上了一个坡。

鬼祟身影不是别人，正是夏林成，他正在寻找作案目标。

杨桂林认出是夏林成，他走近问：“你在这儿干什么呢？”

夏林成吓了一跳，他见是杨桂林，并且只有一人，就毫无忌惮地说：“是杨大队啊，我没啥事，吃饱了遛会儿弯儿。”

杨桂林说：“我们正找你呢，你跟我回分局。”

“我不跟你回分局。”夏林成强硬地说，“我又没犯啥事，凭什么跟你回去？”

“你今晚必须跟我回分局。”杨桂林厉声说着，右手伸向了腰间的手枪。

可杨桂林的枪还没有掏出，他忽地听见一声爆响，眼前火光一闪，他栽倒在地。

五六米开外孟鹏飞等三人虽没听清杨桂林和夏林成的对话，可枪声却使他们耳际嗡鸣，脑中瞬间出现空白；三人进而义无反顾地向夏林成扑去。

夏林成手中的枪，喷出一簇簇罪恶的火焰……

第十九章　目标所指

一

已提职为市局副局长兼刑警支队长的朱勇，这天晚间在单位值班，他看完一份材料，揉揉有些昏花的眼睛，见办公桌上的石英表显示1994年4月27日22点50分。他准备擦把脸休息，起身到洗脸架前把毛巾放在水盆里。

可此时，办公桌上电话铃声骤然响起。

朱勇转身拿起了电话：“喂。”

电话里传来吕昌湛恐慌的声音：“朱局，发、发大案了！在北山体育场，有三名巡警被枪杀，一名巡警受伤。请速来勘查现场。”

“我知道了。”朱勇听到如此骇人听闻的消息，他放下外线电话愣怔了片刻，才拿起了内线电话……

半小时后，朱勇带领市局刑侦技术人员赶到现场。随即，市公安局局长李晨也赶到现场。

虽然现场周边布满警戒，但在暗淡的月光下，透着惨烈和悲壮的三具倒卧的烈士遗体，和随着凉风吹到人们鼻孔里的血腥味道，以及树林里猝然间几声不知名鸟儿凄厉的鸣叫，仍给人以恐怖的感觉。

吕昌湛介绍说："一个小时前，北山派出所所长杨胜接到群众报案说，听到北山体育场有几声枪响，见有几个人倒地不知生死。他带人到北山体育场查看，见分局巡警大队四名巡警倒地。他随后将情况报告给我，我带领刑警大队值班人员到了现场发现，四名倒地的巡警分别是杨桂林、孟鹏飞、陈连宇、祁铁平。除孟鹏飞中弹昏迷被送到军队209医院外，其余三人已死亡。"

现场的一切，让李晨充满了极度的悲怆，同时也激发了他和身边人的心中怒火，他闭上眼睛，沉稳下情绪说："把市区四个分局的刑侦技术人员和法医聚集到此，马上对现场进行勘查，尽快捋出案件线索。"

朱勇对周边的人员做着工作安排："现在对现场进行勘查，勘查范围为新华路北端北山宾馆东大门至北山体育场西大门，至整个北山体育场，重点区域为北山体育场树林内。勘查方法由外围向中心进行……"

不一会儿，两辆消防车开到现场，消防车上雪亮的弧光灯，给现场勘查提供了照明所需。

灯光下，刑侦技术人员和法医有条不紊地忙碌着……

现场勘查和尸检完结，已是第二天上午八点了，朱勇和沈和平到爱民分局会议室，向在此坐阵的李晨汇报工作。

作为技术科科长的沈和平谈及三名巡警的死因时说："根据尸体检验，死者杨桂林、祁铁平、陈连宇三人均为枪弹所伤。杨桂林、祁铁平均为左上腹射入，右背部射出，创道均经腹腔，将肝脏左叶击穿，致腹腔内积血；所以判断二人均为枪弹伤至肝脏破裂失血死亡。陈连宇自右项部射入，从左颞部射出；创道经左枕骨、左颞骨，将右侧小脑、左侧大脑挫碎出血，所以判断该人为枪弹伤致重度开放性颅脑损伤死亡。”

李晨问：“子弹是什么枪击发的，弹壳检验了吗？”

沈和平说：“现场提取了四枚弹壳。经检验，案犯所使用的枪支是‘7·5’案，庞学智被抢的枪支击发的。”

李晨问：“送到医院的孟鹏飞怎么样？”

朱勇说：“刚才我去了趟军队 209 医院，孟鹏飞中弹为左臂，子弹没伤到骨头，属轻伤；但他仰倒在地时，跌落至身后三米左右的坡下，右后脑磕撞在尖石上致脑挫伤，现在尚未苏醒……”

门外忽地传来吵闹声，一个焦虑的声音不知在质问着谁：“告诉我，告诉我，是不是我被抢的枪支打死了兄弟？你怎么不说话？你倒是说话呀？”

朱勇推开了会议室的门，见庞学智双眼外凸溢着泪水，神情激动地双手拽着刑警大队长张凯的脖领子质问着……

二

丹江市公安局在殡仪馆为杨桂林、祁铁平、陈连宇举行了追悼会；公安部发来唁电，东林省公安厅和丹江市委市政府有关领导参加了追悼会。

告别仪式现场庄严静穆、哀乐低回。参加告别仪式的民警及群众代表胸佩白花，整齐列队，在灵堂前肃立默哀。

两侧的挽联上写着：“英年早逝，心中热忱汇江海；浩气长存，肩扛金盾凝山岳。”

当三个牺牲民警的遗体依次被推出时，三个家庭成员撕心裂肺的哭声，轰鸣着整个告别大厅，更如一把把锤子敲击着每个人的心……

出了告别大厅，吕昌湛随市公安局领导送别省公安厅领导和市领导后，他对身旁的政委郭志强说下午两点召开全分局民警大会。郭志强商议着说三个牺牲民警刚出完殡，家属还需安抚；大会明天开吧？吕昌湛拿手帕擦了下双眼说，让政工科陪着家属，我现在只想把案件侦破工作尽快部署下去。郭志强理解吕昌湛的急躁，他点头说好，我现在就下通知。

下午的大会上，吕昌湛做了开场白，将此案命名为“4·27”案。接着他让郭志强做案件的侦破部署。

郭志强说：“案发次日，省公安厅派员来到丹江，在对现场和尸体进行了再次勘查和复核检验的基础上，对‘7·5’案件嫌疑人的画像，进行了修改。依据省公安厅专家的意见，把嫌疑人画像为：圆脸，身材魁梧，年龄在二十五至五十岁之间，身高一米七至一米八之间；从嫌疑人的胆大妄为和作案手段看，他应有过抢劫盗窃等犯罪前科；补充一点，嫌疑人应有当兵或者当警察的经历，心理素质好，枪法娴熟。嫌疑人居住地应在爱民分局辖区，距离案发现场方圆五公里以内。我们要广泛发动群众，细致走访……”

吕昌湛最后强调说：“铁北派出所是排查嫌疑人的重中之重。”他说这话的同时，扭头看了眼左侧同在主席台就座的蒋斌说，“你兼铁北派出所所长一职，你工作要多上心，这起案件说不定就会在你手中侦破。”

蒋斌说：“吕局，您放心，嫌疑人绝不会在我管片儿漏掉；但愿如您所愿，案件能在我手中破获。”

吕昌湛正过头来，接着说：“市局李晨局长指示，对这起案件的侦破，必须奖惩分明，对摸排不到位，漏掉嫌疑人的民警，将予以辞退；对袒护、包庇犯罪的，将追究刑事责任予以严惩；对在侦破案件中起到关键作用的民警，市局将给予重奖，并予以提职……”

刚散会，张凯在主席台下叫着蒋斌：“蒋局，我找你有事。”

蒋斌下了主席台问：“什么事？”

张凯神情凝重地说：“到我办公室说。”

蒋斌随张凯向他办公室走去。张凯路过大李子办公室，他冲虚掩的门叫了声大李子过来。

三人进了张凯的办公室，张凯把蒋斌让坐在沙发上说：“案发后我们得到线索，铁北派出所管片儿居民夏林成在案发第二天晚间坐火车离开丹江，而且这人还有过前科。我派人将其从天津带了回来，不过夏林成说案发当晚他和你在一起。”

“夏林成说案发当晚跟我在一起？”蒋斌心中一凛，刑警为何怀疑夏林成？难道他真的有可疑之处？案发当晚，我虽然跟他在一起吃饭，但我能证明他没有作案吗？

蒋斌沉默的当口，张凯和大李子的目光看着他，他如芒刺在身。

“想起来了，那天晚间夏林成的确跟我在一起。”蒋斌装作很随意的样子，拿起茶几上的烟和打火机，抽出一支烟点燃说，“他说要去天津舅舅家，因卧铺票不好买，我帮他买的卧铺票，给他送票去，我在他家吃的饭。”

大李子问：“那天晚上，你和夏林成喝完酒，你是几点钟走的?”

蒋斌说：“九点多……”

张凯恍然大悟地说：“对，夏林成跟你是连襟关系，你媳妇和他媳妇是表姐妹。你曾经跟我提起过你俩的关系。”

蒋斌点下头。

问完话，张凯说不好意思蒋局长，对嫌疑人的排查，我们只能这么做。蒋斌在心里骂着你们竟然给我装犊子，压根儿没把我当副局长看待。不过他面上还是笑笑说这我还能不理解吗？没事。

一个小时后，夏林成走出了爱民分局。

三

自父亲牺牲后，杨晓冬始终陪伴着母亲，直至父亲出殡。

早晨，杨晓冬和母亲吃过饭，他倒杯开水端到母亲跟前，而后与母亲一同坐在沙发上不知在想着什么。

张妍喝口水，深叹口气说：“晓冬，这一个多星期你也没上班，你父亲的事已经料理完了，你该工作就去工作吧。”

“妈，没事的，这段时间我陪陪您。”杨晓冬话音有些哽咽。

“我不用你陪，这段时间，我已经化解开了内心的痛苦。”张妍跟丈夫生活了三十多年，这是时常担忧丈夫安全的三十多年，这漫长的岁月也锻造了她性格上的刚毅，她督促说，“你也别老沉溺于悲伤中，你现在就去上班，尽快把杀害警察的凶犯抓住，才是对我和别的牺牲警察家属的最好安慰！”

母亲的话起了作用，杨晓冬振作了精神说：“好，我现在就去上班。”

杨晓冬没有到景福派出所，而是到了市公安局敲开了朱勇办公室的门。朱勇是“4·27”专案组组长，他向朱勇提出要参与专案的侦破工作。

杨晓冬是丹江市公安局第一个具有刑事侦查专业硕士文凭的民警，去年毕业回丹江时，局长李晨曾答应让其到基层派出所工作满一年后，到刑警支队当副大队长。故而，朱勇痛快地答应说：“那好，回刑警支队到专案组，我任命你为副组长。”

杨晓冬说：“朱局，我找谁报到?”

“找副支队长闫海滨，他是专案组副组长，负责专案的日常工作。他你应当认识，他原在爱民分局铁北派出所当所长。”

“我认识他。”

朱勇拿起内线电话打给了闫海滨，他说杨晓冬到专案组工作。

杨晓冬找闫海滨报了到，他问闫海滨案件有进展吗？闫海滨说正在大规模地摸排，目前还没有像样的线索。杨晓冬想起了孟鹏飞，他问孟鹏飞苏醒了吗？闫海滨说我前天去了，还没苏醒。杨晓冬说我去看看孟鹏飞。

杨晓冬先是回景福派出所交接了工作，下午到了 209 医院。自“4·27”案发生后，他这是头一次到医院看孟鹏飞。

为防止不测，孟鹏飞病房的门口有分局派的民警把守。坐在门口的两人，其中一人认识杨晓冬，他站起来冲杨晓冬微笑了一下，便推开了病房门。

杨晓冬走进病房，见孟秀媛和崔颖满面愁容地坐在病榻两侧，凝视着像是熟睡般的孟鹏飞。他放下手里装水果的塑料袋，叫了声孟姨和嫂子。

婆媳俩回过头。孟秀媛看到杨晓冬说：“你怎么过来了，你应当在家多陪陪你妈！”她说这话时，不由得想起丈夫匡国章被害时自己的悲伤，眼睛又湿润起来。

崔颖起身把自己坐的凳子让给了杨晓冬。

杨晓冬说：“我来看看鹏飞恢复得怎么样了。”

崔颖说：“他身上的枪伤是轻伤，他的昏迷是他头部的挫裂伤所致；伤势检查过后，大夫说问题不大。”

杨晓冬问：“他这一个多星期始终就这样躺着吗？”

“始终这样。”孟秀媛面色沉郁地说，“大夫虽说没什么问题，可这样醒不来却让人担心啊。”

几个人正说话间，杨晓冬发现孟鹏飞眼皮动了几下，眼睛一下子睁开了。

杨晓冬近前说：“鹏飞，你终于醒了。”

孟鹏飞毫无反应，像杨晓冬不在眼前似的。

婆媳俩满是惊喜，一句一句地轻唤着孟鹏飞。

过了两分钟，孟鹏飞眼珠活动了几下，像睡醒了似的开口问这是哪儿？崔颖说这是医院啊。她指了下孟秀媛问，你知道她是谁吗？孟鹏飞说，她是我妈……

孟鹏飞虽然醒了，可他出现了意识障碍和近事遗忘。问及案发当晚的事，他什么都不记得了。

四

爱民分局刑警大队、治安大队、派出所等实战部门每天都加班工作摸排线索。作为副局长的蒋斌，也只得做做样子晚回家。

这段时间，他内心也曾惶恐地自责过，因陈连宇在北山处理治安案件将黄毛开枪打伤，他收缴了孟鹏飞等人的枪支。他比别人再清楚不过的，是他间接地葬送了三个同事的性命！若是他不收缴枪支，加上杨桂林的一把枪，四把枪对付一把枪，对方再怎样的枪法，也难逃被击毙的结局。案发后的几天，他犹如犯了大错般耷拉着脑袋，唯恐别人提及此事导致追责；可没人在意他收缴枪的事，压根儿就没有领导问过此事。

蒋斌晚饭后在分局周边散步，他路过巡警大队，忽然想进去看看。铁栅栏门没锁，可房门锁着。他在巡警大队主持过工作，有门的钥匙。

没想到，他看到熊大为和卢庆光、杜海滨正在喝酒。

三人把两张办公桌并在一起，桌子上摆着几样熟食及三个装酒的茶杯，一瓶丹江大曲已下去大半，地上还有半箱啤酒没开喝。三人见到蒋斌，不约而同惊慌地站了起来。

“4·27”案发生后，巡警大队牺牲三人伤一人，且牺牲的人有大队长杨桂林，由此大队的其他人便没了主心骨。郭志强告诉二中队队长熊大为说，你们队里的人，近期就不要干其他工作了，你把班排好，一天二十四小时看好屋就行了。这天熊大为等人值班，晚间待着没事便想到了喝酒。三人喝到微醺，正念叨杨桂林的好处时，竟让蒋斌撞个正着。

蒋斌似乎不敢相信眼前的情形，他瞪大眼睛停留在三人身上几秒钟，继而勃然大怒上去就给了熊大为一个嘴巴骂道：“就在这幢房子里跟你们朝夕相处的三个战友刚牺牲，你们还有心情在这儿喝酒?”

蒋斌在巡警大队主持过工作，他的人品让巡警着实难以恭维。可这次，蒋斌的动粗和他的话，使三个巡警顿感喝酒不仅犯了错，内心还满是愧疚。三人忙接连说着蒋局我们做得不对，不该喝酒。

蒋斌怒气没消：“你们都给我滚。”

“我们今晚值班。”熊大为接着做检讨，“蒋局别生气，我们下回再也不敢了。”

“还等下回。”蒋斌指着三人说，“从明天开始，巡警大队的人不再值班，都到刑警大队跟着搞案子去。”

其实巡警都愿意到刑警大队搞案子，可他们没机会去。如今蒋斌的决定有些突然，让熊大为等人愣怔住了。

蒋斌再次说了声都给我滚。熊大为等人缓过神来，往门外边走边说谢谢蒋局，我们明天就到刑警大队报到。

当室内沉寂起来，蒋斌意识到自己到巡警大队是有什么目的的，但一时又想不起来。他点燃一支烟坐了下来。

抽完烟，蒋斌才想起到此来的目的就是搜寻有关夏林成的材料，了解他们掌握了多少夏林成杀死辛翠的情况。

蒋斌出门观望了一眼，见门前的小道上偶有人走过，铁栅栏围着的院落里不见他人。他关上了房门，从里面上了锁。

几个中队的办公室的门都是敞着的，唯有大队长室的门是锁着的。他有大队长办公室的钥匙，故而他要找什么材料，不是难事。

蒋斌在大队长办公室的卷柜里，找到了辛翠失踪案的卷宗。

五

蒋斌从巡警大队拿过来的辛翠失踪案的卷宗，有辛强报案的询问笔录和一份失踪人员呈请立案报告；呈请立案报告上写着失踪人辛翠于 1993 年 11 月 18 日向公安机关举报位于爱民区的爆棚歌厅存在卖淫嫖娼行为，爆棚歌厅被查封，现怀疑其遭遇报复，故呈请立案侦查。

蒋斌不由得回忆起铁北派出所的段春生跟他汇报说，滚石歌厅服务生反映有个刚来的小姐半个月前像是喝多了被人背走了。可过后有警察拿着那个小姐的照片，到歌厅打听是否有人认识照片上的人，服务生问了句这人咋的了？警察说失踪了。服务生跟打听情况的警察说不认识照片上的人。服务生把这条线索说给了段春生，段春生想把小姐失踪案当作命案搞，当时就被他否了。他为了了解谁在调查失踪案，还给法制科打电话，问了下立破案情况。法制科告诉他巡警大队要立一起失踪案，不过还没过来批。

蒋斌见呈请立案报告上只有杨桂林的签字，没有法制科科长签字盖章和分局领导的签字。他想杨桂林一定找过法制科批准立案，显然辛翠的失踪案，因不够立案条件，法制科没批准立案。

蒋斌记得很清楚，段春生是 4 月 26 日下午跟他汇报的情况，他告诉夏林成躲起来。27 日晚间帮夏林成买车票给他送去，当晚便发生了杨桂林等三人被枪杀的大案。他看着呈请立案报告上的填写日期是 4 月 9 日，他不禁在心里感叹说：你杨桂林图什么呢？组织不批准立案，你也调查；日常抓着点鸡毛蒜皮的小事，你也一本正经地不给情面。我在这之前时常诅咒你早死，因你不讲情面查封了爆棚歌厅，挡了我的发财路，还连累我被纪检委好一顿查，险些扒下我身上的警服。现在你没了，咱俩一了百了！

蒋斌想到自己对杨桂林的记恨，他脑海中浮现出夏林成对杨桂林的愤恨。爆棚歌厅被查封后他去看守所看夏林成，当把歌厅被查封的因由告诉夏林成时，夏林成曾说：“辛翠这个婊子，我出去了一定整死她。”夏林成还说，“这个杨桂林，我也不能放过他。”

想到这里，蒋斌心里激灵下，难道“4·27”案是夏林成干的？他杀了辛翠继而杀了杨桂林，岂止是杀了杨桂林，还有祁铁平、陈连宇，还有他在1992年时抢枪致庞学智重伤！

蒋斌如此推断，不由得出了一身冷汗，衬衣贴在脊背上透着丝丝的凉意。他张嘴没有出声地嘀咕着：“若是夏林成作的案，那我真的上了万劫不复的贼船了！”他嘀咕完，嘴角又撇了下笑了，心里说我真是自寻烦恼，那天跟夏林成聚会后，他送我时身体都晃荡，即使给他一把枪，他打个狗都不可能打准，怎能枪杀三个警察？

蒋斌忐忑的心平稳了下来，并自我安慰地想着，杨桂林等人没了，那么辛翠的案子自然就了结了，我和夏林成也不用担心了。

办公桌上的手机响起，蒋斌见是夏林成打来的电话，他拿起接听。夏林成问忙啥呢？蒋斌说在单位熬着呢。夏林成说我没吃饭呢，咱俩喝点酒去。蒋斌说好，喝点酒我回家睡觉。

蒋斌出门时，拿起辛翠失踪案的卷宗撕成两半扔进门口的垃圾桶里。

在一家羊肉串店，夏林成说：“我刚到天津我舅家，警察随后就到了把我带回来。你们刑警大队的挺神，居然找到了我舅家。”

蒋斌说：“没有我给你打证言，你在刑警大队得遭点罪。”

“没你打证言，他们也不能把我怎样。”夏林成说，“我家都给抄了，也没搜出什么东西来。”

蒋斌有些惊讶说：“都抄你家了，这帮小子见找不到证据才跟我核实案发时间咱俩在一起的事。”

“刑警大队那帮小子，没把你当回事。”

蒋斌有同感，他说：“刑警大队不归我分管，待我分管他们，我得好好板正板正他们。”

夏林成问：“我那侄女婿怎么样？”

蒋斌知道他问的是孟鹏飞，就说：“醒了，但失忆了。案发时的情形什么都说不出来。”

“这孩子，如果日后变傻了，岂不可惜了？”夏林成装模作样地接着说，“我哪天得看看他去，他虽然不把我当回事，可他老丈人毕竟是我表哥，我终归是他妻子的表叔，亲情还在。”

“话说起来，咱们都沾亲带故，你还是我表姐夫呢。”蒋斌说，“可孟鹏飞这小子跟杨桂林学的一根筋……”

六

杨晓冬到了专案组后，接连查否了几条线索，便觉得无事可做。他知道，从基层科所队上来的线索大都是似是而非的，线索若是像样的话，基层科所队就核实了，在这么大的案件面前，谁不想争头功呢？

这天上午召开案情分析会，朱勇说：“我以前曾说过，嫌犯自1992年7月5日抢得庞学智的枪后，他这两三年始终没有消停过，他只不过没弄出大的动静，我们不知道而已。他这次枪杀三个警察，定会使他邪恶的心态更加膨胀；他有可能再次作案，他作案的手段会更加肆无忌惮。目前线索有限，我们不能靠等，我们要主动出击。我们专案组可以成立由几个人组成的打击现行犯罪的巡逻队，巡逻队主要是晚间工作，目标便是‘4·27’案件嫌犯。”

杨晓冬破案心切，他首先举手说："我愿意参加巡逻队。"

杨晓冬话音落下，可其他人却没有什么热切的反应。

闫海滨自从铁北派出所调到刑警支队，他虽是副支队长，可他感觉自己说话的力度，在下属那里是打折扣的，跟在派出所当所长时不可同日而语。他踌躇了一下，对朱勇说："朱局，专案组人手有限，况且他们都是四五十岁的老同志，精气神都跟不上，能不能借调几个年轻的同志组成巡逻队？"

朱勇听了闫海滨的话，觉得不无道理，他把目光投向了杨晓冬说："那就这样，你负责具体巡逻工作，人员为五人，其他四人由爱民分局抽调。会后，我给吕昌湛打电话，你去爱民分局领人。"

杨晓冬凝重地点下头。

朱勇接着部署说："人领回来后，你到治安支队领取五把新的'五四'式手枪，多领些子弹；你领这几个人白天练习打靶，晚间巡逻。"

杨晓冬表态："我一定会按朱局的指示，不折不扣地执行。"

朱勇又把目光转向闫海滨："你提供给巡逻队一辆车，汽油你也得供应上。"他又补充说，"找五件防弹背心。"

闫海滨见把劳累的巡逻任务推了出去，就如释重负地说："朱局，您放心，没问题。"

杨晓冬到了爱民分局，在大门口当门卫的庞学智问你找谁？杨晓冬说找吕局长。庞学智问你是哪儿的？杨晓冬说市局"4·27"专案组的。庞学智眼睛一亮便与杨晓冬攀谈起来，庞学智介绍了自己，问我能不能到你们专案组去？杨晓冬把组建巡逻队的事告诉了他，说可以啊。庞学智对杨晓冬讨好般地说你把名字告诉我，吕局回来了，我喊你。杨晓冬把名字告诉了庞学智。

杨晓冬站在爱民分局院内，父亲的影子又浮现在他脑海里，父亲在办公室翻阅着卷宗；父亲手指着被铐在审讯椅上的嫌疑人厉声地质问；父亲出了大楼，匆忙地上了吉普车驶出大门。他的双眼有些湿润，缅怀父亲的心思又使他抬脚通过大楼西侧铁栅栏围起来的小道，走到巡警大队的小院。

半个月前三名警察的牺牲，使巡警大队实际上已有名无实。小院乱草茂盛，杂乱无章；小院内摩托车、自行车、房门、窗户，均落上了一层灰，似乎这院落和房屋已长久没人在此工作和生活了。挂在房门边上的丹江市爱民公安分局巡警大队的牌子，不知被谁从院门外扔进的稀泥把“警”字给糊上了。

眼前的物是人非，让杨晓冬越发哀伤，他为曾在这院落工作过而如今牺牲的父亲等几名警察心痛。他回到丹江工作后，来过爱民分局巡警大队几次；他知道这个巡警大队是由新招录的十二人组建的，除父亲外，其他人都是二十余岁的年轻人。他们怀揣理想，朝气蓬勃；父亲像对待自己的孩子那样照顾着他们，引导着他们。可他们却在两年多的时间里，竟有三人倒在罪恶的枪口下；他们分别是，去年破获抢劫警察枪支又持枪抢劫金店被案犯枪杀的付跃东；跟父亲一同牺牲的祁铁平和陈连宇。

杨晓冬眼里的泪水，再也抑制不住地落了下来。他心里默念着父亲和其他牺牲民警的名字，告诫着自己一定要将凶手绳之以法！

杨晓冬隐约听到庞学智在喊自己，他返回前院，无意间看到楼边的垃圾车里有份撕成两半的卷宗，进而他看到了父亲的名字，他把两半的卷宗捡起来，装进公文包里。

杨晓冬捡起卷宗的过程，被刚到单位走下车的蒋斌看见，他不禁心里嘀咕：杨晓冬捡起的是什么卷宗，该不是自己扔的辛翠失踪案的卷宗吧？因自己大多时间在派出所，不常在分局办公，清扫员通常两三天打扫一次自己的办公室，她不会是今早才打扫我办公室的吧？他走进办公室，看到垃圾桶里是空的。他拉开门问在走廊里擦玻璃的清扫员，我这办公室，你是哪天打扫的？清扫员说我半个小时前打扫的。他心里一紧，杨晓冬捡起的卷宗十有八九是我扔的。他拍了下额头自语，当时我怎么不把卷宗烧了呢？

杨晓冬是从爱民分局吃过午饭回到市局的，他领来了庞学智、熊大为、卢庆光和杜海滨。分局领导本不想让庞学智来，庞学智是跟分局领导急赤白脸地硬要来的。

巡逻队组建成了，几个人管杨晓冬叫杨大队。

杨晓冬说我是临时负责，别管我叫杨大队，叫我小杨或杨哥就行。

第二十章　阴谋未逞

一

早上吃饭的时候，方淑芬对丈夫说：“孟鹏飞住院也有些日子了，待会儿咱俩去看看他吧?”

“4・27”案发生后，夏林成虽然被警方已经查否。但他做贼心虚，怕孟鹏飞指证自己，由此他着实不愿见到孟鹏飞。此时妻子说要到医院看孟鹏飞，他只得假惺惺地说：“去吧，买点啥呢?”

方淑芬说：“不买啥，给他拿二百元钱吧。”她在凳子上起身从钱匣子里拿出两张百元钞票。

夏林成心疼地说：“这二百元相当于咱家一个月的生活费了。”

“你表哥对咱们还可以，人家女婿受伤住院，咱拿少了不好看。”

夏林成想起孟鹏飞以赌博名义抓他和搜查他的家，不由得恨恨地说：“若不是有表哥这份亲戚，他孟鹏飞死不死跟咱有啥关系。”

方淑芬惊异地看着丈夫说：“就好像孟鹏飞跟你有多大仇似的，干吗这么说人家?”

夏林成说："想起他抓我的时候，我心里就有些堵。"

方淑芬白了丈夫一眼："那还是你没做好事。"

为了不引发妻子对他以往所做坏事的絮叨，夏林成撂下碗筷说："209医院挺远的，咱俩现在就走。"

夏林成和妻子出了小卖店，他骑上了自行车，方淑芬坐在了后座上。

两人到了209医院，方淑芬说在402病房。爬楼梯到了四楼，方淑芬拐过楼梯径直往病房走，她扭头一看没了丈夫。

方淑芬返身见丈夫竟站在楼梯口处，她问："你怎么不跟着我？"

夏林成抬起右手用拇指指了下走廊里说："里面有警察，那个警察处理过我，我就不过去了。"

方淑芬白了丈夫一眼，只得自己向走廊里走去。

夏林成下到一楼，坐在收费窗口旁的椅子上，隔着交费的人流，面露紧张地注视着从楼上走下来的人。

也就十多分钟，方淑芬从楼上走了下来。

夏林成见妻子身边没旁人，他从交费的人流中走出来问妻子："孟鹏飞怎么样？"

方淑芬说："没啥事，明天就出院了。"

"我听说他想不起来从前的事了？"

"以前的有些事他是想不起来了，不过亲属他倒还认识，我问他你能叫出我名字吗？他叫了我声表婶还叫出了我的名字，他还问我表叔怎么没来？我问他你表叔的名字你能叫出来吗？他想了下把你的名字叫了出来。"

夏林成盯着妻子问："他叫出我名字时是什么表情？"

“那还什么表情，啥表情也没有。你以为你在人家印象中好啊？”方淑芬对丈夫不屑地说。

听了妻子的话，夏林成悬着的心放了下来。

不过当夏林成骑上自行车驮着妻子往家走时，心里却盘算着：孟鹏飞要是恢复记忆的话，我该怎么办？他琢磨了会儿定下心来说：要想自己安心，就必须得杀了他。

二

夏林成觉得除掉孟鹏飞是易如反掌的事，孟鹏飞住院警察在门口守门，他出院回了家，警察岂能长久地在他家门口守着？

4 月 27 日晚间，夏林成持枪杀害三名警察后，他深知警察定会大规模地排查，他身上的枪支不宜携带和存放。他不急不慌地找到一棵高大的榆树，他爬上榆树三米左右的高度将枪藏进树洞里。28 日晚间坐火车到天津之前，他把家中的三十余发子弹用塑料袋包好，扔在了邻居家仓房顶的瓦上。他被警察在天津抓住那一瞬间，他第一反应就是警察找到了枪，并从枪支上验证了他的指纹。他被押解回来，看到警察从他家中搜出的金银饰品，其中有杀死辛翠得到的金项链和银手镯，他险些崩溃张口要交代，可当警察问他金银饰品的来源时，他又恍然意识到，警察若把枪找到，岂能问金银饰品哪来的小事？他坚定着自己的想法，只有警察把枪拿出来，自己才能交代。辛翠的金项链有发票，他说媳妇过生日给媳妇买的。他说银手镯是在北山早市花十元钱买的。加之案发时间蒋斌作证两人在一起喝酒，他才蒙混过关。

夏林成想从榆树上把枪取回来，可他观察了两天后发现北山体育场晚间有警察晃动的身影；白天上午和下午都有体工队训练的和玩乐的半大孩子，也就中午人少一些。

通常午饭后，夏林成都要在家睡一觉，而这天他为了取枪往门外走着说到外边溜达溜达。方淑芬收拾着碗筷不满地说，我从早上四点多钟就起来上外边上货和在家做饭，你要是不困的话，替我看会儿柜台，我休息一会儿。夏林成敷衍地说我转一圈回来就帮你看柜台。

夏林成出了小卖店的门，感觉到了午间太阳的火辣，这使他改变了步行的想法，骑上了自行车。胯下哗啦作响的自行车，让他颇有感触地想：去年骑摩托车，两个月前开汽车，现在又换成自行车了。他继而提示着自己：不行，活着就要舒服些，日后怎么也得想办法整些大钱。

夏林成把自行车扔到了北山体育场东门，走了进去。东门门口的篮球架边几个少年正挥汗如雨地打着篮球；南侧的树丛很寂静，看不到人影。他擦了下头上的汗，奔向树丛。

夏林成拿到了枪，回家的途中路过邻居家的仓房，伸手在瓦上摸了会儿，摸到了子弹。

夜晚十时许，夏林成出了小卖店锁了门，跨上自行车消失在夜幕中。

夏林成骑车过了横亘在城市中间铁道线上的虹云桥，直至城市的边缘江边。一个多月来，他观察到，每到晚间，爱民区各公共场所都遍布着便衣警察。他心里明了，自己开枪杀死三个警察后，警察已把爱民区认定是嫌疑人出现的重点区域。因此，他要到十公里外的江滨公园作案。

在江滨公园的一个凉亭里，夏林成看见一个男的呼哧带喘地忙活着身下的女人，他拿手电筒照了下，男的五十多岁，女的二十多岁。

这对男女在手电筒的光柱下惊慌失措，两人忙起身整理着下身的裤子和裙子。

夏林成亮出工作证说：“二位定是卖淫嫖娼的了？走吧，跟我到分局去。”

男的说：“我看眼工作证可以吧?”

夏林成趾高气扬地说：“当然可以，看吧。”他把手电筒对着工作证照着。

男的伸着脖子看过工作证，乞求地皮笑肉不笑地说：“警察大哥，高抬贵手。”他说着摸着前后裤兜，从后裤兜里掏出折叠的几张百元钞票，塞到了夏林成的手里。

夏林成要的就是这个结果，他说：“今天看你们态度还可以，就不把你们往分局带了。”

男的双手作揖接连说着谢谢，和女的出了凉亭没了踪影。

夏林成回到小卖店，掏出勒索的钱查了查共六张，他笑逐颜开地把钱放到嘴边亲吻了下，揣回了裤兜内。

夏林成倒了杯白酒，就着花生米喝着酒自语：“你们警察部署得再严，终究还有疏漏的地方。”

对于夏林成来讲，“4·27”案案发已过去一个多月，他有惊无险安然无恙，枪口下幸存的孟鹏飞也没对他形成威胁，他不由得扬扬得意。虽然他心存侥幸，不过他早已断定，自己认罪伏法，走向刑场是迟早的事；他的心态是躲过一劫就多活段日子，在多活的日子里还要满足自己的心瘾，玩着手中的枪，让那些发怵的人奉上钱来。

三

杨晓冬到爱民分局领人那天，在垃圾车里捡到辛翠失踪案的卷宗，只是看到父亲的签字而心存念想所为。不过他把卷宗用透明胶带粘好，不禁泛起了寻思：这起失踪案是“4・27”案案发前搞的，而且恰巧是爱民分局巡警大队一中队搞的案件，一中队三个人除孟鹏飞外，另两个人祁铁平和陈连宇与我父亲是一同牺牲的，这起失踪案件与我父亲等人的牺牲是否有关联呢？再则，这本卷宗为何被扔在垃圾车里？难道是“4・27”案案发后，爱民分局刑警大队的人为了寻找线索搜集此卷宗后，见没价值便随手扔掉了？

杨晓冬拿起电话打给了张凯，他说张大队，“4・27”案案发后，你们到没到巡警大队搜集被害人所搞案件的卷宗？张凯说案件发生后经过弹壳检验，证实是庞学智被抢的枪支击发的，所以我们认为是嫌犯再次要作案时，遇到巡警盘查而突然持枪行凶，就没往巡警搞案件得罪人方面去考虑，我们也就没到巡警大队搜集他们所搞案件的卷宗。

放下电话，杨晓冬揣测卷宗有可能是巡警大队的人丢弃的。他召集了从爱民分局抽调来的三个巡警，把卷宗放到三人跟前问，你们是否见到过这本失踪案的卷宗？三个人都摇摇头，熊大为翻看了几页说，这是一中队搞的案件，他们跟我们不在一个办公室。不过看这上面有杨大队的签字，那就证明这本卷宗是要进行调查的，凡是有杨大队签字的卷宗，大都放在大队长办公室的卷柜里，原因是怕泄密和卷宗丢失。

熊大为的话，让杨晓冬越发感到蹊跷，因为卷宗放在大队长室的卷柜里，卷宗更不可能被扔在分局的垃圾车里了。不过他心中的疑问，眼前的三人却给不了他答案。他看了下手表说九点了，咱们打靶去。

杨晓冬按照朱勇的部署，他给巡逻队订的作息时间是，白天训练，晚间工作。这是他们第一天打靶训练。

卢庆光和杜海滨先走出了办公室，熊大为转过身，指着办公桌上的卷宗问：“杨哥，这本卷宗你在哪儿找到的？”

杨晓冬说：“我去接你们那一天，在你们分局垃圾车里找到的。”

“这本卷宗我知道是谁扔的了。”

“是谁？”

熊大为压低了声音说：“是爱民分局副局长蒋斌。”

杨晓冬不解地问：“卷宗怎么可能在他手里？他为什么要扔这本卷宗？”

“在你到爱民分局接我们的两天前，我们中队晚间值班，没啥事便买了些酒喝开了……”熊大为说，“蒋斌当时把我们撵走了，他自己留在了巡警大队，他拿走这本卷宗那不是很正常吗？”

“他能打开大队长办公室的门？”

“他在巡警大队主持过工作，他有钥匙。”

“他拿走卷宗，又撕了卷宗扔了，这又是为什么？”杨晓冬问，“这卷宗呈请立案报告上写着失踪人辛翠曾向公安机关举报过爆棚歌厅存在卖淫嫖娼行为；现怀疑其遭遇报复，故呈请立案侦查。难道说爆棚歌厅跟蒋斌有什么关系？”

“爆棚歌厅是去年冬天你父亲领着我们查封的。”熊大为对有些事不知情，他推测说，“我估计爆棚歌厅跟蒋斌没什么关系。蒋斌毕竟是副局长，歌厅要是跟他有关系的话，最起码爱民分局的人不可能去查封。”

杨晓冬觉得熊大为的话不无道理，他没再问什么，和熊大为出了办公室。

杨晓冬领人没到麻花沟打靶场，而是驶向了草帽顶。庞学智问，草帽顶没打靶场啊，只有执行死刑的刑场。杨晓冬说草帽顶往三道关村走的路边有北方工具厂的弹药库，那里有室内打靶场，咱们在那儿打靶。北方工具厂是丹江市的一家军工企业，庞学智竖起大拇指说那地方打靶好，若在麻花沟打靶，在露天的环境下说不定会引起嫌犯的注意。

吉普车开进两扇对开的厚重的大铁门里。庞学智算是见多识广，他在副驾驶位置上看着两边荷枪实弹的警卫和前方道路两旁繁盛的花草及茂密的林子，他不由得充满新奇地问杨晓冬，这地方跟公园似的，弹药库在哪儿呢？谁这么有能耐联系的这地方？杨晓冬笑了下说弹药库在地下，咱们看不着；朱局帮咱们联系的这地方，我昨天和朱局来了一趟。

打靶场在一幢犹如厂房似的宽敞的建筑里。几个人进了打靶场，都摩拳擦掌想过过枪瘾。

庞学智自打受伤以来，就没再摸过枪。此时，他脸上充溢着少有的兴奋，他自告奋勇地当起了教练，他举枪做着动作说：“手枪射击分为几个部分：一站姿，二握把，三瞄准，四扳机控制……”

四

方淑芬进了小卖店，扰醒了丈夫。夏林成从炕上起身说我上北山锻炼会儿。通常，夏林成早上醒了，躺在炕上看电视。直到七点左右方淑芬把早饭准备好，他才下炕。方淑芬看着从身边走过的丈夫不解地说，这刚五点多，今天怎么突然想起锻炼来了？

夏林成没理会妻子，他出门骑上自行车走了。他没有到北山，而是到了红松林小区。孟鹏飞的家就在这个小区，他要对孟鹏飞下手。昨天，他遇见了孟秀媛，因他是崔颖的表叔，孟鹏飞和崔颖的过礼及结婚他都参与和参加了，孟秀媛也认识他。他假惺惺地问孟鹏飞身体怎么样？孟秀媛说除记忆力受损外，别的都还可以。他说不能在家老待着，得适当地出门锻炼。孟秀媛说孟鹏飞每天早晨都出门锻炼。由此他想早晨在孟鹏飞出门时对其下手。

孟鹏飞结婚的时候，他当时刻意记下房号和房屋结构，二号楼三单元201室，及两室的房子大屋在南侧小屋在北侧，新房在南侧的大屋。

夏林成先是观察，他围着红松林小区六幢楼转了两圈，他见小区的空地上种了些花草和几株小树，小区进出单元买早点的老年人较多。他觉得在小区院内不易潜伏，若动手的话，只能选择从三号楼三单元的窗口处对二号楼三单元门口射击。

这个小区物业不太好，单元的程控门大都是损坏的。夏林成进了三号楼的三单元，在二楼与三楼之间的缓台处停下了脚步。他在这儿可以通过窗口清楚地看到对面二号楼三单元进出人员情况。

夏林成感觉闷热，浑身都是汗。他推开窗户抹了下额头上的汗；又把装在衣兜里的枪掏出将子弹上膛，脱下外衣搭在拿枪的右手腕上。

过了十多分钟，夏林成见孟鹏飞和崔颖走出了单元门。他条件反射般左手拿起罩在枪上的外衣，右手抬枪瞄准了孟鹏飞。就在他轻缓扣动扳机，想精准地一枪置孟鹏飞于死地之际，楼上忽地传来“咚咚”下楼梯的声音。他只得收回枪，低头向楼下走去。

夏林成出了单元门，看到了二十米外孟鹏飞和崔颖的背影，孟鹏飞在前，崔颖在后。他急速追赶，从侧面超过了两人，躲在了一棵大树的后面。

此时，还不到七点，街道上行人稀少。夏林成对隔着道迎面走来，完全暴露在自己眼前的孟鹏飞露出一丝狞笑，抬起了枪。

忽地，崔颖不知跟孟鹏飞争执着什么，转到了孟鹏飞的前面，崔颖的背部挡住了夏林成对准孟鹏飞的枪口。

夏林成隐约听见孟鹏飞说了声好，跟崔颖双手作了下揖。崔颖侧身笑着伸了下手臂，显现出怀孕有些凸起的肚子。

崔颖怀孕的体态，像抛过来的一根针扎了下夏林成，那或多或少牵连的血缘关系，使他身体激灵了一下，他知道自己这一枪打出去，自己表侄女日后生的孩子将没了父亲，他把扣扳机的食指松了下。

孟鹏飞和崔颖离夏林成越来越近。夏林成的耳畔响起一个声音：“你还顾及什么亲情，你不下手，他日后或许就会指证你！”

可当夏林成扣动扳机的食指再要用力时，一辆载着三人的挎斗摩托车停在了孟鹏飞夫妻跟前，挎斗摩托车下来两人后又驶离了。

下来的两人警觉地四周望了望，一人还对孟鹏飞说：“你们两口子，白天等我们来了再出门呀。”

“没事啊。”孟鹏飞笑着说，“我还寻思告诉你们不要再来了。”

那人说：“你可别大意啊。”

夏林成认出来那两人是爱民分局刑警大队的，自己枪杀警察后前脚到天津后脚就追到天津将自己带回丹江的就是他们。他从对方谈话中听出，警方对孟鹏飞的家人已采取了保护措施。他沮丧地收起枪，匆忙离去。

夏林成心有不甘，在此后三天，他都到红松林小区寻找机会对孟鹏飞下手，可他头两天都碰到了在小区里的警察；第三天没有了警察，也没发现孟鹏飞出来的影子。他为了打探情况，去了趟表哥家，唠嗑时问你女婿怎么样了？崔父说没什么大问题，最近小两口出门到哈尔滨的亲戚家去了。

夏林成不禁懊悔，自己失去了最佳机会。他心里又祷告，但愿案发时孟鹏飞没认出我，或他对那一刻的失忆永远不能恢复。

五

这天巡逻队回到市公安局已是半夜十二点。几个人下了吉普车，熊大为拍着肚子说，下班五点半在食堂吃的饭，现在这又饿的前胸贴后背了。庞学智始终斗志昂扬，他拍了下熊大为的肩膀说哪来的那么多废话，赶紧回家休息明早上班别晚了。杨晓冬说我请大家到地摊吃点饭吧，明天上午休息，下午训练。熊大为欢喜地说好啊，先谢谢杨哥。

五个人在市公安局附近找了个地摊，边吃边聊了起来。

年轻人在一起嗓门大，唠起嗑来自然说起了工作，三个巡警对杨晓冬说起他父亲多么多么好。庞学智把手指放在嘴唇上嘘了一声，又用拇指指了下身后。几个人会意，声音顿时就低了下来。

在庞学智的身后，有两个酒已喝得有些大舌头的男子正唠着男女关系的话题，两男子一魁梧一瘦小。庞学智虽然也跟同事们边吃边喝，可耳朵却竖着细听着身后两人的对话。

魁梧的男子说："警察太不叫玩意儿，四处踅摸钱。"

瘦小的男子笑了笑问："怎么，嫖娼又让警察抓了？"

"我原先嫖娼让警察抓，警察罚款给罚没款收据。"魁梧的男子说，"可我前段时间，找个站街的，寻思在江滨公园凉亭打个快炮，结果被一个警察抓了；当场被勒索六百元钱，虽然我觉得比带到分局或派出所罚款的钱要少，可那个警察只亮下工作证，就进兜几百元，比我占的便宜更大。"

"是哪儿的警察勒索的你？"

"好像是爱民分局的。"魁梧的男子顿了下说，"对，是爱民分局刑警大队的肖铁军。"

庞学智听到肖铁军的名字，心里一激灵，他知道肖铁军因车祸身亡，那么身后人说的爱民分局肖铁军抓他嫖娼的事，定是有人假冒的。他起身到杨晓冬跟前耳语了几句。杨晓冬问大家吃好没有？另外三人感觉到有情况，也就不计较肚子饱不饱了，都说吃好了。

那两男子结账刚要走，庞学智转身亮出工作证截住两男子说："麻烦你俩跟我们走一趟。"

魁梧的男子知道刚才说的酒话惹了麻烦，神情沮丧且害怕地说："我、我刚才说的话是瞎说的，而且都是过去的事了……"

熊大为推了下魁梧的男子：“废话少说，跟我们走。”

把两男子带回市公安局刑警支队分别询问，主要焦点在魁梧的男子身上。

通过瘦小的男子了解到，魁梧的男子叫施文，他和施文同是发电厂工人。施文离异，自己单过。施文为解决生理问题常搞不正当男女关系。

施文便是被夏林成冒充警察在江滨公园勒索的那个人，他承认常搞不正当的男女关系；再问他干过什么违法的事，他说我除了搞男女关系，其他违法的事什么都没干过。

庞学智问：“你把几天前在江滨公园嫖娼被警察抓的事，详细地说一遍。”

施文说：“这个星期一晚间，我酒后到江边溜达，见一个二十多岁的女的穿得挺露，我过去跟她说陪陪哥哥怎么样？她说好啊，你先请我吃点饭吧。我请她吃的羊肉串喝的啤酒，晚间九点多钟，我跟她在江滨公园一个亭子里发生了关系。不料被一个警察抓了，那人亮出了工作证让我们跟他走一趟，我兜里有六百元钱，便掏钱给了他，求他高抬贵手，他就放过了我们。”

“那个工作证上写的是哪个单位的？叫什么名字？”

施文说得很肯定：“我还真看了眼工作证，单位是爱民分局刑警大队，名字叫肖铁军。”

“你看到那个警察腰间有枪吗？”

“没注意。”

“那个警察说话什么嗓音？”

“没什么特别的嗓音，话音有些粗有些重。”

“那个警察什么体貌特征？”

“圆脸、平头，挺高挺壮，身高有一米七多，年龄有五十岁左右。”

庞学智觉得话问得差不多了，他看了眼杨晓冬征询着意见。杨晓冬点下头。

庞学智对施文说留下你的联系方式，你和你同事可以走了。施文如释重负般地点下头，留下联系方式，出门和同事走了。

庞学智对杨晓冬说：“那个冒充肖铁军的人，极有可能就是‘4·27’案件的嫌犯。”

杨晓冬若有所思地说：“嫌犯就在我们眼皮底下，他知道我们对爱民区布控严密，就换了作案地点。我们也应当灵活机动……”

六

随后的一段日子里，杨晓冬带领巡逻队变换着地点搜寻着嫌犯。

这天晚八时许，杨晓冬把吉普车停在江滨公园八女投江英烈群雕纪念广场外，几个人下车分散着向公园走去。

江滨公园是依托穿城而过的丹江所建的带状开放性公园，绵延五公里；八女投江群雕纪念广场是公园的中心，纪念广场靠近江堤处，便是纪念抗战时期冷云等抗联女战士的八女投江群雕，群雕坐南朝北，由花岗岩石雕塑而成。为全国重点烈士纪念建筑物保护单位和省级爱国主义教育基地。

江滨公园树影婆娑，花团锦簇，吸引了诸多市民休憩游览。纪念广场灯火辉煌，广场两边是小吃和卖小物件的摊位。公园内大多是饭后散步纳凉的人们，也有谈情说爱的情侣，当然其中不乏各色心怀鬼胎的人。

两个流里流气的男子进入了杨晓冬的视线，这两人一个脖子上戴着大金链子，另一个头发烫着卷毛。

两人路过小吃摊，一个醉酒男子在凳子上起身把大金链子手中的烟撞掉在地。卷毛照着醉酒男子就是一拳，骂着说你瞎呀？醉酒男子仰倒在地，他爬起来跟对方理论说，我、我撞你们一下你们也不应当打我呀。大金链子近前说打你怎么着？

眼看着醉酒男子就要吃亏。杨晓冬疾走几步挡在被撞男子前面劝着说算了吧。他又扭头对醉酒男子说你快走吧。醉酒男子走了，可两个流里流气的男子斜眼挑衅般地看着杨晓冬。杨晓冬笑了下说你俩什么意思？大金链子说你说我俩什么意思，你把人放走了，我俩没人出气，想找你出气。大金链子话音刚落，一只脚突然将他踹倒在地；卷毛脸上也挨了一巴掌，同时一把手铐落在了地上。

庞学智出现在杨晓冬的身边，他捡起从身上掉落的手铐别回腰间替杨晓冬回答着两人，两个小混混儿，还想跟我们练练；那好，我先跟你们练练。那俩男子见对方是警察，忙双手作揖说了两声对不起，扭身就溜了。

杨晓冬怕惹麻烦，他低声对庞学智说，庞哥你下次可不能随意打人。庞学智不以为然地说对这样的无赖，就得这么整他们。杨晓冬还想说什么，他衣兜里对讲机响起杜海滨的声音，杨哥、杨哥，江心岛。杨晓冬掏出对讲机说了句知道了。两人奔向了江心岛。

江心岛位于八女群雕的南侧，面积宽阔。岛上虽有些景观设施，但晚间无灯光照明，很少有人光顾；一座步行桥连接着陆地和江心岛。

杨晓冬和庞学智在路上看到了熊大为。三人到了步行桥江心岛一侧，卢庆光和杜海滨在等着他们。

卢庆光说："我和杜海滨在江堤上，看到一个梳大背头的男子领着一个二十多岁的女子，大背头把女子靠在栏杆上接吻，一看就是搞不正当男女关系的。我和杜海滨在这对男女周围绕了两圈，发现在大花坛后边，有一个戴鸭舌帽的男子也在暗中观察着这对男女，而且这男子将鸭舌帽压得很低。鸭舌帽很沉稳，直至那对男女过了桥上了江心岛，他才过桥。我俩随后也跟了过来。"

杨晓冬问："你们看清鸭舌帽面容了吗？鸭舌帽过桥有多长时间了？"

杜海滨说："我们离鸭舌帽有二三十米，没看清对方的面容，估计身高有一米七多，挺壮的。鸭舌帽过桥也就五六分钟。"

"鸭舌帽跟踪那对男女的目的显而易见。"杨晓冬做着部署，"步行桥是江心岛外出的唯一通道，卢庆光和杜海滨在这桥头堵着，发现鸭舌帽就立即拿下；我和庞哥、熊大为到江心岛搜寻。"

七

鸭舌帽不是别人，正是夏林成。

夏林成吃晚饭时又因为喝酒跟妻子吵了一架，方淑芬说你也不找个活干，还每天整点菜喝点，家里的钱都让你喝了；孩子就要高考了，你就不会节俭点？夏林成说我挣大钱时你忘了，我喝点酒你还叨咕啥。方淑芬说你挣的大钱让你买车了，然后撞报废了。我是没见到你的大钱，只见到你在歌厅跟小姐鬼混还把脏病传染给了我。夏林成骂了句滚，把杯中的酒泼洒在妻子脸上，就进屋拿枪出了门。

夏林成的去处仍是江滨公园，他作案的时间通常是在晚间九十点钟，这段时间纳凉的人已回家，做生意的大多已打烊，所剩的便是成双成对的，他们在昏暗之处窃窃私语地做着亲昵的动作，那时寻找作案目标是很容易的事。他为了打发时间，把自行车支在了在离江滨公园两公里远的一家录像厅门前，买张票进去看起了录像。

录像是香港的武打片，夏林成正津津有味看着的时候，前排座拐进来一梳大背头的男子引起了他的注意；虽灯光幽暗，但他觉得大背头面熟。他寻思了一会儿，想起大背头是机床厂的保卫干事，两年前一天半夜他在机床厂附近抢劫了一女子一百多元钱，女子到机床厂门卫求助，就是这小子和同事骑着挎斗摩托车把自己撵上，弄到保卫科用绳子绑起来给自己好顿揍。若不是下半夜他打盹儿时自己趁机跑掉，那次最少也得劳动教养三年。他心里萌生出要枪杀对方的复仇念头。

大背头靠近一个女子坐了下来，他的身体逐渐往女子身上贴着。夏林成意识到那女子肯定跟大背头不熟悉，大背头进录像厅的目的就是来偷腥的。他静静地起身，走过三个空座位，靠近大背头的身后，在椅子里缩下了身子。

女子对大背头的亲近没有躲闪，而是问你要干啥？大背头右肩动了下想必右手摸着女子的胸部，嘴上说想摸一下。女子说想摸拿二十块钱。大背头说没问题，干一下多少钱？女子说一百元。大背头说好，咱俩到江边去。女子没作声，不过他跟大背头似情侣般让他牵着手走了。夏林成看到了女子的侧脸，他见对方二十来岁，容貌俏丽，不禁心里说，这样的女子花一百块钱干一下也值。

大背头和女子显然很投缘，两人没有找个僻静之地直奔主题，而是在江滨公园卿卿我我边走边聊，直走到江心岛坐到道边的长椅上，大背头才急不可耐地解女子的衣服。夏林成在十米开外模糊地看到了女子的白胸脯，他拔出已上膛的手枪刚要上前，一个跑步的男子从他旁边掠过。

大背头忙把外衣护在女子的胸前，他望着跑步男子的背影说没想到这么晚了还有人，我们上里面去。他和女子钻进长椅后边的灌木丛中。

江心岛上很是寂静，在夏林成悄悄走向灌木丛时，他听到两个声音，一个是不知哪儿来的流水声，再一个就是大背头和女子的粗重的喘息声。

忽地，一声刺啦的声音传来，让夏林成一惊，他倏然觉察出这是警察用的对讲机发出的声响；就在他一怔间，又隐约听到了拉枪栓的声音。他心里暗自说了声不好，就钻进了灌木丛相反方向道边的林子里。同时，他听到了身后的追跑声。

夏林成滑进一个水坑里，水至膝盖。刚才听到的流水声清晰起来，他见水从身旁一个半人高的涵洞里淌出。他明了，他处的位置是个景观湖，水通过涵洞将环岛的江水引入。他爬进了涵洞，仓皇地向岛外奔逃。

夏林成突破了杨晓冬等人的包围，他从另一端出了涵洞，泅水渡江跑了。

巡逻队虽遗憾地只抓获了一对卖淫嫖娼的，不过无形中救了大背头的命。大背头压根儿不会想到，会有人拿枪想要他的命。

第二十一章　恢复记忆

一

半夜，蒋斌和小学同学喜子进了一家串店。喜子便是接手爆棚歌厅的人，蒋斌当包片民警时，两人走得就挺近；他当上了副局长后，喜子为了歌厅的生意更是鞍前马后地效力。这天晚上，两人酒后去洗浴按摩，继而又上串店接着喝。

两人正喝着，对面桌来了两个年轻人，另一个人对左脸有块青痣的说：“大四，想吃点啥?”

大四说：“给我来十个排骨串……”

蒋斌听到大四的名字，觉得耳熟，他琢磨了会儿，想起来这个名字铁北派出所的段春生曾跟他提起过，滚石歌厅有个服务生提供一条线索，新来的小姐跟客人认识，喝多了让客人背走了。因段春生所说的事情就是夏林成杀害辛翠后移尸的过程。由此他当时问服务生叫什么名字？段春生说叫大四。他对喜子说：“身后脸上有青痣的那个小子你认识吗?”

喜子转身看了眼说：“认识，滚石歌厅的服务生，叫大四。”

蒋斌想起了那本自己扔掉，却又被杨晓冬捡走的辛翠失踪案卷宗，不禁为消除隐患而心生一计地说：“滚石歌厅跟你的歌厅都在一条街上，滚石歌厅的生意跟你的生意争客源吗？”

“我们两家歌厅相距不到五百米，你说能不争吗？滚石歌厅虽然是新开的，但人家歌厅比我的大，条件也好，客源肯定比我多。”喜子凑近些说，“若不是近期有您罩着，我在歌厅养了几个小姐，说不定我的歌厅早就关门了。”

“我把你发财的这个绊脚石搬掉怎么样？”

喜子面露惊喜：“那太好了，如果你把滚石歌厅封了，我歌厅的营业额起码能提高三分之一。”

蒋斌压低声音说：“那就这样……”

喜子听了蒋斌的建议，竖起大拇指说：“你这招儿高，我这两天就办，到时候肯定会让你抓个现行……”

三天后的晚间，蒋斌让铁北派出所民警全体待命。晚九点，他率民警直奔滚石歌厅，在两间包房里抓到两对卖淫嫖娼的。

把卖淫嫖娼的押到所里时，蒋斌说把老板也带走。毕昌文被从办公室带出来，他问蒋斌凭什么带我到派出所？蒋斌说容留卖淫嫖娼。

蒋斌把滚石歌厅查封了，刑拘了毕昌文。他以为大四失去了滚石歌厅的工作，便会就此消失。不承想，大四进了喜子的爆棚歌厅，喜子在蒋斌的授意下把他留下，又唆使人在他下班时将他打伤，大四只得回海伦县的家里养伤。

二

杨晓冬这天来得早，他坐在椅子上，再次狐疑地看着办公桌上辛翠失踪案的卷宗。他心里又在思忖：这本卷宗怎么会出现在垃圾车里呢？熊大为说扔这本卷宗的人应当是爱民分局副局长蒋斌，难道真的是他？

杨晓冬想到了孟鹏飞，他心里寻思：孟鹏飞的记忆已经恢复了吧？他或许能给我答案。他拿起电话，给孟鹏飞打了传呼。

过了十多分钟，杨晓冬见孟鹏飞没回话，他就直接把电话打到了孟鹏飞的家里。孟秀媛接的电话，她说孟鹏飞没在家，他和妻子到哈尔滨姑家去了。

杨晓冬撂下电话猛然想起来，朱勇局长曾说过，孟鹏飞是“4·27”案件幸存者，为安全起见，从医院出院后不应在家住。他此时很想破解辛翠失踪案的诸多疑虑，他心说我何不到哈尔滨去一趟？他又拿起电话拨通了孟鹏飞家，他跟孟秀媛打听了孟鹏飞在哈尔滨的详细住址。

这时庞学智走进杨晓冬办公室。杨晓冬把车钥匙递给庞学智说，我正要找你呢，我要去哈尔滨一趟，我不在时由你来组织巡逻工作。庞学智问你去哈尔滨几天？杨晓冬说多说两天。杨晓冬下楼，借了辆车去了哈尔滨。

孟鹏飞的姑家在松花江边。杨晓冬找到孟鹏飞的姑家，孟鹏飞的姑说小两口刚出去，去江边了。

松花江面波光粼粼，岸上姹紫嫣红，垂柳依依；美的景致，加上小商贩的叫卖声，一派祥和的氛围。

杨晓冬面露愁容嘴上自语：“人这么多，到哪儿找孟鹏飞去？”

没想到杨晓冬扭头间，竟一眼发现了孟鹏飞小两口。两人坐在道边的长椅上，孟鹏飞仰头眯缝着眼睛晒着太阳，崔颖倚靠在他身体的左侧看着脚下觅食的鸽子。

杨晓冬有些不忍打扰两个人的温馨，他走到近前停下了脚步。他看着眼前的这对爱侣，不由得联想到自己，我什么时候能有个柔美的妻子呢？

觅食的鸽子飞起，崔颖的视线也随着扬起，她看见了杨晓冬。她怔了下，随即拽了下孟鹏飞的左臂。

孟鹏飞坐直了身子，看见杨晓冬，也跟妻子的神情一样，先是怔了一下，随后起身大声问："晓冬，你怎么来了？什么时候到的？"

"我找你有点事，开车刚到。"杨晓冬笑了下，说，"我真不想打扰你俩。"

孟鹏飞拍了下杨晓冬的肩膀："跟我还客气。"他问，"找我肯定是案子的事，你要问什么？"

杨晓冬看了下崔颖，岔开话题问："嫂子请假陪孟哥来的吧？"

"不算是请假，你孟哥是工伤，你们公安局领导跟我们医院领导沟通，让我的工作变为陪护你孟哥。"崔颖笑着说，"我这个护士，在单位护理病人，在家里也算是护理病人。"

杨晓冬说："这样更好。"

孟鹏飞看了下手表说，"这都中午了，咱们找地方吃点饭去。"

三人在附近找了家小饭店，崔颖知道杨晓冬和孟鹏飞有事要谈，吃完就走了。

杨晓冬从公文包里拿出辛翠失踪案的卷宗问："这本卷宗我是从爱民分局垃圾车里捡的，这是你们中队搞的案件，你还记得吗？"

孟鹏飞盯着卷宗看了半天说："有点印象，但我现在想不起来。"

杨晓冬脸上掠过些许失望，把卷宗装回公文包说：“你想起来给我打电话。”

“这本卷宗，的确感觉里面有大的案件线索。我现在只是暂时想不起来。”孟鹏飞拍了下脑袋，接着伸出手，“你把卷宗给我，我回家想想，过两天告诉你信儿。”

杨晓冬眼睛透出希冀说：“那好，我这两天就在哈尔滨住下。”

“我姑家有地方，住我姑家。”

“不打扰了，我还是住宾馆吧。”杨晓冬说，“‘4·27’案，应当说从 1992 年 7 月 5 日庞学智枪支被抢就开始侦查，排查了那么多人，我觉得我们还是排查漏了，嫌犯就在我们身边。我预感这起案子目前就隔着一张纸了，一捅就破。”

杨晓冬的话，使孟鹏飞焕发了精神，他抬起右手跟杨晓冬的手握在一起：“这起案子，一定会在咱们手里侦破。”

杨晓冬在哈尔滨住了一个星期，他通过省公安厅同学的关系联系到医院精神科医生。在医生的帮助下，孟鹏飞回忆起了案发前后的事情。

三

杨晓冬回到丹江，向朱勇汇报了从孟鹏飞那里得到的情况。

朱勇点燃一支烟，吸了一口，回味着杨晓冬汇报的情况说：“孟鹏飞把父亲被害，庞学智枪支被抢的嫌疑对象指向了夏林成。他怀疑的因由更多的是直觉，当然这种直觉有其合理性，因为他看到了父亲被害，只不过没看到嫌疑人的面容。辛翠的失踪案，虽然推测跟辛翠举报蒋斌和夏林成开的歌厅有卖淫嫖娼违法行为有关，可这起案子目前没有一点抓手，下步还有很多工作要做。至于‘4·27’案件，孟鹏飞基于对前两起案件的直觉，推断是夏林成所为……”

杨晓冬做着补充说：“朱局，孟鹏飞认为‘4·27’案件嫌疑人是夏林成，原因有二，一是因为在案发现场，他听到了杨桂林和嫌疑人的对话，虽然没听清，但他对夏林成太过熟悉，他知道那是夏林成的嗓音。二是他看到了嫌疑人的身影，他认出嫌疑人就是夏林成。”

朱勇手里的香烟已经燃了一半，他将一截长长的烟灰弹落在烟灰缸里说：“其实夏林成早已引起我们的注意，案发后他是第一个嫌疑人，爱民分局刑警在天津将其带回，可是查否了。”

夏林成被查否，杨晓冬并不知情，他问：“因为什么被查否？”

“当然是没搜出枪支，还有就是案发时间段，蒋斌跟夏林成在一起喝酒。”朱勇说，“孟鹏飞还曾盯过他，搜查过他家；这次案发后刑警再次抓他，搜查他家，仍没收获。我们若把嫌疑目标重复锁定在他身上，就必须得抓住他的把柄才能动人。”

杨晓冬本以为从孟鹏飞那获得的情况能推进案件的进展，可朱勇这么一说，觉得案件的侦破仍处在跋涉阶段。不过他相信孟鹏飞提供的情况，他目光透着坚毅地说：“朱局，我会盯紧夏林成的。我要动他，定是人枪并获。”

朱勇改变了专案组的工作部署说：“那就从现在起，监控夏林成。你们巡逻的五个人，主要负责晚间布控，白天我安排专案组其他人布控。”他叮嘱说，“一定要注意安全。即使天气再热，在执行任务时，也不要脱掉防弹衣。”

“您放心。”杨晓冬跟朱勇告辞离开。

杨晓冬回到办公室，四个队友正烟雾缭绕地调侃着等他。

杨晓冬说：“根据朱局的部署，我们每晚不再巡逻了，而是要盯紧一个嫌疑人。”

庞学智面露惊喜：“有嫌疑人了？”

杨晓冬说：“有了。”

庞学智问：“谁？”

杨晓冬说：“夏林成。”

庞学智愣怔地瞪着眼睛问：“夏林成不是被查否了吗？”

杨晓冬说：“爱民分局是查否了，不过我们还得查。”他接着神情凝重地对四个队友说，“我们把目标锁定夏林成一事，大家要绝对保密，不仅对家人保密，也要对同事保密。特别是你们从爱民巡警大队调过来的三人，不要有同事之间都是警察，没什么密可保的想法，别在跟谁闲聊时随意地说出去。”

熊大为说：“杨哥你放心，我们不会跟其他人透露一丝案情。”卢庆光和杜海滨也附和着。

杨晓冬从卷柜里拿出辛翠失踪案的卷宗递给庞学智说：“辛翠的失踪案，我们要接着查下去。辛翠是歌厅小姐，孟鹏飞说他拿着辛翠的照片走访过，滚石歌厅吧台的收银员说好像在歌厅见过辛翠，一个脸上有痣的服务生支吾说没见过，孟鹏飞揣测服务生说谎。你和熊大为、卢庆光去滚石歌厅调查那个服务生是否见过辛翠。我和杜海滨到宁安县石岩镇辛翠的家里再了解下情况。”

庞学智打开卷宗说：“这个案件是4月份的，现在过去两个多月了，不知是否好查。”他张开手说，“你得给我张辛翠的照片，要不咋让服务生辨认？”

杨晓冬在衣兜里掏出早上上班前，去孟鹏飞家寻到的辛翠和夏林成的几张照片，把辛翠和夏林成的照片各拿一张递给了庞学智："再给你一张夏林成的，说不定有额外的收获。"

四

在宁安县石岩镇辛翠的家，杨晓冬了解到辛翠有个银手镯是她母亲送给她的，那个银手镯上有"花开富贵"四个字和她母亲的姓氏，一个"郝"字。

下午回到市公安局，庞学智问杨晓冬了解到了什么情况？杨晓冬把了解到的银手镯的事跟庞学智说了。他问庞学智你调查的怎么样？

庞学智说："很蹊跷，滚石歌厅一个星期前发生卖淫嫖娼违法行为，被铁北派出所查封了。通过侧面了解下情况，滚石歌厅的老板毕昌文被刑拘，两个小姐和两个嫖客被治安拘留，歌厅的其他人都散了，找谁都找不着。"

公安机关在歌厅抓获卖淫嫖娼的，调查若不是歌厅老板有意为之，通常情况下都给予当事人治安处罚了事，查封是少有的。杨晓冬有些不解："滚石歌厅出点事，老板被刑拘，歌厅被查封，这背后或许有事。"

"这是一家新开的歌厅。"庞学智说，"这个毕老板我认识，他原先是开饭店的，挺老实的一个人。我也觉得这背后有事，我在揣测，是有人在整他。"

要是有人整滚石歌厅的老板，那会是谁呢？杨晓冬自然想起了蒋斌。他说："我们得见一下这个毕昌文。"

庞学智看下手表说："这才四点，到看守所提审还来得及。"

杨晓冬和庞学智到了看守所，提审了毕昌文。毕昌文五十多岁，面目清癯。在杨晓冬的眼里，他不像走歪门邪道的样子。

毕昌文以为庞学智提审他，是自己案子的事，他问庞学智：“你不是在爱民分局刑警大队了吗？怎么又回到铁北派出所了？”

庞学智把毕昌文的手铐打开，递给毕昌文一支烟，并帮其点燃说：“我没回铁北派出所，我现借调到市公安局搞‘4·27’专案。”他介绍着身旁的杨晓冬说，“这是我们专案组副组长杨晓冬。”

毕昌文恭敬地起身对杨晓冬说：“您好。”

杨晓冬说：“别客气，你坐。”

毕昌文坐下说：“你们找我是为了侦破‘4·27’案？”他面露惋惜地说：“在这起案件中，我有个同学家的孩子牺牲了。”

庞学智问：“你同学家的孩子是谁？”

“陈连宇。”毕昌文感慨地说，“他父亲是小儿麻痹症，指着修自行车养活家人。这孩子没出事前，因工作持枪误伤他人，在我这借了三千元钱包赔人家。”他接着刚才的话题问，“你们找我，是不是跟‘4·27’有关？”

庞学智点下头：“有间接关系。”

“那你们有什么话就问吧，我愿协助你们把‘4·27’案破获。”毕昌文很是爽快地说。

庞学智说，“你先说说你是怎么被押进来的。”

毕昌文说：“我被押进来，真的有些匪夷所思。我对歌厅的管理还是比较严的，我不想让小姐出台招揽客人挣钱。可歌厅有陪酒陪唱的小姐，这种事情也就难免；不过我歌厅开业这段时间，还没有因为这种事而被警察查过。然而就在上个星期五晚间，铁北派出所警察对歌厅进行突查，居然抓获两对卖淫嫖娼的现行，还把我牵扯了进来……”

庞学智问：“铁北派出所的警察你不都认识吗？难道他们都不给你面子？”

“别人给我面子，可副局长蒋斌不给我面子。”毕昌文说，“说句不好听的，我姓毕的在蒋斌身上没少花钱，可这次的事情，他翻脸比翻书都快，我真不明白其中的所以然。”

毕昌文的话使杨晓冬揣测蒋斌把滚石歌厅查封，就是让辛翠的失踪案无从查起。杨晓冬问：“你听说过有个小姐在你歌厅失踪了吗？”

毕昌文摇头：“没听说过。”

杨晓冬问：“你歌厅有个脸上有痣的服务生吗？”

毕昌文说：“有一个脸上有痣的服务生，大名不知道，别人都管他叫大四。”

杨晓冬问：“他家在哪儿？”

“不知道大四家在哪儿。”毕昌文说，“不过负责歌厅日常管理的我侄子应该知道他家在哪儿……”

五

四天后，杨晓冬几经周折打探到大四的下落，他在海伦县的家里。

杨晓冬和熊大为驱车三百多公里在海伦县找到了大四。大四说他摔伤了，因肋部疼痛，他歪着身子坐在炕上回答着问题。

杨晓冬问：“先把滚石歌厅被查封的事说一说。”

大四说：“歌厅被查封，纯粹是别人设套的结果。那天晚间来了两个中年男子，进了包房就叫了两个小姐，歌没唱两首，一个男子领个小姐到了另一间包房。我当时就寻思，这两个男的真是操之过急，没等跟小姐聊热乎就直奔主题了。可没过十分钟，进来一帮警察，直接就抓个现行……”

杨晓冬从文件袋里拿出辛翠和夏林成两个人的照片，举到大四眼前说：“这两人你认识吗?”

大四没仔细看眼前的照片就说：“不认识。”

杨晓冬把举照片的手放下说：“你没仔细看照片，你就说不认识，说明照片里的人你一打眼就认识。”

大四耷拉下眼皮说：“真的不认识。”

杨晓冬仔细打量着大四问：“你心里害怕，是吗?”

大四不解其意地反问：“我害怕什么?”

“你怕照片里的男子，你的伤不是摔伤，而是被人打的。”杨晓冬说，“你已意识到，歌厅被封，你被打伤，或许跟照片里的男子有某种联系，你怕再受到牵连，就不敢说认识照片里的人。”

杨晓冬说出了大四心里所想，沉默了会儿，他心有余悸地点下头说：“打我的人当时对我说，别嘴贱，赶快离开丹江。”

“你实话实说才对，只有把照片里的男子绳之以法，你才能长久地安全。”杨晓冬说，“你才二十多岁，难道你会在县城待一辈子吗？丹江你再不去了吗?”

大四终于吐口：“我说，这照片上的一男一女我见过，我记得那天是3月31日晚间，这男的进了歌厅说找小姐，这女的那天刚到滚石歌厅第一天，她就去陪那个男的。过了半小时，这男的结账后，把那个女的背了出来，说那个女的是他朋友，喝多了……”

杨晓冬问："这两人出了歌厅是怎么走的？"

大四说："他俩出了歌厅没几分钟，我送一拨客人出门，见那个男的将那个女的扶进一辆吉普车里。"

杨晓冬问："吉普车旁边还有别人吗？车牌号你记得吗？"

大四说："旁边没别人。车牌号我记得，是东 CGA123。"

杨晓冬说："再说说你被打的情况……"

在返回丹江的路上，熊大为说东 CGA123 车牌号的吉普车是蒋斌的。杨晓冬说我揣测是他的，他跟夏林成的犯罪难脱关系，为了阻碍对辛翠失踪案的调查，滚石歌厅被封，大四被打伤，都是他指使的。

第二十二章　追踪

一

晚上六点，在夏林成家附近，杨晓冬和庞学智在吉普车里蹲守，另外三人吃晚饭去了。

庞学智说起杨晓冬提到过的辛翠有个银手镯的事，他说：“你去海伦后，我想起刑警大队搜查过夏林成家，我就到刑警大队问张大队见没见过那个银手镯。张大队说他们还真见到过那个银手镯。夏林成说银手镯是他在北山早市花十元钱买的。”

“我们掌握的证据越来越充分了……”杨晓冬把去海伦县调查的情况说给了庞学智。

庞学智听了杨晓冬的话，激动地抬起手指着夏林成家的方向说：“那我们还在这儿蹲守什么，直接把夏林成抓了不就得了?”

“我下午跟朱局汇报时提出了跟你一样的想法，不过朱局说现在抓了夏林成，至多把辛翠的失踪案破了，那么枪找不到怎么办?他作了那么多的大案，岂不成了永久的积案?”

庞学智一时语塞，他沉默了会儿，点头说：“朱局说得对。夏林成恶贯满盈，不仅具有反侦查能力，还冥顽不化，没有确凿的证据难以撬开他的嘴，只有把枪缴获，才能使他彻底缴械……”

“你看那是不是夏林成?”杨晓冬打断庞学智的话，指着吉普车的前方问。

庞学智见从楼与棚子间的夹道里拐出一辆自行车，骑自行车的男子身材魁梧。他虽曾暗中观察过夏林成，可仅从背影上看却不易确定。他推开车门说：“我骑车近前辨认一下。”

庞学智骑上一旁备用的自行车，向疑似目标追去。

没一会儿，庞学智用对讲机对杨晓冬说对方是咱们跟踪的目标。又过了十多分钟，庞学智说目标进了远方汽车修配厂。杨晓冬知道远方汽车修配厂的位置，他告诉其他布控人员到远方汽车修配厂集合。

离远方汽车修配厂还有段距离，杨晓冬将吉普车停了下来。其他四人聚拢过来先后上车。庞学智说这小子好像在这家修配厂打更，他进了修配厂，修配厂的人就走了。他刚才上修配厂旁边的小卖店买了瓶白酒和熟食，关上院门回门卫室喝上了。杨晓冬说他喝他的，咱们蹲守咱们的。

熊大为把给杨晓冬和庞学智捎带的吃食递到了前面，杨晓冬打开塑料袋拿出面包和汽水跟庞学智吃了起来。

在远方汽车修配厂门卫室的夏林成，喝着酒心里想着江心岛脱险的经过，他那天浑身湿淋淋的都没敢回家，在外找个僻静处待了一夜，清晨他在家的四周绕了好几圈确定没有警察后，才回到自家的小卖店。

夏林成喝着小酒，心里嘀咕：那天在江心岛自己的耳朵是不是出现了错觉？他抓了几粒花生米扔进嘴里咀嚼着仔细回忆着当时的情景，当花生米咽进肚里，他又喝下一大口白酒，身子一激灵，他认定，那天绝不是错觉，那天就是自己让警察跟上后的死里逃生！

夏林成回忆着自己被警察的多次打击处理，想着自己对警察的疯狂报复，他嘴角一咧，自我陶醉地笑了下。他在江心岛脱险后，想消停段时间，也为了堵上妻子整日说自己啥也不干的嘴，便找了在这家汽车修配厂打更的活。他现在的打算是，女儿马上高考了，待过段时间送女儿上了大学，警察对“4·27”案件的侦查也松懈了，自己再出来跟警察玩玩。

夏林成自语：“跟警察玩真刺激！”他拿起鸡骨架，贪婪地啃吸着上面不多的肉。

二

自从杨晓冬将“4·27”案的嫌疑人认定为夏林成后，朱勇便布置专案组对夏林成进行了二十四小时的布控，可两个多月的布控，只见到夏林成活动的范围基本上就是两点一线，除了自家和远方汽车修配厂这两点外，别的场所他只去过四个地方，第一个地方是白天去过几趟北山溜达；第二个地方去了几次嘉林洗浴；第三个地方是他因给高考的女儿送饭，去过两次第一中学的考场；第四个地方是，女儿高考成绩下来，他请亲朋晚间在四川饭店吃饭。

有些人失去了耐心，布控蹲守也就不认真起来。这天杨晓冬到了远方汽车修配厂附近，拉开了蹲守用的面包车的车门。

坐在驾驶员位置的闫海滨说：“来了，吃饭没有？”

杨晓冬说：“吃了。”他见只有闫海滨一人，就问：“怎么就剩你一个支队长了？”

“别人有事，先走了。”

“闫支队，你也走吧。”

“我等一会儿，你们再来一个人我就走。”闫海滨指了下百米开外的修配厂门卫室说，“这小子倒挺滋润，每天打更还喝着小酒。”

杨晓冬看着门卫室夏林成吃喝的身影说：“听邻居说，夏林成在家因喝酒产生花销，常跟妻子吵架。他这是打着更挣着钱，也找到了喝酒的清净地儿了。”

闫海滨说起了案子，他问：“小杨，你说‘4·27’案件如果不是夏林成所为，这几个月咱们岂不白蹲坑了？”

杨晓冬没想到闫海滨对夏林成的怀疑竟动摇起来，闫海滨这一问，他也扪心自问：难道真的不是夏林成所为吗？不过他随即面色镇定地说：“‘4·27’案件应当是夏林成所为，他还作有其他案件。”

“夏林成身有案底是肯定的了，不过‘4·27’案是不是他所为，真的在我心中打了个问号。”闫海滨说，“这几个月布控，咱们还没发现他有抢劫和冒充警察敲诈的迹象。”

“从面儿上看，他这段时间的确很老实。”杨晓冬脑海中浮现出在江心岛发现的疑似夏林成的身影，他说，“不过若没有我们的布控，他或许会再度作案……”

闫海滨不再说案子，他说：“明天朱局长儿子结婚，我们得中午参加完婚礼才能上岗。”

杨晓冬苦笑着说：“没问题，我们顶着。”

这时，庞学智从车前走来，闫海滨推开车门说：“小庞来了，我走了。”

庞学智跟闫海滨打过招呼，上了车问：“那三个小子还没来呢？”

“还没到。”这时，杨晓冬腰间的传呼机响起，他掏出汉显传呼机念着上面的内容：“杨哥，今天晚间杜海滨的爷爷过八十大寿，我们三个晚些上岗。熊大为。”

“这三个小子参加寿宴别再喝多了！”

杨晓冬从衣兜掏出手机拨着传呼台的电话说：“那就给他们留言，准许他们休息一晚上，明天白天让他们上岗。”

庞学智不解地问：“咱们不是晚上的岗吗？怎么又让咱们上白天的了？”

“闫海滨刚才说朱勇局长儿子结婚，他们刑警支队的人明天上午去参加婚礼。”

待杨晓冬打过电话，庞学智发着牢骚：“专案组以刑警支队为主，咱们几个都是借调的；这倒好，他们把咱们当主力了，拿咱们五个开涮呢？”

杨晓冬叹口气说：“他们对这种布控好像失去了信心，刚才闫海滨还问我，‘4·27’案如果不是夏林成所为，这几个月咱们岂不白蹲坑了？”

“大爷的。”庞学智骂了句糙话，不满地说，“一个副支队长怎能说出这样的话，这不是涣散军心吗？既然目标锁定夏林成了，我们只有如此布控，才有可能寻到我那把被抢的枪。”他接着说，“对了，闫海滨是派出所所长出身，他没搞过刑侦。”

杨晓冬理解庞学智内心的无奈和痛苦，自己被打成重伤，枪支被抢，案犯又持枪杀害战友。他是唯一跟案犯交过手的人，可自己却付出一年多的艰辛没能寻到案犯；现在有了嫌疑目标，是他唯一的希望。他带有祈祷地说：“庞哥，说不定这几天我们就能拿下夏林成和缴获你被抢的枪。”

“必须的。”庞学智激动地说，“我若不参加专案组，拿下夏林成和缴获我被抢的枪，那将是我终身的憾事，也是我终身的耻辱!”

三

夏林成早晨吃了一碗方便面，出了门卫室将方便面碗扔进了垃圾桶后，竟兴高采烈地在院里耍起了毫无套路的拳脚，他耍了一阵抬头望着晴空自语：“今天是好天气，今天我要开工了。”他说了这句话，“哈哈哈哈”开怀大笑了会儿。

在旁边厕所小便的杨晓冬，通过墙上的砖孔清楚地看到了夏林成的表演。夏林成的话，使他心里一激灵，不禁打个问号：难道他今天要作案?

不一会儿，熊大为等三人相继赶到。熊大为把两盒盒饭递给杨晓冬说：“我给两位大哥捎来了早点，你俩吃完饭回家休息吧。我们在这顶到刑警支队的人到岗。”

杨晓冬把盒饭递给庞学智一盒说：“今天也许会有情况发生，我们五个都得在岗。”

杨晓冬的话，说的另外四个人面面相觑，三个巡警神情有些紧张起来。

庞学智打开盒饭盖，吃了口米饭说：“若有情况发生，那案子也就见亮了。”

杨晓冬似乎也有些紧张，他深吁一口气，说：“案子该见亮了。”

不到八点，一员工走进了远东汽车修配厂，夏林成骑着自行车往家回。

在夏林成家附近，一辆吉普车从面包车旁超过，熊大为看着车后的牌子说：“是蒋斌的车，他肯定是到夏林成家的。”

从远处观察，夏林成和蒋斌在他家所住的单元门口唠嗑，方淑芬和夏琴手里提着大包小裹下了楼。待夏林成一家三口拿着东西上了车，蒋斌最后上车驱车驶离。

熊大为启动了车想要跟踪。

杨晓冬了解到，夏琴考上了哈尔滨工业大学。他说：“不用跟，他们一会儿就会回来。这是夏林成到车站送女儿上大学去了。今天是九月一日，这几天是大学开学的日子。”

果不其然，半个小时后蒋斌的吉普车返了回来。

夏林成两口子下车跟蒋斌说过感谢的话进了小卖店。

蒋斌开车走时，他还从车里探出头往杨晓冬他们的面包车望了眼。

熊大为看着蒋斌的举动说：“咱们布控以来看到蒋斌跟夏林成接触过两三次，多亏时常换车布控，要不早就被他们发现了。”

下午几个人在车里瞌睡的时候，庞学智指着车窗外说：“看，夏林成骑车走了。”

杨晓冬顺着庞学智所指的方向，见夏林成迎面骑着自行车出了楼与棚子间的夹道左拐而去。

熊大为启动车跟了上去。

四

夏林成的去处是北山公园，当五人从吉普车上下来的时候，他已混入了游园的人群中。

看着涌动的人流，杨晓冬忘了夏林成的衣着，他不禁问：“目标还是穿着那件白衬衣吧？”

卢庆光说：“他刚才骑自行车时我看他穿了件蓝工作服。”

杨晓冬即刻意识到夏林成穿外衣极有可能遮掩身上的手枪，他精神一振说：“这小子很有可能作案，我们马上搜捕。”

庞学智补充说：“记得对讲机说话要小声。”

五人分散搜寻。

在山下寻了一阵没见到目标，杨晓冬通过对讲机告知战友目标有可能在山上。卢庆光说我见到目标了，在西侧的山坡上正盯着一对男女。杨晓冬说你盯紧目标，我们马上过去。

北山游玩的地点是南麓的“抗日战争暨人民解放战争殉难烈士纪念碑”周围，及金龙踏步和银龙踏步两条通往山上路途间的凉亭等景观，而其他地方则显得清静些。在西侧山坡上的卢庆光，正在一棵大树后盯着十米开外的夏林成。夏林成没注意到身后的目光，他的视点落在前下方的不远处，隐藏在树丛中一对相互依偎的中年男女。

卢庆光身上穿有三公斤的防弹衣致使他浑身是汗，他握枪的手也是汗淋淋的。他身后传来脚步声，他扭头看见是杨晓冬。他指了指夏林成的方向。

杨晓冬轻声问：“你看到他的枪了吗？”

卢庆光声音有些紧张地说：“我看到他脱下外衣时，手枪在腰间别着。”

杨晓冬感觉到卢庆光的身体有些抖，他安抚地拍了一下对方的肩膀说：“别紧张。待会儿咱们的人来齐了，就围过去给他拿下。”

那对男女的嘴唇刚亲吻在一起，旁边忽地响起的羊叫声又使两人分开了。一个少年赶着几只羊往山上走来。

夏林成放弃了那对男女，他穿上外衣，随着赶羊人上了山。出了树林便是山道，夏林成往南去，赶羊人往北走。

跟在夏林成身后的杨晓冬和卢庆光，见到了夏林成前面走来的另外三名战友。另外三人也看到了他俩。

或许前面三人虎视眈眈的目光，使夏林成没回头也感觉到了身后的危险，他灵巧迅疾地钻入刚爬上来的林中。

卢庆光的枪先响了，子弹打在夏林成的脚边迸飞了尘土。接着几支手枪对着夏林成逃跑的方向同时射击，几片树叶应声落下。

杨晓冬追赶着喊：“夏林成，你跑不掉了。”

夏林成躲在树后还击了几枪，杨晓冬被打倒在地。

庞学智大惊失色俯身问：“伤在哪儿了?”他随即看到打到杨晓冬身上的弹头镶嵌在了他防弹衣上，神情才得以舒缓。

杨晓冬起身说：“绝不能让他跑了，追。”

林地崎岖，可夏林成左跳右转跑得很快，他身后呼啸的子弹难以命中他。

庞学智往前紧追一段路，凝神静气地举枪射击“砰、砰……”接连五发子弹射出。

即将逃出他们视线的夏林成，身体终于摇晃了下，倒下。

当他们近前时，夏林成扔下手里的枪，拖着伤腿扶着树站起来，不服输般狞笑着说：“我忘了给自己留发子弹了，真不该落在你们手里。”

杨晓冬没有将夏林成即刻押回市公安局，而是押到了北山体育场夏林成枪杀三名警察的案发现场，告慰牺牲的父亲和战友。

或许是上天同感于牺牲的三名警察沉冤昭雪，晴朗的天空顷刻间乌云密布，响了几声炸雷，随后下起了瓢泼大雨。

夏林成刚才还冥顽的神情，此时唯恐雷劈死他，他望着天空面色惊恐，抬起戴手铐的双手掩在头上。

五

“4・27”案发生后，这起特大暴力案件犹如一块沉重的石头，压在全市两千多名公安民警的心中。案件破获的消息，迅速传遍了全市公安机关，全市公安民警欢欣鼓舞。

唯独当蒋斌得知案件破获后，抓获的嫌疑人是夏林成时，他的心里充满了极端的恐慌。他很明了，自己做过违纪违法的事情不少，自己之所以没被查处还人模狗样地坐在分局副局长的位置上，只因有当市人大主任的岳父做靠山。可作了惊天大案的夏林成，若交代他杀害辛翠后自己帮他抛尸一事，自己的身份就会逆转，由警察变成罪犯，到时谁也帮不了自己。

蒋斌在夏林成被抓获的当天晚间就给闫海滨打电话，他先是夸耀以闫海滨为副组长的专案组给全市人民及时铲除了一大治安隐患，又接着问夏林成都交代了什么案件？闫海滨先是实话实说抓获夏林成是仰仗从你们爱民分局借调过来的几个小伙子，他们立了大功。当说到夏林成都交代了什么时，闫海滨哼哼哈哈地说这小子是块硬骨头，只交代了“4・27”案件。若没有缴获的枪支这一直接铁证，这起案件他都不会轻易交代。

蒋斌心怀一丝侥幸，当他忐忑不安地在办公室的床上似睡非睡地过了一宿，再跟闫海滨联系询问案情时，对方竟是电话不接，传呼不回。

蒋斌觉得自己处境不妙，他在办公室踱步，心里恐慌地想，若是夏林成把我撂了出来，我该怎么办？我该怎么办？

思虑了半天，蒋斌有了主意，那就是到外地去躲一段时间，看事态发展的情形再考虑是否回来。想到这儿，他心里甚至有些乐观，我只要不被抓到，那事态的发展就皆有可能了，我老岳父说不定还能帮上我。他拿起办公桌上的电话，打给了家里。

蒋斌二婚的妻子龚玉洁跟他感情还不错，她在电话里听说丈夫要外出躲一阵，就问为什么？蒋斌便把因由说了。龚玉洁说我表姐夫成全了咱俩，也害了咱俩。那好，你走吧。你先回家取些钱再走。

蒋斌知道若带枪走，公安机关定会通缉他。他把腰带上装有手枪的枪套摘下放在办公桌上，穿上外衣，走出办公室。可他刚走到楼梯口处，就听到一楼声音嘈杂，像是有很多人推门而入。只听一人说蒋斌有枪，大家注意安全。

蒋斌惊恐万状，折身返回办公室，下意识地抽出了办公桌上枪套里的手枪。他的身后有人喊：“蒋斌，你放下枪。”

蒋斌回身，见门口出现四个人，他虽叫不出名字，但他知道对方是市公安局纪检委和刑警支队的人。其中两人拿枪对着他。

蒋斌喊了声：“你们别过来。”他举起了枪对着自己的太阳穴扣动了扳机……

其实夏林成交代“4·27”案后便不再隐瞒什么，竹筒倒豆子般把所作的案件全交代了。他交代案件二十二起，涉及命案五起，杀死七人（其中警察四人，牺牲的警察分别是：匡国章、杨桂林、陈连宇、祁铁平）。

尾声

丹江市公安局举行了隆重的庆功大会，参与案件侦破的孟鹏飞、杨晓冬、庞学智等人均立功受奖。同时，在市公安局的积极请示和协调下，全市公安机关没有落实编制的巡警，统一落实了行政编制，使这支队伍步入了正轨。

匡国章和其他牺牲警察被东林省人民政府授予“革命烈士”称号，孟鹏飞将存放在殡仪馆已六年之久的父亲骨灰盒取出，葬在丹江市革命烈士陵园。

1995 年 4 月 3 日，丹江市中级人民法院召开公判大会，宣读了《东林省高级人民法院刑事裁定书》，刑事裁定书最后写道：被告人夏林成持械拦路抢劫公民财物，抢夺公安民警枪支，杀害公安民警及无辜群众多人，已构成抢劫罪、故意杀人罪。罪行特别严重，社会危害极大，应予严惩。原审判决定罪准确、量刑适当，审判程序合法。根据《最高人民法院关于授权高级人民法院核准部分死刑案件的通知》的授权，裁定如下：核准丹江市中级人民法院（1995）丹中法刑初字第 23 号以抢劫罪，判处被告人夏林成死刑，剥夺政治权利终身；以故意杀人罪，判处死刑，剥夺政治权利终身。决定执行死刑，剥夺政治权利终身的判决。本裁定送达后即发生法律效力……

公判大会结束，夏林成被法警押赴丹江北郊草帽顶刑场执行了枪决。

清明节，孟鹏飞和崔颖来到了丹江市革命烈士陵园祭祀父亲。两人将墓地打扫干净，伫立在墓前。墓碑上镶嵌有匡国章身着警服一脸英气的四寸遗照。

孟鹏飞原先面对父亲的遗像，是充满愧意的，缘由是父亲遇害时，他面对歹徒却胆怯地双腿发抖，眼睁睁地看着父亲倒在歹徒的手下。他当时是多么恨自己怯懦呀！他发誓要当警察替父亲报仇，可身着警服后面对庞学智受重伤枪支被抢，他仍是那么恐惧，致使自己得了恐惧症。

而今，孟鹏飞神情坦然地注视着父亲的遗照说：“爸爸，您的儿子逐渐从懵懂到成熟，从恐惧到果敢，锁定目标以两年的坚守，最终将夏林成这个杀害多人的恶人绳之以法，他昨天已被执行了死刑。爸爸，您可以瞑目了！”

崔颖把一束洁白的栀子花放在墓碑前说：“爸爸，您已有了孙辈。他虽刚牙牙学语，可他看到他爸爸的佩枪，就要去摸。待他长大了，我们要培养他考警校当警察，使我们的家成为警察世家。”

墓碑遗照里的匡国章目光慈祥地注视着儿子和儿媳。

附录

2021年“新时代中国法治文学精选”丛书征稿获奖名单

长篇小说

一等奖 （空缺）

二等奖 《山重水复》（原名：《悬崖悲情》） 作者：蒋庆明

《弹壳》（原名：《冷枪》） 作者：库玉祥

三等奖 《心中有鬼》 作者：李晓平

《见习警官》 作者：刘庆玉

中篇小说

一等奖 《警花默默绽放》 作者：关玺华

二等奖 《北门岗》 作者：陆明光

《红嘴鸥》 作者：铁　犁

三等奖 《此碑无文》 作者：渝　川　边　静

《无人之子》 作者：米　可

短篇小说

一等奖 《疑似命案》 作者：库玉祥

二等奖 《神秘访客》（原名：《房间里的神秘访客》）

作者：于爱全

《面相》 作者：张国庆

《爱与不爱》 作者：库玉祥

三等奖 《西天取经》 作者：王东海

《半枚指纹》 作者：朱　皮

报告文学

一等奖 《微尘鉴罪》 作者：沈　雪

二等奖 《一粒种子》 作者：贾文成

《淬火》 作者：任继兵

《打拐刑警》（原名：《铁骨柔情铺筑回家路》）

作者：罗瑜权

《浔阳狩猎者》 作者：梁路峰

《宁波交警进行曲》（原名：《铁骑，城市文明的使者》）

作者：陆明光

三等奖 《脚印》 作者：铁　犁

《铁警神鹰》 作者：郑淑榕